民國文化與文學_{研究}

民國文化與文學 研究文叢

（四川大學特輯）

八 編

李 怡 主編

第 11 冊

「托洛茨基」與中國現代革命文學思潮

彭冠龍 著

國家圖書館出版品預行編目資料

「托洛茨基」與中國現代革命文學思潮／彭冠龍 著 — 初版 —
新北市：花木蘭文化事業有限公司，2017〔民 106〕
目 4+186 面；19×26 公分
（民國文化與文學研究文叢 八編：第 11 冊）
ISBN 978-986-485-042-6（精裝）
1. 托洛茨基（Trotsky, Leon, 1879-1940） 2. 革命文藝 3. 文學評論
820.9　　　　　　　　　　　　　　　　　106012795

特邀編委（以姓氏筆畫為序）：

丁　帆	王德威	宋如珊
岩佐昌暲	奚　密	張中良
張堂錡	張福貴	須文蔚
馮　鐵	劉秀美	

ISBN-978-986-485-042-6

9 789864 850426

民國文化與文學研究文叢
八　編　第十一冊　　　　　　ISBN：978-986-485-042-6

「托洛茨基」與中國現代革命文學思潮

作　　者　彭冠龍
主　　編　李　怡
企　　劃　四川大學現代中國文化與文學研究中心
　　　　　北京師範大學民國歷史文化與文學研究中心
總 編 輯　杜潔祥
副總編輯　楊嘉樂
編　　輯　許郁翎、王　筑　美術編輯　陳逸婷
出　　版　花木蘭文化事業有限公司
社　　長　高小娟
聯絡地址　235 新北市中和區中安街七二號十三樓
　　　　　電話：02-2923-1455／傳眞：02-2923-1452
網　　址　http://www.huamulan.tw 信箱 hml810518@gmail.com
印　　刷　普羅文化出版廣告事業
初　　版　2017 年 9 月
全書字數　180653 字
定　　價　八編 12 冊（精裝）新台幣 22,000 元　　　版權所有‧請勿翻印

「托洛茨基」與中國現代革命文學思潮

彭冠龍　著

作者簡介

彭冠龍：男，1988 年出生，山東泰安人，文學博士，山東師範大學文學院講師，主要從事中國現當代文學與現代文化研究。曾在《魯迅研究月刊》、《現代中國文化與文學》等學術刊物、文集以及國際、國內學術研討會上發表論文 20 餘篇，並有論文被《人大複印報刊資料》全文轉載。

提　　要

　　本書以「托洛茨基」爲切入點研究中國現代革命文學思潮，可以有效豐富現有研究格局，揭示過去爲學界所忽略的一條重要線索，這可以從兩個方面展開，一方面是中國革命文學界對托洛茨基文論的接受情況，另一方面是政治領域內的肅清托派運動對文學界的波及。全書分爲五部分，第一部分爲緒論，對托洛茨基與中國現代革命文學思潮的關係進行了宏觀描述，進而立足於當前的研究現狀，指出了本文的基本研究路徑。第二部分集中梳理「托洛茨基」、「托派」、「肅清托派運動」、「不斷革命論」、「托洛茨基文論」等重要名詞和概念的具體內容。第三部分探討中國革命文學界對托洛茨基文論的接受情況，並將魯迅、創造社和太陽社之間的論爭作爲個案進行聚焦。第四部分研究肅清托派運動對文學界的影響，通過被整肅的「非」托派與未被整肅的「眞」托派之間的對比，發現其中源於複雜政治鬥爭中的「警惕性」，從而研究兩個典型案例——文藝自由論辯和王實味事件。第五部分專門論述魯迅與「托洛茨基」，將兩者的主張視爲兩個獨立完整的思想體系，分析雙方核心觀念的影響關係，進而將魯迅前期思想和後期思想拉通，尋找他與托洛茨基的重要思想契合點，同時，從魯迅的處境和心態出發，重新探討《答托洛斯基派的信》事件。

構建中國現代文學研究「川大群落」的雛形——《民國文化與文學研究文叢》四川大學特輯引言

李　怡

　　2012 年，我開始與花木蘭文化出版社合作，按年推出「民國文化與文學」論叢，2014 年以後又按年加推「人民共和國文化與文學」論叢，可以說，鼓舞我完成這兩大學術序列的堅強的動力就在於我本人的「四川體驗」，更準確地說，是我對於四川大學學術群體的深切感受和強烈期待。「民國文化與文學」與「人民共和國文化與文學」論叢自誕生的那一天起，就是以中國現代文學研究「川大群落」的存在爲「學術自信」的，四川大學學人的身影幾乎在每一輯中都有出現，儼然就是這兩大序列的內在的紐帶和基石。迄今爲止，我們已經在論叢中集中推出了「南京大學特輯」、「中國人民大學特輯」與「蘇州大學特輯」，編輯出版「四川大學特輯」則是計劃最久的願望。

　　在當代中國的學術版圖上，四川大學留給人們的印象常常是古代文化的研究，包括「蜀學」傳統中的中國古代史、古代文學、古代漢語研究，新時期以後興起的比較文學研究也擁有深刻的古代文學背景，其實，中國現當代文學的發展和學術研究也與四川大學淵源深厚。

　　作爲西南地區歷史久遠的高等學府，四川大學經歷了一系列複雜的演化、聚合與重組過程，眾多富有歷史影響的知識分子都在不同的時期與川大結緣，構成「川大文脈」的一部分。例如四川省城高等學校下屬機構的分設中學堂時期的學生郭沫若與李劼人，公立外國語專門學校時期的學生巴金，成都高等師範學校時期的受聘教師葉伯和，國立成都大學時期的受聘教師李

劼人、吳虞、吳芳吉，國立四川大學時期的陳衡哲、劉大杰、朱光潛、卞之琳、熊佛西、林如稷、劉盛亞、羅念生、饒孟侃、吳宓、孫伏園、陳煒謨、羅念生、林如稷，新中國以後的川大學生中則先後出現過流沙河、童恩正、楊應章、郁小萍、易丹、張放、周昌義、莫懷戚、何大草、徐慧、趙野、唐亞平、胡冬、冉雲飛、顏歌等。作為學術與教學意義的中國現當代文學，也在川大早早生根，文學史家劉大杰在川大開設「現代文學」必修課的時間可以追溯到 1935 年，是中國較早開展新文學創作研究高校之一。新中國成立後，隨著中國現代文學（新文學）學科的建立，四川大學的相關學者代代相承，在各自的領域中成就斐然，成為中國現代文學研究界的主要力量。林如稷、華忱之先生是新中國中國現代文學學科的奠基人之一，新時期以後，則有易明善、尹在勤、王錦厚、伍加倫、陳厚誠、曾紹義、毛迅、黎風等持續努力，在郭沫若研究、李劼人研究、四川作家研究、中國新詩研究等方面做出了引人注目的貢獻，是中國西部地區最早培養碩士生與博士生的學術機構。〔註1〕

　　我是 2004 年加入四川大學學術群體的，當時中國高校的「學科建設」的大潮已經開始，許多高校招兵買馬，躍躍欲試，而川大剛好相反，老一代學者因年齡原因逐步淡出學術中心，相對而言，當時地處西部，又居強勢學科陰影之下的川大現代文學學科困難重重。在這個情勢下，如何重新構建自己的學術隊伍，尋找新的學科優勢，是我們必須面對的頭等大事。幸運的是，我的川大經歷給了我許多別樣的體驗，以及別樣的啓迪。

　　首先是寬闊、自由而富有包容性的學術環境。雖然生存在傳統強勢學術的學科陰影之下，但是川大卻自有一種巴蜀式的特殊的自由氛圍，學人生存方式、思想方式都能夠在較少干擾的狀態下自然生長，也正如「海納百川，有容乃大」的川大校訓所示，古典的規誡中依然留下了現代學術的發展空間。在學院的支持下，四川大學現代中國文化與文學研究中心成立，中國現當代文學學科有了學科設計、學科活動的平臺，2005 年，《現代中國文化與文學》創刊，除中國現代文學研究會的《中國現代文學研究叢刊》外，這在當時屬於國內僅有一份由高校創辦的現代文學研究叢刊。八年之後，該刊被南京大學社科評價中心列為 CSSCI 來源輯刊，算是實現了國內學界認可的基本目標。

　　其次是相對超脫、寧靜的治學氛圍。進入川大以前，我所服務的高校正

〔註 1〕 參見程驥：《四川大學與中國現代文學》，《現代中國文化與文學》2008 年第 5 輯。

處於「學科建設」的焦慮之中，那種「奮起直追」、「迎頭趕上」的熱烈既催人「奮進」，又瓦解著學術研究所需要的從容與餘裕心境。到川大沒幾天，我即受毛迅教授之邀前往三聖鄉「喝茶」，山清水秀的成都郊外風和日麗，往日熟悉的生存緊張煙消雲散，「喝茶」之中，天南地北，學術人生，無所不談，半日工夫雖覺時光如梭，但卻靈感泉湧，一時間竟生出了許多宏大的構想！毛迅教授與我一樣，來自步履匆忙、心性焦躁的山城重慶，對比之下，對成都與川大的生存方式多了幾分體驗，在後來的多次交談中，他對這裡的「巴蜀精神」、「成都方式」都有過精闢的提煉和闡發，據我觀察，這裡的「溢美之辭」並非就是文學的想像，實則是對當今學術生態的一種反省，而只有在一個成熟的文化空間中，形形色色又各得其所的生存才有可能，學術生活的多樣化才有了基礎，所謂潛心治學的超脫與寧靜也就來自於這「多元」空間中的自得其樂。〔註2〕春日的川大，父親帶著孩子在草坪上放風箏，老者在茶樓裏悠閒品茗，學子在校園裏記誦英文，教授一時興起，將課堂上的研究生帶至郊外，於鳥語花香間吟詩作賦、暢談學問之道，這究竟是「學科建設」的消極景觀呢？還是另一種積極健康的人生呢？真的值得我們重新追問。

第三是多學科砥礪切磋的背景刺激著現代文學的自我定位。在四川大學，中國現當代文學並非優勢學科，所以它沒有機會獨享更多的體制資源，但應當說，物質資源並不是學術發展的唯一，能夠與其他有關學科同居於一個大的學術平臺之上，本身就擁有了獲取其他精神資源的機會。與學科界限壁壘森嚴的某些機構不同，我所感受到的川大學術往往形成了彼此的對話與交流，例如文學與史學的交流，宗教學、社會學與其他人文學科的交流，就現代文學而言，當然承受了來自其他學科的質疑與挑戰——包括古代文學與西方文學，然而，在古今中外文化的挑戰中發展自己不正是中國現當代文學的實際嗎？除了挑戰，同樣也有彼此的滋養和借鏡，例如從中國少數民族文學中發展起來的文學人類學，原本與中國現當代文學關係密切，但前者更為深入地取法於文化人類學、符號學、民族學、社會學等當代學科成果，在學術觀念的更新、研究範式的革命等方向上大膽前行，完全可以反過來啓示和推動現當代文學研究的發展。

以上的這些學術生態特徵也是我在川大逐步感受、慢慢理解到的。可能也正是得益於這樣的環境，我個人的學術方式也與「重慶時期」有所不同了，

〔註2〕李怡、毛迅：《巴蜀學派與當代批評》，《當代文壇》2006年2期。

更注重文學與史學的結合，更注意史實與史料的並重，也有意識地從其他學科中汲取靈感，跳出現代文學研究閉門造車式傳統套路，將回答其他學科的質疑當做學術展開的新起點。也是在四川大學，我更自覺地在一個較爲完整的歷史框架中思考中國現代文學的發展方向，進而提出了「從民國歷史發現現代文學」、「民國文學機制」等新的設想，在構想這些新的學術理念的時候，我能夠深深地意識到來自周遭的歷史信息與學術方式的支撐力量，那種生發於土壤、回應於知音的精神基礎，那種彌漫於空氣中的「氣質型」的契合……是的，新的學術之路也關聯著現有的社會文化格局。幾年之後，我重新打量這裡的學術同好，在毛迅對「巴蜀自由」的激賞中，在姜飛對國民黨文學挖掘中，在陳思廣對現代長篇小說史料的鉤沉中，啓示也都透出了某種共同的文史互證的趣味，這可能就是悄然形成的中國現代文學「川大學術群落」的氣質吧。

最值得稱道的還是在這一氛圍中成長著的年輕的學子們，從某種意義上說，努力將前述的「川大學術氣質」融入研究生教育，這可能是我們自覺不自覺地一種追求。在我的印象中，可能源於毛迅教授，我自然也成爲了自覺地推手。在三聖鄉的「茶話會」誕生了「西川讀書會」，從讀書會發展成爲全國性的「西川論壇」，繼而將「論壇」開到了日本福岡，成爲中日現代文學學者的兩國對話，從《現代中國文化與文學》的格局開闢出了《大文學評論》的方法論探求，最後兩岸合作，創辦《民國文學與文化》，誕生《民國文化與文學》論叢、《人民共和國文化與文學》論叢，以及《民國文學史論》、《民國歷史文化與中國現代文學研究》等大型叢書，一批又一批的四川大學的博士研究生在這樣的學術格局中發現了新鮮的話題，滿懷興趣地耕耘著他們自己的學術領地，關於民國文學，關於解放區文學，關於魯迅，關於通俗文學……作爲導師，能夠「快樂著他們的快樂」，大概再沒有比這樣的時刻更讓人興奮的了。這至少說明，我們對川大學術積極意義的理解和發掘是正確的選擇，這樣的選擇無愧於川大，無負於我們自己，也對得起中國現當代文學！

限於論叢規模，《民國文化與文學研究文叢·四川大學特輯》在 2017 年只收錄四川大學資深學者的論著，以及四川大學中國現當代文學專業畢業的博士生尚未出版的論著，這樣的原則，顯然是將兩類川大學子排除了：一是著作已經先期出版了，二是在川大接受了良好的碩士訓練，並繼續沿此道路在其他學校取得博士學位者。這樣一來，某些洋溢著「川大氣質」的優秀論

著便無緣進入論叢了。不過，我想，遺憾只是暫時的，在不久的將來，我們完全可以重新編輯一套完整的「中國現當代文學川大學人論叢」，只要這「川大學術氣質」眞的不是曇花一現，而是持續性的日長夜大，在當代中國的學界引人矚目。在那時，作爲川大學術的曾經的見證人，作爲川大氣質的第一次的闡釋者，我們都樂意以「川大群落」的一員爲驕傲，並繼續爲它添磚加瓦。

2017 年春節於成都江安花園

目次

緒　論

一、被遮蔽的繁複

　　在中國現代革命文學思潮發生發展過程中，「托洛茨基」是個經常出現的名字，他留給我們的印象，往往是「法西斯的走狗」、「全人類的公敵」等稱號，或者是「機會主義」、「修正主義」、「冒險主義」、「投降主義」等錯誤傾向，今天的我們最容易想到的，是左聯所言「進攻整個普洛革命文學運動，……以『眞正馬克思主義者應當注意馬克思主義的贋品』的名義，以『清算再批判』的取消派的立場，公開地向普洛文學運動進攻，……這眞正顯露了一切托洛斯基派和社會民主主義派的眞面目」〔註1〕，是 O.V.筆錄的魯迅所言「史太林先生們的蘇維埃俄羅斯社會主義共和國聯邦在世界上的任何方面的成功，不就說明了托洛斯基先生的被逐，飄泊，潦倒，以致『不得不』用敵人金錢的晚景的可憐麼？……你們的高超的理論爲日本所歡迎……你們的高超的理論，將不受中國大眾所歡迎，你們的所爲有背於中國人現在爲人的道德」〔註2〕，是毛澤東所言「無產階級的文學藝術是無產階級整個革命事業的一部分，如同列寧所說，是『整個機器中的螺絲釘』，因此，黨的文藝工作，在黨的整個革命工作中的位置，是確定了的，擺好了的。反對這種擺法，一定要走到二元論或多元論，而其實質就像托洛斯基那樣：『政治──馬克思主義的；藝術──資產階級的。』」〔註3〕

〔註1〕洛揚：《「阿狗文藝」論者的醜臉譜》，《文藝新聞》1932年第58號。
〔註2〕《答托洛斯基派的信》，《魯迅全集（第六卷）》，人民文學出版社2005年版，第609～610頁。
〔註3〕毛澤東：《在延安文藝座談會上的講話》，《解放日報》1943年10月19日。

　　這種印象來源於政治封鎖。托洛茨基由於享有較高的政治地位和威望，在蘇聯共產黨領導權之爭中成為斯大林的勁敵，經過一番較量，最終被開除出黨並驅逐出國。為了徹底消滅托洛茨基的影響力及其追隨者的勢力，在斯大林領導下，共產國際開展了全世界範圍內的肅清托派運動，這一過程中，一切最反動、最恐怖的標籤都貼在了托洛茨基和托派身上。具體到中國範圍內，中共在武裝反抗國民黨白色恐怖時，提出要將肅清托派作為重要任務〔註4〕；在建立抗日民族統一戰線時，提出「集中火力消滅民眾運動中的托洛茨基奸徒及各種敵探漢奸」〔註5〕；在嚴防和懲辦漢奸方面，提出「肅清為日寇服務的托洛斯基奸徒的鬥爭要求全國上下愛國同胞表明極大的警戒」〔註6〕；在加強中蘇友誼方面，提出抵制托派的「無恥的污蔑蘇聯的挑撥中蘇關係的刊物言論」〔註7〕；在紀念高爾基方面，提出「紀念高爾基要為高爾基復仇，就要用消滅全人類的公敵——法西斯及其探狗托派」〔註8〕。可以說，中共在每一次重大決策和事件中都按照共產國際的要求，著重強調肅清托派的問題，雖然曾明確提出「討論與托派鬥爭問題，首先就要抑制自己的感情，提高自己的理智，要細心耐煩找尋確實可靠的證據，一切疑似的材料，留作參考，莫輕發表，莫輕下斷語」，但是仍然毫無根據地斷言「他們不是一個政治派別，只是德意日的政治間諜，親日派還沒有到漢奸的程度，還可以說他們是一個政治派別，托派無論在那一點上看，都是漢奸的行動。因此我們為著名副其實直稱之為托匪」〔註9〕。這一斗爭不斷升級，很快從口誅筆伐轉變為肉體消滅，出現了泰山肅托案、湖西肅托案等等幾次影響較大的事件。

　　在政治領域內肅清托派運動的帶動下，文學界對「托洛茨基」這個名字也表現出一片討伐之聲，這既是基於對政治要求的盲從，又是為了自保而主動與托洛茨基和托派劃清界限，於是造成了從30年代初至70年代末長達半個世紀的敵對情緒，形成了一片禁區。當下自由寬鬆的學術氛圍為踏入這片

〔註4〕《共產國際執行委員會給中國共產黨中央委員會的信》，載《共產國際有關中國革命的文獻資料1929～1936》，中國社會科學出版社1982年版，第87～88頁。

〔註5〕《論抗戰時期的民眾運動》，《新華日報》1938年2月21日。

〔註6〕《政府與民眾協力撲滅漢奸》，《新華日報》1938年2月11日。

〔註7〕《加強中蘇友誼》，《新華日報》1938年6月17日。

〔註8〕凱豐：《紀念偉大的無產階級作家高爾基》，《新華日報》1938年6月18日。

〔註9〕徐特立：《論反托派鬥爭》，載《法西斯的走狗托洛茨基匪徒》，戰時出版社1938年版，第108、117～118頁。

禁區一探究竟提供了可能性，回頭重新翻閱各類資料，客觀公正的看待那段歷史，會發現托洛茨基對蘇聯乃至整個國際共產主義運動的較大貢獻，會發現他曾在世界範圍內獲得的較高聲望，也會發現他的主張是如此的激進，甚至在一定局勢下顯得不合時宜，更會發現托派內部是那麼離心，從未形成一股統一的政治力量。著眼於中國現代文學領域內，托洛茨基所著《文學與革命》在國民革命運動時期初入中國即受到普遍追捧；在外部政治環境和自身理論問題雙重因素影響下，托洛茨基文論的命運急轉直下；他的文學觀點影響了一大批中國知識分子，被魯迅、蔣光慈、傅東華、范文瀾等人推崇備至；但也在幾次重要的文學思想論爭過程中，被一批文論家罵不絕口；他的文學批評是中國革命文學理論建構過程中的重要資源；他所背負的罵名又讓所有人對他帶給自己的理論影響諱莫如深。與之相關的托派，總是在重要文學事件中出現，被鬥爭中的一方用來給另一方羅織子虛烏有的罪名，使之遭受不白之冤，然而，真正具有托派組織關係的文學家，卻並未遭難。

　　從現象深入人心，歷史的紛繁複雜表現得更加明顯。魯迅始終認為托洛茨基是「深解文藝的批評者」〔註10〕，這一判斷至死不曾改變；胡秋原早年在參與革命文學論爭時經常引用托洛茨基的觀點，並認為「這也是說得很正確貼切的話」〔註11〕，而在文藝自由論辯中被指為托派分子之後，就絕口不談托洛茨基；李霽野在20年代全文翻譯了《文學與革命》，然而後來對此舉深表後悔，承認自己為中國讀者帶來了一本具有「反動政治面目」的書〔註12〕；周揚始終以較高的理論水平，深入分析托洛茨基文論的反動本質；馮雪峰雖然與魯迅關係密切，但是對托洛茨基和托派充滿了敵意，他對托洛茨基文論的批評，沒有周揚的理論深度，卻具備十足的火藥味；王實味並不清楚托洛茨基和托派的具體情況，但對他們充滿了同情〔註13〕；蕭軍的性格桀驁不馴，在面對「托派」問題時，竟然也唯恐避之不及〔註14〕。

　　無論是反常的現象，還是各異的人心，都昭示著「托洛茨基」是切入中

〔註10〕魯迅：《後記》，載《十二個》，未名社出版部1926年版，第73頁。

〔註11〕冰禪：《革命文學問題——對於革命文學的一點商榷》，《北新》1928年第2卷第12期。

〔註12〕李霽野：《魯迅先生與未名社》，人民文學出版社1984年版，第30頁。

〔註13〕溫濟澤：《鬥爭日記》，《解放日報》1942年6月29日。

〔註14〕蕭軍：《延安日記1940～1945上卷》，牛津大學出版社2013年版，第598～599頁。

國現代革命文學思潮研究的一條重要線索，它將引領我們進入一片一直以來模糊不清卻又非常重要的區域，其中既包含文論的接受，又包含思想的鬥爭，通過探索這一系列的接受與鬥爭，可以直抵文論家的心靈深處，將他們被長時間禁錮的思想區域打開，進而重新闡釋他們的文學主張，從這一角度來說，以「托洛茨基」爲線索進入中國現代革命文學思潮，不僅是研究領域的開拓，而且是對已有研究的深化和突破。另外，以「托洛茨基」作爲切入點，可以將許多一直以來不被注意的重要文學史細節照亮，尤其是「托派」這一關鍵詞，它在文藝自由論辯、「兩個口號」論爭和王實味事件中都出現過，甚至是作爲核心問題而存在，然而，由於長期以來的禁忌，該關鍵詞一再被忽略，以致於在當下相關研究中成爲了語焉不詳的問題，與此情況類似的關鍵詞還有很多，這些問題被忽略、被細節化處理，歸根結底源於長期以來對「托洛茨基」和「托派」兩個敏感詞語不敢碰觸的恐懼，當我們直接面對這些詞語、深入挖掘相關問題時，就能看到中國現代革命文學思潮發展脈絡中被遮蔽的一面，從而在一定程度上改變對這一思潮總體面貌的認識。

二、已知與不足

　　一直以來，對革命文學思潮的研究，基本是在 1949 年後大陸主流意識形態所能接受的範圍內進行，「革命」二字既著眼於這一文學思潮與具體革命運動的關係，又特別強調「革命性」要求，而這兩方面無不以突出早期共產黨人及其所領導的組織的作用爲標準，但是，「革命」或「反革命」、「反動」或「進步」，並不能被本質化，也不能簡單地以黨派歸屬作爲區分的標誌，更不能構成研究禁區，尤其不能遮擋文學研究的視線，從這一角度來看，既有研究格局就顯得不夠豐富。《開拓中國「革命文學」研究的新空間——建構現代大文學史觀》一文提出的「大文學」視野具有較強的啓發意義，文章指出：「我們對『革命文學』譜系與結構的再考察的設想，就是試圖在充分尊重現代中國歷史豐富性的基礎上，運用『知識社會學』的研究方法，在『大文學』的視野中凸顯『革命文學』的豐厚及內在思想與藝術形態的多樣性。」「這樣的研究將有可能在一個更爲寬闊的視野中展示中國現代『革命文學』與『革命思維』的豐富性，當然也包括挖掘這一革命文化的正面價值以及某些深刻的歷史教訓。」〔註15〕

〔註15〕李怡：《開拓中國「革命文學」研究的新空間——建構現代大文學史觀》，《探

在這一方面，已有學者進行了具體探索。《河流‧湖泊‧海灣——革命文學、京派文學、海派文學略說》一文試圖跳出已有觀念的局限，對「革命文學」做出歷史定位，文章指出：「我們過去的中國現代文學的觀念，主要是由革命文學的觀念構成的，在前有『五四』文學革命，在中有左翼文學運動，在後有解放區文學，三者連成一個統一的歷史線條，構成了一個統一的文學歷史的骨架。」對於這一觀念，文章通過探討一直以來被學界以「革命文學」為標準進行評判的京派文學和海派文學，意識到「革命文學，是中國現代文學的一種獨立的文學形態，但又不是唯一的文學形態」，在此基礎上，文章進一步指出：「革命文學，是有較為清晰的創作目的的，儘管這個目的未必是實利性的目的。所以，革命文學在其內部結構中必然存在著兩個極點，其一是作者的理想（社會的或精神的），其二就是『現實』。」這就在更為宏大的視野下對革命文學內部結構進行了重新檢討，在一定程度上突破了既成研究格局。〔註16〕《現代中國革命文學思想譜系中的「勃洛克現象」》將中國革命文學家對待勃洛克的態度作為「一個饒有趣味的現象」，並以此為切入點探索革命文學思潮參與者的心態，提出「『勃洛克現象』對急遽轉型的現代中國有一種特殊的豐富性和複雜性，它提供了對待文化遺產的態度和方式，彰顯了革命時期知識分子的道路選擇傾向，還標榜了一種精神、創作和政治的自由。」這就擺脫了傳統思考方式，轉而以一個「同路人」為線索進入中國革命文學家的精神世界。〔註17〕《「紅與黑」交織中的「摩登」——1928 年上海〈中央日報〉文藝副刊之考察》以《中央日報》文藝副刊為切入點研究革命文學，反對「只看到了《中央日報》及其副刊的『黑』而無視其『紅』，或者說只是把其視為『反革命』的思想鉗制和輿論管控」的傳統觀點，在此基礎上，論點直指「對革命文學譜系的歷史還原和重新梳理」。〔註18〕《中國左翼文學思潮探源》一書著眼於理論源頭問題，以世界左翼文學思潮為背景，立足於廣闊的理論視野中，對中國現代革命文學的發生、發展過程進行清理，著重研

索與爭鳴》2015 年第 2 期。

〔註16〕王富仁：《河流‧湖泊‧海灣——革命文學、京派文學、海派文學略說》，《中國現代文學研究叢刊》2009 年第 5 期。

〔註17〕楊姿：《現代中國革命文學思想譜系中的「勃洛克現象」》，《中山大學學報》2015 年第 3 期。

〔註18〕張武軍：《「紅與黑」交織中的「摩登」——1928 年上海〈中央日報〉文藝副刊之考察》，《文學評論》2015 年第 1 期。

究了蘇俄文藝論戰與中國「革命文學」論爭的關係、魯迅對馬克思主義批評傳統的選擇、蘇聯「拉普」的演變與中國「左聯」的關係等等，同時，與日本福本主義、日本「新寫實主義」等多種文學理論體系的關係進行辨析，在中國現代革命文學思潮的理論研究方面取得重大突破。〔註19〕《革命的張力——「大革命」前後新文學知識分子的歷史處境與思想探求》一書從社會環境和重要歷史事件對文學界的影響入手，著意於研究1924年到1930年間魯迅、郭沫若、郁達夫等一批知識分子的思想轉變，以及由此帶來的文學發展走向的劇變，從而力求對「左翼文化運動」提出新的理解。〔註20〕

另外，《人性話語的轉型與變異——以20世紀20年代革命文學為中心的考察》〔註21〕、《論1930年代革命文學的「資本化」》〔註22〕、《被魯迅稱為「優秀之作」的「革命文學」——劉一夢〈失業以後〉中國民革命時期的工人運動》〔註23〕、《告別「我」的故事——三十年代初左翼文學形式的現代性探索》〔註24〕、《半殖民性與解殖民書寫——革命文學、抗戰文學的歷史重構》〔註25〕、《「群眾」的發現與「革命文學」的發生》〔註26〕、《一九二八：革命文學》〔註27〕等等一批論文和著作都觸及到中國現代革命文學思潮研究格局豐富和拓展的問題。

以「托洛茨基」作為線索深入中國現代革命文學思潮並進行系統研究，同樣是以此為立意。到目前為止，已有一些研究成果觸及到了「『托洛茨基』與中國現代革命文學思潮」這一話題，其中，「『托洛茨基』與魯迅」是重要

〔註19〕艾曉明：《中國左翼文學思潮探源》，北京大學出版社2007年版。

〔註20〕程凱：《革命的張力——「大革命」前後新文學知識分子的歷史處境與思想探求（1924～1930）》，北京大學出版社2014年版。

〔註21〕鄧瑗：《人性話語的轉型與變異——以20世紀20年代革命文學為中心的考察》，《文藝爭鳴》2015年第10期。

〔註22〕李躍力：《論1930年代革命文學的「資本化」》，《陝西師範大學學報》2010年第1期。

〔註23〕孫偉：《被魯迅稱為「優秀之作」的「革命文學」——劉一夢〈失業以後〉中國民革命時期的工人運動》，《魯迅研究月刊》2015年第2期。

〔註24〕劉婉明：《告別「我」的故事——三十年代初左翼文學形式的現代性探索》，《現代中國文化與文學》第16輯。

〔註25〕張武軍：《半殖民性與解殖民書寫——革命文學、抗戰文學的歷史重構》，《天津社會科學》2015年第3期。

〔註26〕李音：《「群眾」的發現與「革命文學」的發生》，《中國現代文學研究叢刊》2008年第2期。

〔註27〕曠新年：《一九二八：革命文學》，山東教育出版社1998年版。

焦點且取得了一定的研究進展，張直心在其專著《比較視野中的魯迅文藝思想》裏專門用一章的篇幅研究在托洛茨基文學思想的影響下「魯迅在『偏重文藝』與『偏重階級』兩種文藝思想深刻對峙中交互偏側、竭力擁抱兩極的選擇」〔註28〕，艾曉明在《中國左翼文學思潮探源》中以一節的篇幅探討了魯迅基於托洛茨基文論對「文學與革命」的思考和選擇。另外，王彬彬的《魯迅與中國托派的恩怨》和田剛的《魯迅〈答托洛斯基派的信〉考辨》也是比較有代表性的成果，這些學者的研究注意到了「『托洛茨基』與魯迅」這個話題的價值，並做出了有意義的探索，但始終基本停留在史實梳理的層面，在通過文字材料證明魯迅接受了托洛茨基文學思想的基礎上，沒能進一步挖掘托洛茨基文學思想怎樣、在哪些方面以及在何種程度上影響了魯迅的革命文學觀，也沒有論及這些影響在魯迅後期思想中佔有怎樣的地位。值得注意的是以長堀祐造和格雷果爾・班頓爲代表的一些海外學者的研究成果，長堀祐造在 80 年代即撰寫了一系列論文探討「『托洛茨基』與魯迅」這個話題，目前譯介到中國大陸的有《試論魯迅托洛茨基觀的轉變——魯迅與瞿秋白》、《魯迅「革命人」的提出——魯迅接受托洛茨基文藝理論之一》和《魯迅革命文學論中的托洛茨基文藝理論》三篇文章，從中可以看到，日本學者已經開始試圖透過文字材料營造的表象深入魯迅的精神世界，另外，他的相關文章已經在臺灣結集出版，根據書中內容可知，他已經對該話題有了長時間的思考〔註29〕；格雷果爾・班頓的《魯迅，托洛茨基與中國托派》一文嘗試以魯迅爲源頭探索托洛茨基文學思想在中國的傳播脈絡。這兩位學者的研究的確更進一步，但是，長堀祐造在論文中大量表現出的推測性判斷和等量代換式的分析魯迅思想的方法，其說服力是值得商榷的，格雷果爾・班頓在文中充滿跳躍性的梳理方法也很難讓人看到一個清晰完整的傳播脈絡。可見，對於「『托洛茨基』與魯迅」這個話題來說，雖然已有一定的研究進展，相關的論文也有數十篇，但研究現狀是不能說讓人滿意的。

　　另一個焦點是「王實味事件」研究，《致命的潔癖——王實味與托派》一文試圖「以『人性的複雜性』作爲觀察其行狀的體驗結構」，「將『王實味與

〔註28〕張直心：《比較視野中的魯迅文藝思想》，雲南大學出版社 1997 年版，第 40頁。

〔註29〕長堀祐造：《魯迅與托洛茨基——〈文學與革命〉在中國》，人間出版社 2015年版。

托派』作爲入思的意向性結構」，來探討王實味的「致命的潔癖」〔註30〕，但作者對王實味與中國「托派」成員關係的梳理停留在介紹性的層面，且並不詳盡，沒有達到應有的歷史深度。其他文章要麼屬於回憶性的歷史資料，要麼流於泛泛而談，數量較多，卻乏善可陳。除此之外，大量涉及「王實味事件」的論文基本都是以該事件爲切入點，目的在於探討「『大批判』文藝批評模式」〔註31〕等解放區文學問題，並不關注王實味的「托派」罪名，這類研究以《「大批判」文藝批評模式與對王實味的兩次批判》、《當代文學「群眾批判」模式的生成——以批判王實味爲中心的考察》等等爲代表，總體來說，對於「王實味事件」的研究還有待深入。

其他涉及這一話題的論文主要是圍繞王獨清、蔣光慈、胡蘭成和《子夜》等研究對象展開，作爲重要的文論家和文學作品，他們與托洛茨基文論、托派的關係應該得到應有的重視，尤其是王獨清和蔣光慈，前者加入了中國托派組織，並創辦了旨在宣傳托派思想的刊物，後者在蘇聯時曾接觸到《文學與革命》，並深受影響，是最早介紹托洛茨基文學思想的中國文論家之一，然而，這些方面的論文數量少，且普遍深度不夠，介紹多而論述少是其共同特點。

總體來說，停留於淺顯的史實描述、零散而不成系統是目前「『托洛茨基』與中國現代革命文學思潮」研究中存在的最大問題，這說明學界已經逐漸意識到托洛茨基文學思想以及「反托派」鬥爭在革命文學思潮中的作用，很多學者都在自己的學術領域中發現了「托洛茨基」的身影，但尚沒有人把這些作爲一個單獨的問題來面對，這是造成研究很難深入、不成系統現象的主要原因。這一現象又導致了研究現狀的第二個問題，即很多文學史事件一直沒能得到符合歷史事實的闡釋，長期以來，「托洛茨基」、「托派」都是作爲「反革命」、「漢奸」等身份的典型代表，相關內容無法進入研究視野，幾十年的斷層使這部分歷史已經模糊，當下零散而不成系統的研究很難還原整體史實，一兩塊歷史的碎片雖然能夠折射出一些信息，但若不以整體性的觀照爲前提，其局限性也是可想而知的，這就造成我們對這些重要事件的理解不能

〔註30〕郭繼寧，鄭麗麗：《致命的潔癖——王實味與托派》，《蘭州學刊》2009年第2期。
〔註31〕黃擎：《「大批判」文藝批評模式與對王實味的兩次批判》，《中國現代文學研究叢刊》2011年第7期。明飛龍：《當代文學「群眾批判」模式的生成——以批判王實味爲中心的考察》，《文藝爭鳴》2012年第1期。

在一個合理的軌道上推進，從而對中國革命文學思潮史的研究形成阻力。從
「『托洛茨基』與中國現代革命文學思潮」這一話題本身包蘊的豐富性與研究
現狀令人遺憾之強烈反差中，可以看到該話題還有相當大的探索空間。

三、本書的基本研究路徑

在這樣一個研究現狀之下，要做的第一項工作是理清幾個基本問題：托
洛茨基是誰？托派是什麼？肅清托派運動的起因和經過應如何看待？托洛茨
基文論的主要內容有哪些？其文論與其政治主張有何內在關係？只有以客觀
的歷史眼光將這些問題一一解答，才能對「托洛茨基」與中國現代革命文學
思潮研究有基本的把握能力。另外，由於長期以來對「托洛茨基」的敵對情
緒，這些問題的答案已經顯得非常模糊，從而導致該研究難以深入，將這些
內容理清，是為了去除一切政治偏見和思想禁錮，將托洛茨基、托派、肅清
托派運動等等真正視為客觀存在的歷史事實，這是該研究能夠進行的前提。

在梳理完以上內容之後，就可以排除一切已有的政治因素干擾，把托洛
茨基文學思想在中國的傳播作為一個客觀事實來對待，整體的考察其傳播過
程以及它為中國革命文學思潮帶來了什麼，這包括它是在什麼情況下傳入中
國的？怎樣傳入中國的？它的傳播過程是怎樣的以及有何特點？他為中國革
命文學思潮提供了哪些理論資源？不同的人從中分別吸收了哪些營養？這些
問題的解決將以大量史料的梳理為基礎，目前來看，托洛茨基文學思想是以
日文版《文學與革命》為載體在國民革命運動時期傳入中國的，對「革命」
思想的尋求直接影響了中國文壇對它的接受和翻譯，在傳播過程中，主要涉
及到以魯迅為中心的一批作家和社團，還有蔣光慈、瞿秋白等早期留學蘇聯
的一批文人，在此，中國文論家對待托洛茨基文論的態度轉變是一個重要問
題，其中既有來自蘇聯的肅托運動的影響，又有托洛茨基文論自身的原因，
對這一問題的探討，可以勾勒出一個比較清晰完整的托洛茨基文學思想傳播
脈絡，宏觀地把握它對中國革命文學思潮的影響，同時，可以從一個「反面
典型」中倒映出中國文壇對革命文學的基本理解和要求。

只有在整體考察的基礎上，才能對魯迅、蔣光慈等等文論家個案有準確
定位，總體來說，這一部分個案研究必須對每位文學家的思想主張進行仔細
辨析，因為他們在二三十年代所接受的文論資源多種多樣，在對待托洛茨基
文論的時候不可能原封不動的照搬，改動、延伸甚至與其他文論思想混合都

是在所難免的，甚至在郭沫若、李初梨、錢杏邨等等很多文論家的文章中能輕易找到與托洛茨基觀點一致的內容，卻又無法找到相關文字說明、回憶資料等直接證據以證明這些內容就是受托洛茨基文論的影響而形成，這是一個難點，只能以對比的方法，從雙方看問題的角度、提出觀點的動機、相關理論背景等等各方面的相似性入手進行推斷，既要看到其中的繼承關係，又要指出改動情況，綜合這兩個方面，可以進一步深入中國革命文學家的精神世界，由此，研究的「難點」就變成了「契機」。在個案研究中，魯迅思想與托洛茨基文論的關係需要詳細探討，這一探討的前提是將雙方視為兩個獨立完整的思想體系，而不是簡單地將魯迅視為被動的接受方，在這一前提下，就不能拘泥於「同路人」、「革命人」等等部分概念、具體觀點的來源分析，而是立足於微觀辨析、著眼於宏觀角度以分析一系列基本問題，比如，托洛茨基文論對魯迅思想的整體影響是怎樣的，魯迅對托洛茨基文論的感情基礎是什麼，魯迅對托派的態度應該如何理解，等等。

除了托洛茨基文學思想的傳播之外，「反托派」鬥爭在中國現代革命文學思潮中所起的作用也是需要認真研究的。當我們直接面對「托派」話題時，一連串的問題就出現了：「托派」如何成為文藝界的「罪名」？哪些文學家被視為「托派」？他們為什麼會被視為「托派」？「反托派」鬥爭本身是個政治領域的事件，但它在 30 年代開始波及文藝界，並在許多重大事件中起作用，而當時的文學家幾乎都不是中國「托派」的成員，之所以有一批人被視為「托派」，恐怕不僅僅是因為他們的文學思想與「托派」的主張高度一致。被視為「托派」的人大多是被冤枉的，但還有極個別的人的確存在「托派」組織關係，值得注意的是，這類人反而沒有受到整肅。在這一「被整肅者」與「未被整肅者」的對比中，暴露出了文藝界肅清托派行為的根本動機，這一行為無意於對托派進行鬥爭，也不僅僅為了打倒異己者，而是通過反對這批人的主張來樹立和完善自身的理論，使自己的理論更加普及和順利落實，將目光放在「胡秋原與左聯的論爭」、「兩個口號的論爭」和「王實味案」等一系列事件上會看到，它們分別涉及左聯對普羅文學的倡導、周揚等人對國防文學的倡導以及一體化文學體制的開端等革命文學思潮史上的重要問題，這就意味著，從「反托派」鬥爭的角度入手，不僅可以對這些問題產生新的認識，更能對中國現代革命文學思潮有全新闡釋的可能性。

第一章 托洛茨基文論與肅清托派
運動概況

　　「托洛茨基」與中國現代革命文學思潮研究需要從兩條線索展開，即托洛茨基文論的傳播與肅清托派運動對文學界的影響，這兩條線索涉及到托洛茨基和托派兩個名詞，也涉及到托洛茨基文論的具體內容和肅清托派運動這一歷史事實。由於近半個世紀以來，中國人對這些內容的恐懼心理，相關歷史早已被扭曲或者不為人所熟知，只有將它們的概況梳理清楚，才能展開深入具體的研究。

第一節 托洛茨基與「不斷革命論」

　　對托洛茨基的介紹，我們通常看到的都類似於這樣：托洛茨基（1879～1940），原名列夫・達維多維奇・布隆施泰因，革命家、軍事家、政治理論家和作家，曾是蘇聯共產黨〔註1〕和第四國際領袖。然而，如果以「托洛茨基」為切入點進入中國現代革命文學思潮研究，那麼，這樣的介紹就過於簡略了。托洛茨基是誰？他的人生經歷是怎樣的？他作為國際共產主義運動史上的重要領袖，基本的政治主張是什麼？長期以來的偏見導致這個名字令人望而生畏，對其避而不談成為一種基本態度，久而久之，對於當下的中國人來說，「托

〔註1〕蘇聯共產黨大致經歷了「俄國共產黨」、「全聯盟共產黨（布爾什維克）」、「蘇聯共產黨」三個階段，本文研究的重心是中國現代革命文學思潮，而不是托洛茨基或國際共產主義運動，且考慮到不會引起歧義，因此，為行文方便，除文獻引用部分外，全文統一使用「蘇聯共產黨」，簡稱「蘇共」。

洛茨基」成了一個「陌生人」，甚至很多學者也對其不太瞭解。基於此，對這個人進行全面的介紹和分析成爲一項必不可少的工作。

一、兩種視野下的托洛茨基革命生涯

托洛茨基出生於一個比較富足的家庭，幼年進入學校接受了正規教育，父親希望他成爲一名工程師，但是他卻選擇走上了革命道路，或許是機緣巧合讓他遇到了一群有志於社會革命的青年人，也或許是那個動蕩時代的裹挾，讓他必然成爲一名革命者。1896 年，17 歲的托洛茨基「偶然結識了一些工人，搞到一些秘密出版物」，並與朋友「討論最新出版的激進雜誌」，開始接觸一些不成體系的革命思想，但此時「經常接觸的知識分子當中，沒有一個人從事過眞正的革命工作」，他們之間的討論既沒有強大的理論基礎做支撐，也沒有實踐經驗爲依據，這種「無休無止的茶敘與革命組織之間橫亘著一條鴻溝」。「韋特羅娃事件」示威活動使他從空泛的高談闊論轉向實際的革命工作，在參加該活動之後，他聯合一些朋友建立了一個名叫「南俄工人協會」的組織，並親自「起草了具有社會民主主義精神的協會章程」，但由於缺乏革命經驗，他很快就被捕了。〔註 2〕在監獄關押期滿後流放東西伯利亞的途中，他結識了捷爾任斯基、烏里茨基等革命者。經歷了流放與逃亡，1902 年，托洛茨基在英國倫敦第一次見到了列寧，並進行了深入交談。再次回到俄國後，他參加了 1905 年的革命，雖然因革命失敗而又一次被捕入獄，但他在革命運動中的地位獲得了第一次提高，盧那察爾斯基對他作出的評價是：「他被捕前在彼得堡無產階級中享有很高的聲望，由於他在法庭上極其優雅而英勇的表現，他的聲望又有增加。我應該說，1905 至 1906 年時，在社會民主黨的所有領袖當中，托洛茨基雖還年輕，但無疑表現得最老練，……托洛茨基比其他人更深刻地感到什麼是奪取國家權力的鬥爭。他從革命中獲得的聲望最多。在這個方面，無論列寧還是馬爾托夫實際上都一無所獲，普列漢諾夫因爲表現出了立憲民主黨的傾向而聲望大減。從這時起，托洛茨基站到了前列。」〔註 3〕在這次監獄生活中，他「鑽研地租理論和俄國社會關係史」，並勤於著書，獄友斯韋爾奇科夫描述了托洛茨基的這段監獄生活：「列·達·托洛茨基不停地撰寫《俄國和革命》一書，並一部分一部分地送出去印刷，在這本書裏，他

〔註 2〕托洛茨基：《托洛茨基自傳》，人民文學出版社 2013 年版，第 83～90 頁。
〔註 3〕托洛茨基：《托洛茨基自傳》，人民文學出版社 2013 年版，第 147～148 頁。

第一次明確表達了這個思想：在俄國開始的革命直到建立社會主義制度才會結束。這個思想被稱爲『不斷革命論』，當時幾乎沒人讚同。但他堅持自己的立場，並在那時就已經看到了世界各國資產階級——資本主義經濟解體的全部徵兆和社會主義革命就要到來的事實……」〔註4〕這一次監獄生活結束後，托洛茨基繼續從事革命活動，1917 年，他親自領導了十月革命。

在十月革命爆發前後，托洛茨基的政治地位達到了頂峰，不僅顯現出過人的鬥爭能力，而且贏得了眾人的擁戴，開始成爲蘇共黨內的重要領導人之一。在他的朋友和追隨者眼中，他具有充足的領袖能力，「在托洛茨基令人眼花繚亂的成功的影響下，並在他那偉大的人格的影響下，不少接近托洛茨基的人們都有認爲他是俄國革命的頭號眞正領袖的傾向」，甚至認爲「列寧雖然智慧超人，但與托洛茨基的天才相比，卻日益遜色」，〔註5〕黨內的反對者「也不得不承認：在最近的逆境中，托洛茨基在還不是黨員的時候就以值得讚賞的英勇站在黨的一邊了。他們也不能否認，在列寧不在時，他們中沒有一個人能像托洛茨基那樣堅定、清晰和權威地爲黨說話；就是列寧本人擔當黨的喉舌，也未必能像托洛茨基那樣卓越」〔註6〕，在沙皇政府眼中，他也是與列寧同等地位的人，「在政府的攻擊中，托洛茨基的名字最常和列寧的名字連在一起」〔註7〕。由於在十月革命過程中親自指揮戰鬥並取得了勝利，托洛茨基的地位幾乎超過了黨內的任何一個人，在革命勝利後討論第一屆蘇維埃政府構成時，「列寧曾提議：既然誕生這個政府的起義是托洛茨基領導的，托洛茨基就應擔任這個政府的首腦。出於對列寧的政治資歷的敬意，托洛茨基拒絕列寧的提議」〔註8〕。除了政治上地位與日俱增之外，在軍事上，托洛茨基也享有極高地位，在蘇聯反對外國武裝干涉和內戰期間，他一直是軍事工作的主要負責人，歷任軍事人民委員、最高軍事委員會主席和共和國革命軍事委員會主席，在任期間，提出了建立正規軍的主張，並親自參與整個組建過程，

〔註4〕托洛茨基：《托洛茨基自傳》，人民文學出版社 2013 年版，第 150～151 頁。

〔註5〕〔波〕伊薩克・多伊徹：《武裝的先知：托洛茨基 1879～1921》，中央編譯出版社 2013 年版，第 239 頁。

〔註6〕〔波〕伊薩克・多伊徹：《武裝的先知：托洛茨基 1879～1921》，中央編譯出版社 2013 年版，第 256 頁。

〔註7〕〔波〕伊薩克・多伊徹：《武裝的先知：托洛茨基 1879～1921》，中央編譯出版社 2013 年版，第 245 頁。

〔註8〕〔波〕伊薩克・多伊徹：《武裝的先知：托洛茨基 1879～1921》，中央編譯出版社 2013 年版，第 289 頁。

確定了軍隊紀律、軍區體制、兵役制度等等各方面的要求，在他的努力下，到 1918 年底，一支人數可觀、指揮統一、部門齊全、可在全國範圍內協同打擊敵人的紅軍出現了，可以說，托洛茨基是蘇聯紅軍的「締造者」。〔註9〕

　　然而，在輝煌的背後隱藏著危機。十月革命前夕，「托洛茨基在黨內占支配地位是無可爭議的」，但是，對他不利的蛛絲馬蹟已經開始逐漸出現，1917 年，「列寧力圖說服他的同事們在布爾什維克的報紙工作中給托洛茨基一個重要的職務，但沒有成功」，是年 8 月 4 日，「中央委員會推選布爾什維克報紙的總編委員會（這個編委會由斯大林、索柯里尼柯夫和米柳亭組成）時有一項提議：托洛茨基從監獄出來後應參加編委會。這項提議以 11 票對 10 票被否決」。〔註10〕十月革命後，對他不利的現象日益顯現，他的主張不斷受到各種阻力，更重要的是，他已經具備的地位和影響力，以及與列寧日益緊密的關係，決定了他很可能成為列寧的接班人，並控制統治全黨的代理機構——政治局，為了與他爭奪這一政治權利，斯大林、季諾維也夫和加米涅夫三人形成聯盟，於是，由列寧、托洛茨基、托姆斯基、布哈林、斯大林、季諾維也夫和加米涅夫 7 人組成的政治局中，當列寧不在的時候，就有半數人反對托洛茨基，他已經不可能通過控制政治局以推行自己的政治主張了。在列寧去世之前，斯大林、季諾維也夫和加米涅夫三人聯盟就通過黨的第十三次代表大會給托洛茨基確定了「偏離列寧主義的小資產階級派性」罪名，列寧去世後，斯大林阻止了托洛茨基參加葬禮，使他無法通過葬禮確定自己「列寧接班人」的身份。在斯大林掌握了蘇共最高領導權後，他所推行的「單獨一國建設社會主義」理論與托洛茨基所主張的「不斷革命論」發生嚴重衝突，這種基本政治主張的矛盾決定了二人在一系列重大問題上都不能達成一致的意見，在經過一系列鬥爭和政治聯盟分化重組後，托洛茨基在 1926 年組織了一個聯合反對派，以對抗斯大林的政治勢力，然而，此時的斯大林派已然完全控制了黨的機關，壟斷了全黨的財力和物力，相比之下，聯合反對派的力量是微弱的，這樣一場重大黨內鬥爭的結果是托洛茨基於 1927 年 11 月 14 日被開除出黨，並於 1928 年 1 月 17 日被驅逐出國，從此，他開始了國外流亡生活，這是一段始終伴隨著鬥爭和被暗殺危險的生涯，最終，1940 年 8 月 20 日，

〔註 9〕 賴小剛：《托洛茨基與蘇聯紅軍的建立》，《世界歷史》1988 年第 5 期。
〔註10〕 〔波〕伊薩克·多伊徹：《武裝的先知：托洛茨基 1879～1921》，中央編譯出版社 2013 年版，第 256 頁。

刺客「雅克松」用冰鎬擊中托洛茨基頭部，致使其頭蓋骨破碎，1940 年 8 月 21 日晚 7 點 25 分，托洛茨基因搶救無效而死亡。

以托洛茨基的鬥爭經歷為線索梳理他的一生，可以看到其總體特點是「大起大落」，他從青年時代參加革命鬥爭開始，就與一批傑出的革命者建立了聯繫，十月革命爆發前夕，年輕的他已經是一位經驗豐富的「老革命者」了，在歷次革命活動中迅速積累的雄厚政治資本，以及十月革命中的傑出表現，使他在不到 40 歲的時候就已經成為蘇共黨內的最高領導人之一，然而，他又迅速從人生的巔峰跌入低谷，被迫離開了他親手締造的紅軍，離開了他曾經為之不懈奮鬥的黨，離開了自己的國家，成為了一個流亡的國家叛徒。

如果換個角度梳理他的一生，就會看到一個手不釋卷的托洛茨基。他在自傳中說：「不僅是在學生年代，而且在其後的青年時代，大自然和人在我精神生活中所佔的位置都亞於書籍和思想。儘管是農民出身，但我對大自然並不敏感。……我觀察自己，閱讀書籍，在書本中尋找的還是自己或者自己的未來。」他從 8 歲開始閱讀各類書籍，對於這樣幼小的兒童來說，「每本新書都包含新的障礙：生詞、不甚瞭解的人際關係、現實與幻想的模糊界限。大部分問題都無人可問。」但是他孜孜不倦，樂此不疲，他感覺「新知帶來的若有若無的歡樂和對未知世界的惶恐交織在一起」，「多看、多瞭解、多掌握知識的渴望被激發了出來，它在不知疲倦地吞噬一行行鉛字的過程中得到了滿足，在朝著文字的盛宴伸過去的孩子的手裏和嘴裏得到了滿足」。〔註 11〕隨著年齡逐漸增長，托洛茨基開始接觸到穆勒的《邏輯學》、利佩爾特的《原始文化》、米涅的《法國革命史》等著作，從中可以看到他的涉獵範圍之廣，後來開始「從政治的角度」讀「當時最權威」的莫斯科的自由派報紙《俄國消息》，從中「獲得了對西歐政治生活的初步概念，特別是關於議會政黨的概念」。〔註 12〕即使在監獄中，托洛茨基也沒有中斷讀書，「囚室很快就變成了圖書館」，他說：「我把閱讀歐洲經典文學作品當作休息。我躺在監獄的小床上，陶醉在書籍中，全身上下感到莫大的滿足，就像美食家啜飲上好的葡萄酒或者吐納濃香的雪茄一樣。這是非常美好的時刻。閱讀經典作家留下的痕跡可以在我那個時期所有的政論作品中找到，他們的話被當成了題詞和引文。……總之，我對自己的牢獄生活無可抱怨，對我來說，它是一所很好的學校。離開彼得保羅要塞那間嚴加封閉

〔註11〕托洛茨基：《托洛茨基自傳》，人民文學出版社 2013 年版，第 49～50 頁。
〔註12〕托洛茨基：《托洛茨基自傳》，人民文學出版社 2013 年版，第 80 頁。

的單人牢房時，我還有些傷感：那裏如此安寧、如此平和、如此寂靜，是從事腦力勞動的理想場所。」〔註13〕托洛茨基把自己的革命實踐活動與從閱讀中汲取的營養結合起來，完成了大量著作，根據現有各類資料顯示和漢譯本出版情況可知，托洛茨基的重要著作有如下幾種（包含未公開出版或已丟失，但在各類資料中明確存在的作品）：《革命中的俄國》（後來以《1905 年》爲題多次再版）、《總結與展望》、《政治舞臺上的彼得・司徒盧威》、《往返旅程》、《戰爭與共產國際》、《致誹謗者》、《我的生平》、《不斷革命論》、《文學與革命》、《西班牙革命 1931～1939》、《爲反對德國法西斯主義而鬥爭》、《俄國革命史》、《中國革命的問題》、《法國向何處去》、《列寧傳》（1972 年以《年輕時代的列寧》爲題用英文出版）、《蘇聯是什麼，它向何處去》、《他們的道德和我們的道德》、《垂死的資本主義和第四國際的任務（過渡綱領）》、《斯大林——對他個人及其影響的評價》（逝世時未完成稿）、《波拿巴主義、法西斯主義和戰爭》（逝世時未完成稿）、《帝國主義時代的工會》（逝世時未完成稿）、《階級、政黨和領導》（逝世時未完成稿）。

在托洛茨基讀書和著述方面，有一點非常值得注意，雖然他「把寫作以及其他活動都服從於革命目的」，但是他也說過：「從相當早的時候開始，更確切地說，從童年時代開始，我就想成爲一名作家。」〔註14〕從這個角度觀察托洛茨基，可以發現他是一個熱愛文學藝術的人。幼年時代的托洛茨基就接觸到「一位老記者、小說家、南部地區出名的莎士比亞專家和解讀者」謝爾蓋・伊萬諾維奇・瑟切夫斯基，並深受這個人的薰陶，在與他交往的過程中，托洛茨基讀到了普希金的《詩人與書商》、《吝嗇的騎士》，涅克拉索夫的《詩人與公民》，狄更斯的《奧列佛・特維斯特》，托爾斯泰的《黑暗的勢力》等名著，在這一時期，托洛茨基還進行了一些簡單的文學活動，比如與同學、朋友一起創作了諷刺性長詩《月球旅行記》，排演普希金的《吝嗇的騎士》，創辦了一個名叫《水滴》的文學雜誌並作詩一首作爲綱領性文章。他認爲：「我從小就熱愛文字，這種愛有時非常強烈，有時則會淡一些，但總的來說無疑是越來越強烈。對我而言，由作家、記者和演員組成的世界始終是最有吸引力的，只有經過千挑萬選的人才能進入其中。」〔註15〕對文學藝術的熱愛並

〔註13〕托洛茨基：《托洛茨基自傳》，人民文學出版社 2013 年版，第 151 頁。
〔註14〕托洛茨基：《托洛茨基自傳》，人民文學出版社 2013 年版，第 279 頁。
〔註15〕托洛茨基：《托洛茨基自傳》，人民文學出版社 2013 年版，第 50～54 頁。

沒有隨著他走上革命道路而減退，一直到 1929 年，托洛茨基還表示：「小說的藝術首先是法國的藝術。儘管我的德語比法語要好一些，尤其是在科學術語方面，但我閱讀法語小說比德語小說更輕鬆。直到現在我仍然喜歡法國小說，甚至是在國內戰爭的時候我也能找到時間在車廂裏閱讀法國文學的新作。」〔註16〕

廣泛閱讀各類政治、軍事、歷史、文化、文學著作，成就了學識淵博的托洛茨基，他是一位親自率軍上陣臨敵的革命者，但他並非是一個簡單的武夫，從閱讀和著述的角度來看，他幾乎可以被稱爲一位學者。正是如此深厚的積累，使他能夠「在各種集會上慷慨激昂」，取得了「令人眼花繚亂的成功」。〔註17〕如魯迅所言：「托羅茲基是博學的，又以雄辯著名，所以他的演說，恰如狂濤，聲勢浩大，噴沫四飛。」〔註18〕有這樣的深厚學識做基礎，托洛茨基得以提出了著名政治主張「不斷革命論」，完成了重要的馬克思主義文藝理論著作《文學與革命》。

二、「不斷革命論」簡析

作爲一名將畢生精力都獻給了無產階級革命和共產主義運動的政治家、革命家，托洛茨基的政治主張是他一切行爲的根本出發點，也是他一切主張的核心，因此，要理解這個人及其文學理論，必須對其根本政治主張「不斷革命論」有清晰、完整的認識。該理論在 1905 年前後開始萌生，隨著托洛茨基革命實踐活動的發展而不斷深化，最終於 1929 年 11 月完成《不斷革命論》的寫作。概括地說，「不斷革命論」可以表述爲：在資本主義發展水平較低、資產階級力量較弱的俄國，資產階級無力領導革命走向勝利，俄國革命必須由無產階級掌握領導權，並首先幫助資產階級完成民主革命，這一革命階段的勝利並不意味著革命的完全勝利，也不意味著革命可以暫時中斷，無產階級必須牢牢掌握革命領導權，毫不停歇的繼續進行無產階級革命，直至勝利，但是，無產階級革命的勝利無法在單獨某一國家內取得，必須幫助世界各國無產階級共同進行共產主義運動，以實現世界範圍內無產階級革命的普遍勝

〔註16〕托洛茨基：《托洛茨基自傳》，人民文學出版社 2013 年版，第 151 頁。
〔註17〕〔波〕伊薩克・多伊徹：《武裝的先知：托洛茨基 1879～1921》，中央編譯出版社 2013 年版，第 239～240 頁。
〔註18〕魯迅：《〈奔流〉編校後記》，載《魯迅全集・第七卷》，人民文學出版社 2005 年版，第 173 頁。

利。

　　具體地說，這一「不斷革命論」包含了以下幾個重要方面。首先是革命領導權問題。托洛茨基認為，無論是資產階級民主革命還是無產階級革命，都只有在無產階級的領導下，才能取得革命的最終勝利，進入無階級的社會主義和共產主義社會，因此，革命領導權問題一刻都不能放鬆，一旦放鬆，就會立即導致革命失敗，在此需要注意，研究者普遍認為托洛茨基只強調無產階級在革命中的領導作用，漠視農民群眾的力量，但是這一觀點在其一切論著中都找不到依據，相反，他曾提出：「不僅土地問題，而且民族問題，都使在落後國家佔人口絕大多數的農民在民主革命中佔有特殊地位。沒有無產階級和農民的聯盟，民主革命的任務不僅不能得到解決，而且甚至不可能認真提出。」但是在無產階級和農民的聯盟中，二者並不是具備同等革命領導權的，而是無產階級領導農民，「無論農民的革命作用多麼巨大，他們不可能起獨立的作用，更不用說起領導作用了。農民不是跟工人走，就是跟資產者走」，必須由無產階級堅定的把握革命領導權，既幫助資產階級，又「領導著農民群眾」。其次是革命歷程問題。托洛茨基認為：「無產階級作為民主革命領袖取得政權以後所實行的無產階級專政，必然並且很快就會給自己提出與深刻侵犯資產階級財產權密切相關的任務。民主革命直接轉變為社會主義革命，從而成為不斷革命。」這意味著無產階級奪取政權不是革命的最終目的，在某種程度上只是革命的開端，民主革命與社會主義革命之間不能穿插一段相當長時間的經濟發展和國家建設，不然就會是資產階級力量壯大，從而成為社會主義革命的巨大阻力。這種「連續不斷」並不是一種「左」傾冒進行為，而是為了防止資產階級由於實力壯大而奪取革命領導權，進而反攻無產階級，形成一股新的敵對勢力。第三是革命範圍問題。托洛茨基認為社會主義革命不可能在單獨一國取得勝利，只能發動全世界無產階級共同鬥爭才能最終實現共產主義社會，原因在於兩個方面，一方面，「在資本主義關係在世界舞臺上占壓倒優勢的情況下，這種鬥爭必然在國內引發國內戰爭，在國外引發革命戰爭」，戰爭將在世界範圍內進行，另一方面，「資產階級社會發生危機的基本原因之一，就是它所創造的生產力同民族國家的框框不再能相容。一方面由此產生了帝國主義戰爭，另一方面，由此產生了資產階級的歐洲聯邦的烏托邦。社會主義革命在民族舞臺上開始，在國際舞臺上發展並在世界舞臺上完成。因此，社會主義革命就成為在新的更為廣泛意義上的不斷革命：在新社會在我們整個地球上獲得最終勝利之前，它

不會得到完成」。〔註19〕這是在對全球資本體系和世界帝國主義現象進行分析後得出的觀點，不僅充分考慮了國家安全問題，而且是符合世界經濟發展趨勢的。

「不斷革命論」是托洛茨基一生的代表性政治創見，但也給他帶來了巨大災難，從蘇聯發源的「反托洛茨基主義」運動的核心就是反對他的「不斷革命論」。時過境遷，我們應該對這一政治理論持客觀態度，既要看到其合理性，又要看到其不合時宜的一面。有學者認爲「托洛茨基把馬克思、恩格斯的不斷革命論運用於俄國」〔註20〕，這一觀點是不夠準確的，托洛茨基「不斷革命論」的基礎是對俄國自身社會狀況和20世紀初俄國所處國際環境的分析，所運用的社會分析方法是從馬克思的觀點中繼承來的，然而所分析的對象並不像馬克思局限於歐洲社會的資本主義，托洛茨基面對的是世界帝國主義現象，他是在全球資本體系下分析俄國革命和世界共產主義運動，這種分析基於他自身的革命實踐，同時也廣泛吸收了不同理論學說的營養，從這一角度來說，他的「不斷革命論」是對馬克思主義的豐富和發展，「托洛茨基能夠提出不斷革命論，是其馬克思主義理論修養所決定的，馬克思主義不斷改造世界達到共產主義社會進化圖式，是不斷革命思想的起源。托洛茨基也深受拉薩爾、考茨基和帕爾烏斯等人的影響：他從拉薩爾那裏吸收了無產階級的獨立策略；從考茨基那裏吸收了不平衡發展規律和無產階級有可能比資產階級更早地建立政權的思想；從帕爾烏斯那裏吸收了關於現實地通過無產階級專政並建立工人政府的思想。可以說，托洛茨基的不斷革命論的形成，是對前人不斷革命思想的吸收和採納，並通過與同時代其他革命思想和革命戰略的交鋒、交流和批判中確定下來的」〔註21〕。當然，這一理論絕不是完美無缺，如果僅從理論內部對其進行考察，那麼，它是非常嚴謹的，然而，當我們跳出這一理論框架，從蘇聯面臨的現實狀況來看，其局限性就非常明顯了，正如有學者指出的：「托洛茨基的理論雖然具有一定正確性，但不符合當時蘇聯所面對的國內和國際情況，在世界革命已經明顯遭遇挫折，向其他國

〔註19〕 托洛茨基：《什麼是不斷革命？》，載《托洛茨基文選》，人民出版社 2010 年版，第 234～236 頁。

〔註20〕 單繼剛：《托洛茨基的「不斷革命論」與中國革命》，《馬克思主義哲學論叢》2015 年第 1 輯。

〔註21〕 陳秋霞，李尚德：《托洛茨基的重大理論貢獻——紀念托洛茨基誕辰 130 週年》，《學術論壇》2009 年第 10 期。

家輸出革命成果甚微的情況下，多個國家建立無產階級政權共同進行社會主義建設只能是一種奢談，這也是托洛茨基的觀點沒有取得大多數聯共（布）黨員和蘇聯國民支持的主要原因之一。」〔註22〕

托洛茨基與斯大林的鬥爭，歸根結底是「不斷革命論」與斯大林堅持的「單獨一國社會主義」理論的矛盾衝突。「單獨一國社會主義」理論是指：「成立蘇維埃政權是爲了在俄國建立一個獨立的社會主義社會」，它包含三個基本方面：「即使其他國家不發生革命，用使『資產階級中立』的辦法就可以保障蘇聯不受侵犯。農民在社會主義建設方面的合作必須認爲是可靠的。對世界經濟依賴性已經被十月革命和蘇聯的經濟成就消除了。」〔註23〕從這段概括中已經可以看到「單獨一國社會主義」理論與「不斷革命論」的格格不入。斯大林爲了保證蘇聯經濟建設和社會發展的穩定，同意採取「資產階級中立」的措施，這直接與托洛茨基關於革命領導權的觀點相牴觸。托洛茨基堅決反對無產階級放鬆革命領導權，因爲無產階級專政必然對資產階級的財產構成威脅，資產階級不會坐以待斃，如果此時向資產階級妥協，必然招來資產階級的反攻，導致革命的失敗。另外，採取「資產階級中立」措施，暫停無產階級革命，先行展開國家建設，意味著把民主革命和社會主義革命機械地對立起來，同時也意味著把民族革命同國際革命割裂開來，這種對立和割裂，將直接導致本國資產階級實力壯大，並進而加強與世界市場的經濟聯繫，最終出現全世界資本主義國家共同向蘇聯進攻的局面，國家安全將無法保障。另一方面，托洛茨基從經濟建設的角度對「單獨一國社會主義」進行了批評，他認爲「世界分工、蘇聯工業對外國技術的依賴、歐洲先進國家的生產力對亞洲原料的依賴，等等，等等，使世界上任何一個國家都不可能建成獨立的社會主義社會」〔註24〕，如果不顧這種世界經濟聯繫，企圖獨立發展本國社會主義，將會成爲一種「民族社會主義」，然而，「社會主義社會在生產技術方面應代表著比資本主義更高的階段。如果把建立閉關自守的民族社會主義社會作爲目標，儘管能暫時取得成就，也意味著把生產力拉回到比

〔註22〕 張澤宇：《留學與革命——20 世紀 20 年代留學蘇聯熱潮研究》，人民出版社 2009 年版，第 296 頁。

〔註23〕 托洛茨基：《單獨一國的社會主義？》，載《托洛茨基文選》，人民出版社 2010 年版，第 284～285 頁。

〔註24〕 托洛茨基：《什麼是不斷革命？》，載《托洛茨基文選》，人民出版社 2010 年版，第 237 頁。

資本主義還落後的境地。不顧構成世界整體的一部分的國家發展的地理、文化和歷史條件，而企圖在民族市場內實現各經濟部門獨立自在的比例，那就意味著追求一種反動的烏托邦」〔註25〕，托洛茨基認為從這個角度來說，「不斷革命論」要求的「社會主義革命在民族舞臺上開始，在國際舞臺上發展並在世界舞臺上完成」是更加合理的。基於以上兩方面，托洛茨基認為「從對十月的反動發酵而成的一國社會主義理論，是唯一同不斷革命論完全徹底對立的理論」〔註26〕。

更重要的是，從現實的角度來看，「脫離國際主義立場必然導致民族救世主義，即認為本國具有特殊的優越性和品質，能夠扮演其他國家所不能擔任的角色」，「這種理論向落後國家的革命提出建立無法實現的民主專政制度的任務，並把這種制度同無產階級專政對立起來。結果，它把幻想和虛構引進政策，麻痹東方無產階級爭取政權的鬥爭，阻礙殖民地革命取得勝利」〔註27〕，托洛茨基的這種擔憂在中國得到了印證，對中國革命的意見分歧，集中、具體的體現了二者的矛盾衝突。

斯大林為了在蘇聯建成一個獨立的社會主義社會，要求其他各國共產黨不惜一切代價保衛蘇聯，停止在各國進行的無產階級革命，集中精力應對各資本主義國家的進攻，他看到德國共產黨起義失敗而被消滅後，為了保存保衛蘇聯的力量，他要求包括中國在內的各國共產黨放棄革命領導權，轉而與本國資產階級政黨聯盟。而托洛茨基始終堅持各國共產黨要帶領無產階級掌握革命領導權，連續不斷的革命，在他看來，當時的中國共產黨「還是一個宣傳社團，僅在為未來的獨立政治活動做準備，並力求同時參加當前的民族解放鬥爭的時期，共產黨加入國民黨是完全正確的」，但是這不意味放棄無產階級革命，「中國無產階級強大的覺醒和它力求進行鬥爭和追求獨立的階級組織的事實，完全是無可爭議的」，因此中國共產黨「直接的政治任務是爭取對覺醒的工人階級的直接獨立的領導權」，在國共兩黨合作過程中，「黨必須首先保證自己充分的組織獨立性和在爭取影響覺醒的無產階級群眾的鬥爭事業

〔註25〕托洛茨基：《兩種觀念》，載《托洛茨基文選》，人民出版社 2010 年版，第 241 頁。

〔註26〕托洛茨基：《什麼是不斷革命？》，載《托洛茨基文選》，人民出版社 2010 年版，第 237 頁。

〔註27〕托洛茨基：《什麼是不斷革命？》，載《托洛茨基文選》，人民出版社 2010 年版，第 237 頁。

上有自己明確的政治綱領和策略」。〔註28〕1927年，蔣介石發動政變之後，形
勢開始對中國共產黨不利，斯大林要求中國共產黨要與武漢國民政府聯合，
反對建立工農蘇維埃，托洛茨基又一次表示反對，他認為中國共產黨正面臨
著軍事上的威脅，「軍事危險實質上是階級危險。對付這種危險只能通過粉碎
地主，粉碎官僚機關，消滅帝國主義的代理人和蔣介石，建立蘇維埃」〔註29〕，
而「共產國際絕不允許共產黨進行戰鬥準備，是讓中國共產黨、中國工農群
眾服從中國資產階級政策的最鮮明表現」〔註30〕，而這將「導致在關鍵階段
在中國事實上沒有真正的布爾什維克黨」〔註31〕。1928年，在中國共產黨處
境最為艱難、大批共產黨員遭到屠殺的時刻，斯大林為了彌補前兩次錯誤，
要求中國共產黨進行公開的武裝鬥爭，但幾次起義均以失敗告終，托洛茨基
援引恩格斯的話認為「錯過了有利形勢而因此遭受失敗的黨將化為烏有。這
對中國共產黨也適用」〔註32〕，「在經歷了三次嚴重的失敗後，危機不能激發
無產階級，相反是壓抑它，死刑破壞在政治上已經被孤立的黨。我們進入了
退潮期。新的漲潮從哪裏開始？或換言之，什麼樣的形勢能為領導工農群眾
的無產階級先鋒隊提供必要的助跑？我不知道。」〔註33〕在這樣一種形勢下，
托洛茨基開始反對中國共產黨公開武裝起義，這又一次與斯大林的觀點相違
背，但並不意味著他主張中國共產黨就此放棄鬥爭和革命領導權，而是「因
為失去了它的無產階級核心，它不再能夠履行它的歷史使命」〔註34〕，中國
共產黨需要的是恢復各級組織，進行廣泛的革命宣傳，動員群眾，重新獲得
力量，以便再次掌握革命的領導權，等待有利於革命的形勢出現，為此，托

〔註28〕托洛茨基：《中國共產黨和國民黨》，載《托洛茨基論中國革命》，陝西人民出
　　　　版社2011年版，第3～5頁。
〔註29〕托洛茨基：《關於中國問題的第二次講話》，載《托洛茨基論中國革命》，陝西
　　　　人民出版社2011年版，第98頁。
〔註30〕托洛茨基：《中國革命的失敗》，載《托洛茨基論中國革命》，陝西人民出版社
　　　　2011年版，第237頁。
〔註31〕托洛茨基：《中國革命的失敗及其原因》，載《托洛茨基論中國革命》，陝西人
　　　　民出版社2011年版，第155頁。
〔註32〕托洛茨基：《致普列奧布拉任斯基的第一封信》，載《托洛茨基論中國革命》，
　　　　陝西人民出版社2011年版，第254頁。
〔註33〕托洛茨基：《我對普列奧布拉任斯基的答覆》，載《托洛茨基論中國革命》，陝
　　　　西人民出版社2011年版，第260頁。
〔註34〕托洛茨基：《第六次代表大會之後的中國問題》，載《托洛茨基論中國革命》，
　　　　陝西人民出版社2011年版，第303頁。

洛茨基爲中國革命者提出了一個具體建議：「被削弱的、被趕入地下的黨的政治任務是，不僅動員工人，還要動員廣大的城鄉底層居民反對資產階級軍事獨裁。在當前的局勢下，爲此服務的最簡單和最自然的口號就是國民會議。」〔註35〕

　　總體來看，托洛茨基將畢生心血投入到國際共產主義運動之中，所提出的「不斷革命論」是對馬克思主義的豐富和發展，不可否認，他是一位堅定不移的革命者，也是一位有思想、有遠見的政治家，同時，博學雄辯的氣質和軍事指揮才能更爲他的成就增添了一抹亮色。當然，我們也不能過高的評價他，不能因他在某些政治問題和歷史問題上有預見性就將他譽爲「先知」，他也是一位平凡的革命者，他與斯大林的衝突也夾雜著世俗的權力之爭，他的「不斷革命論」也存在明顯的局限性，假如由他領導蘇聯建設和世界無產階級革命，其激進的思想未必就能實現國際共產主義運動的順利發展。然而，歷史不能被假設，托洛茨基已經成爲了一位失敗的英雄。

第二節　托洛茨基文論的基本觀點

　　托洛茨基是一位革命家、政治家，他的主要精力都投入到了革命實踐活動中，與此同時，他始終保持著對文學發展的關注，親自參與文藝政策的討論和制定，經常撰寫文學評論文章，並對文學理論有獨到的見解，這與他自幼熱愛文學有關，但是，「托洛茨基不是一個專門的文藝理論家，他所有的文藝理論論述都有政治學的色彩」〔註36〕，他的一切與文學相關的活動實際是他作爲一位革命家、政治家面對文學發言，從他的重要文論著作《文學與革命》中可以看到，他對文學的一切思考都浸透著政治觀點，然而，在他的所有文藝觀點中，都貫穿著他對文學作品審美價值的堅守，可以說是在堅持政治立場的基礎上，沒有放棄對「文學」的守望。托洛茨基的文論觀點集中體現在《文學與革命》一書中，該書於 1923 年第一次出版，後來又多次再版，並被翻譯爲多國語言在全世界範圍內廣泛發行，其中的大部分內容曾以論文的形式發表於《眞理報》等當時的重要報紙上。概括起來，托洛茨基文論主

〔註35〕托洛茨基：《托洛茨基給中國反對派的回信》，載《托洛茨基論中國革命》，陝西人民出版社 2011 年版，第 351 頁。

〔註36〕馮憲光：《托洛茨基的政治學文藝思想》，《馬克思主義美學研究》2007 年第 10 輯。

要包含三個方面內容，即「同路人」概念、無產階級文化和無產階級藝術不可能存在、黨的文藝政策。

一、「同路人」概念及其兩個維度

在托洛茨基文論體系中，論述最為周詳、影響最為廣泛的一個概念是「同路人」，它最初是一個政治術語，由 19 世紀德國社會民主黨人提出，托洛茨基首次將它應用於文學批評中，對克留耶夫、葉遂寧、皮涅克、勃洛克等作家進行了獨到的分析，並賦予這一概念新的定義：「介於在反覆或沉默中消逝的資產階級的藝術，與尚未誕生的新藝術之間，創造出了一種過渡的藝術，它多少和革命有機地相連，但同時又不是革命地藝術。……無論成群或獨自，沒有革命完全不可能。他們自己知道，並且也不否認，不覺得有否認的必要，有些人甚至高聲宣佈出來。他們不屬於那些正開始一點點去『繪畫』革命的文學的工作者。他們甚至也不是『變換的標誌』派，因為在這中間含有對於過去的決裂，與前線的激變。……他們沒有任何革命的過去，假如他們和任何事物斷絕關係，那就是和一些瑣碎事。就全體說，他們的文學的和精神的前線，是被革命，被革命的捉著了他們的那一角所造成，並且他們都接受了革命，各人以他自己的方法。但是在這些個人的接受中，有一種特徵把他們從共產主義截然分開，並且時常有使他們與之反對的形勢。他們不整個地瞭解革命，並且共產黨的理想對於他們是生疏的。他們都多少愛邁過勞動者的頭，懷著希望注視農民。他們不是無產階級革命的藝術家，不過是她的藝術的『同路人』……」〔註37〕這一概念包含了以下幾個方面的內容。

首先，「同路人」文學不屬於曾經的資產階級藝術的範疇，它已經開始向「革命」行進了，這批作家接觸到了無產階級革命並接受了這一革命，甚至已經開始眷戀這一革命，他們將這種感情帶入到自己的文學創作中，形成了與十月革命前資產階級文學相區別的根本特徵，如果他們「離開革命，他們即刻就要顯出自己是被扔棄的革命前的文學派別底二三流的殘餘者」〔註38〕，另一方面，「他們並不在想著和革命決裂，他們是被革命造成的，想不到他們是在革命之外，並且他們也不能這樣想他們自己。但是這一切都不明確，而且甚至曖昧。自然他們不能使自己和革命分離開，只要革命是一件事實，甚至是一種環

〔註37〕托洛茨基：《文學與革命》，未名社出版部 1928 年版，第 68 頁。
〔註38〕托洛茨基：《文學與革命》，未名社出版部 1928 年版，第 88 頁。

境。在革命之外，就是要加入亡命者之中。對於這不能有什麼討論。但是除開國外的亡命者，還是國內的亡命者。他們的路，和疏遠革命並列。沒有什麼追求的人，是一個精神的亡命者的候補人。這無可避免的是藝術的死亡，因爲愚弄自己沒有用處——年歲較輕者底得人愛、新穎和要義，都完全從他們所觸到的革命得來」〔註39〕。

其次，「同路人」作家並不屬於無產階級，不能被稱爲革命文學家。托洛茨基認爲，以反映時代變遷爲立意的文學創作必須以該時代作爲一個「不可見的中樞」，對於革命文學來說，「不可見的中樞應當是革命底自身，繞著它旋轉的，應當是全盤不安穩的，混亂的，在重行建造著的生活。但是要想叫讀者覺得這中樞，作者自己必得曾經覺得過，同時必得把它思索過。……每個大時代，無論是宗教改革也罷，文藝復興也罷，革命也罷，必得整個地被接受，不是成段地或分爲小部地」〔註40〕，然而「同路人」作家沒有「曾經覺得過」這個「中樞」，更沒有「把它思索過」，他們只是在感情上嚮往革命，但沒有深入到革命進程中去感受革命以形成理性認識，從而不能把握革命脈搏，無法「站立在十月的視線」〔註41〕之內，因此，他們無法「整個地接受」革命，導致其作品只是反映革命時代的碎片，比如，克留耶夫作品中的革命「好像是一個市場或華麗的婚禮，人從各處來到那裏聚集，以酒與歌，擁抱與跳舞沉醉」，「但是他底革命既沒有政治的動力，也沒有歷史的觀念」〔註42〕；皮涅克的作品題材都是「在革命底周圍，革命底後院裏，在鄉村裏，多半在鄉野的市鎮裏選取革命」，是以「一種小市鎮的眼光」接近革命；〔註43〕勃洛克在詩中將革命和基督都視爲一種元素，「用基督裝飾他的詩」，「但是基督無論如何不是屬於革命」〔註44〕。這說明「同路人」作家們只是對革命中的某些現象感興趣，對存在於其中的浪漫主義和英雄主義著迷，而不清楚革命運動的實際情況和革命的目的，他們是站在革命的外部從革命中尋找創作素材，「假如人不在革命底全部中，及作爲革命主力底標的的那種客觀的歷史的工作中去看革命，那是不能夠瞭解革命，也不能接受或繪畫革命的，甚至就連部分地也不能夠。

〔註39〕 托洛茨基：《文學與革命》，未名社出版部 1928 年版，第 95 頁。
〔註40〕 托洛茨基：《文學與革命》，未名社出版部 1928 年版，第 100 頁。
〔註41〕 托洛茨基：《文學與革命》，未名社出版部 1928 年版，第 22～23 頁。
〔註42〕 托洛茨基：《文學與革命》，未名社出版部 1928 年版，第 77 頁。
〔註43〕 托洛茨基：《文學與革命》，未名社出版部 1928 年版，第 102 頁。
〔註44〕 托洛茨基：《文學與革命》，未名社出版部 1928 年版，第 160 頁。

假如這個弄錯了，那麼中樞與革命就都吹了。革命就分裂成枝葉與奇譚，這些既不是英雄的，也不是罪惡的。要是如此，畫一點兒怪乖巧的圖畫還可能，重新創造革命是不可能的，和革命和協一致自然是不可能的了」〔註45〕。

可見，托洛茨基對「同路人」的論述是在作家和作品兩個維度上展開。在作家這一維度上，托洛茨基指出了「同路人」對待革命的態度是嚮往、渴望卻又不願意實際參與，因此，他們不是革命者，對於革命的原因、過程、目的、意義等等方面並不瞭解，不是革命者，也就不是革命文學家了。在作品這一維度上，托洛茨基認為，正因為「同路人」作家對革命根本不瞭解，所以他們只是從革命時代中尋找瑣碎的現象作為創作素材，並不能用自己的作品為革命服務，其作品可以達到很高的藝術水平，但是無法為群眾指明革命的前進方向，無法展現無產階級的革命精神，他們的文學創作活動只能是文學領域內的行為，無法轉化成革命行為，不能對革命運動的發展起推動作用。

這兩個維度的內容無不顯現出鮮明的階級立場，這一立場被托洛茨基概括為「十月底觀點」、「十月的視線」。托洛茨基認為，1917年的十月革命不僅推翻了政權，而且推翻了建在財產私有制度上的整個社會組織，這簡舊社會組織的崩潰導致了以此為基礎的十月前的文學的崩潰，十月革命後，舊文學已經不存在了，十月已經開始在文學中申述自己、指揮文學而且管理文學。「十月已經進入了俄國人民的命運中，有如一種決定的大事，而且給每種東西其自己的意義，與自己的價值。過去的即刻引退了，枯萎而且衰落了，藝術只能從十月底觀點中復活。站立在十月的視線之外者，完全而且絕望的歸於烏有……」〔註46〕關於「同路人」的論述正是在這一立場下展開的，由於「同路人」作家無法「整個地瞭解革命」，導致他們與共產黨的理想產生了嚴重隔膜，他們或許只能「從一個農民底錯誤方面行近革命，並且獲得這種半背心者底觀點」，也或許只能像皮涅克一樣，「簡直把革命當作一種元素，並且因為他的性格關係，把革命當作一種冷的元素」〔註47〕，卻不能把革命視為「一個觀念，一種組織，一種計劃，一件工作」〔註48〕，從而無法具備無產階級的革命觀念，他們已經脫離了十月革命前的資產階級立場，但尚未獲得真正

〔註45〕托洛茨基：《文學與革命》，未名社出版部1928年版，第116頁。
〔註46〕托洛茨基：《文學與革命》，未名社出版部1928年版，第22～23頁。
〔註47〕托洛茨基：《文學與革命》，未名社出版部1928年版，第104頁。
〔註48〕托洛茨基：《文學與革命》，未名社出版部1928年版，第94頁。

的無產階級立場，因此不是在「十月底觀點」、「十月的視線」中進行文學創作。

二、「無產階級文化」觀的提出

托洛茨基關於「無產階級文化」的觀點是非常有特色的，「『無產階級文化』和『無產階級文學』這兩個術語以及托洛茨基對它們的理解，給他帶來了很多麻煩，也帶來了理論的鮮明標誌。的確，托洛茨基對它們的闡釋，是獨特的，具有明確的理論基礎」〔註49〕，他認為無產階級文化是不存在的，將來也不會出現，原因在於：「無產階級把它底專政看為一種短促的過渡時期。我們願意放棄那關於過渡到社會主義的太樂觀的意見時，我們指出普及世界的社會革命時期，將不止延續幾月或幾年，而是幾十年——幾十年，卻不是幾世紀，而且一定不是千萬年。無產階級能在這時候創造一種新文化嗎？懷疑這個是合理的，因為社會革命的年代要成為兇猛的階級鬥爭的年代，在這裡破壞要比新建設占的地位多。無論怎樣，無產階級自身底精力，將要多半廢在征服權力，保持並且加強權力，及將它用之於生存和更進的鬥爭底最迫切的需要上。……反之，當新統治制度要逐漸更沒有政治的與軍事的意外，環境要變得更宜於新文化底創造時，無產階級便要逐漸更消鎔在社會主義的社會中，並使自身脫離階級底特性，而且因此不再成為無產階級了。換句話說，在專政時期，是談不到一種新文化底創造，即在廣大的歷史的尺度上的建設的。當歷史中無雙的專政鐵拳成為不必需時要開始的文化改造，將要沒有階級性。」〔註50〕

這一觀點的提出，有其具體的歷史背景。十月革命勝利後，文學界的各類團體紛紛出現，「無產階級文學」該如何發展成為大家關注的問題，當時較有影響力的觀點來自列寧、無產階級文化派和托洛茨基。列寧和無產階級文化派都認為無產階級文學與文化是可以誕生的，甚至列寧還在無產階級文化和共產主義之間畫了「等號」，但在具體形成方式方面存在分歧，列寧認為，不能將無產階級文學與文化的產生與十月革命前的資產階級文化割裂開來，而是應該重視其中的繼承關係，十月革命前的資產階級文化是一種非常成熟

〔註49〕邱運華等：《19～20 世紀之交俄國馬克思主義文學思想史論》，北京大學出版社 2006 年版，第 200 頁。

〔註50〕托洛茨基：《文學與革命》，未名社出版部 1928 年版，第 245～246 頁。

的文化形態，新興的無產階級文學家不應該完全敵視和摒棄這種文化，而應該充分發掘其中可資借鑒的資源，同時對其進行合理改造，以符合無產階級的價值觀，在對資產階級文化的繼承和改造中創造無產階級文化與文學，另外，列寧從整個馬克思主義的形成和勝利的角度指出：「馬克思主義這一革命無產階級的思想體系贏得了世界歷史性的勝利，是因為它並沒有拋棄資產階級時代最寶貴的成就，相反地卻吸收和改造了兩千多年來人類思想和文化發展中一切有價值的東西。只有在這個基礎上，按照這個方向，在無產階級專政的實際經驗的鼓舞下繼續進行工作，才能認為是發展真正無產階級的文化。」〔註51〕無產階級文化派則主張將十月革命前的一切舊有文化全部拋棄，拋開廣大工農和知識分子，遠離社會實踐，把無產階級關在實驗室裏，創造一種特殊的純粹又純粹的無產階級文化，認為「建設無產階級文化的任務只有靠無產階級自己的力量，靠無產階級出身的科學家、藝術家、工程師等等才能夠加以解決」〔註52〕，在這一主張下，一切非無產階級出身的作家均遭到排斥和打擊，這是一種極端的關門主義措施。

托洛茨基的觀點既是對列寧觀點的反駁，又是對無產階級文化派的糾正，這些反駁和糾正都以「不斷革命論」做基礎。「按照列寧的觀點，在無產階級專政下取得的一切文化成就，都自然地歸入到無產階級文化的範疇中，但托洛茨基卻傾向於將無產階級比較單純地看作是一支政治與經濟上的力量，他把文化看成是一個社會中已有的精神成果的總和」〔註53〕，托洛茨基認為：「要將無產階級文化底名，就是給與勞動階級個人代表底最有價值的收穫，也是太輕率了。人不能將文化底概念化為個人日常生活底小改變，並且不能憑各個發明家或詩人底無產階級的通行證，去決定一種階級文化底成功。文化是知識與能力底有機的綜合，它表現全社會底，或至少它底統治階級底特性。」然而，當無產階級革命勝利後，全世界範圍內將不存在統治階級了，從而也就無所謂某階級文化，而只能是全人類的文化，這種文化只能被稱為「社會主義的，而不是『無產階級的』」〔註54〕。針對無產階級文化派

〔註51〕列寧：《論無產階級文化》，載《列寧論文學藝術》，人民文學出版社 1983 年版，第 120 頁。
〔註52〕普列特尼奧夫：《在思想戰線上》，載《無產階級文化派資料選編》，中國社會科學出版社 1983 年版，第 74 頁。
〔註53〕陳奇佳：《托洛茨基文藝思想簡論》，《杭州師範學院學報》2004 年第 5 期。
〔註54〕托洛茨基：《文學與革命》，未名社出版部 1928 年版，第 266 頁。

的關門主義態度，托洛茨基直接否定了無產階級創造屬於本階級文化的可能性，這些觀點中，「不斷革命論」的影子更加濃重，他認爲無產階級專政時期並不等於革命結束或暫時中斷，只是革命過程的一個組成部分，在這一時期，無產階級仍舊忙於革命運動，無暇創造一種新的文化，而這種革命運動的目的是爲了建設一個無階級的社會，「無產階級專政底解放的要義，是在於它是暫時的——僅爲著一個短時期——在於它是清理道路，並爲無階級的社會及建在萬眾一體上的文化打基礎的一種手段」〔註 55〕，在這段時期裏，無產階級在文化方面要做的是奪取文化教育機構，「無產階級在這個預備時代一點沒有變成更爲富有的階級，也沒有將物質的權力集中在自己手裏。……資產階級得到權力時，完全具有它那時代底文化。無產階級卻相反，得到權力時，不過完全具有要精練文化的銳敏的需要而已。已經得到權力的無產階級底問題，第一是在將文化底器械——實業、學校、出版物、出版事業、劇場等——拿到自己手裏，這些以前是不服役它的，並且這樣爲自己開闢出文化底道路來」〔註 56〕，總而言之，「無論怎樣，無產階級世界革命底二十年，三十年，或五十年，要遺留在歷史中成爲從一種制度到另一種制度的最艱難的攀登，但是任怎樣不能成爲無產階級文化底獨立時代。……我們底時代還不是新文化時代，不過是入口就是了。第一我們必得政治地佔有舊文化底主要元素，至少到能夠爲新文化修路的限度」〔註 57〕，在此基礎上，他指出：「像『無產階級文學』和『無產階級文化』這類名詞，是危險的，因爲它們誤把將來的文化壓縮到現日的窄狹的限度中。它們違犯透視法，它們擾亂比例，它們弄歪標準，它們培植小黨派底傲慢，這是最危險的。」〔註 58〕

三、關於文學政策的思考

關於共產黨藝術政策的思考是托洛茨基直接面對政策問題發言，在此，他表現出了明顯的文學眼光，站在文學發展的角度思考政策問題。他主張實行一種寬鬆的文藝政策：「文化搬運的工作，即獲得無產階級以前文化底 ABC 的工作，是預定了標準的，這標準是政治的，並不是抽象的文化的標準。……我們應當有一種審愼的革命的文稿檢查，在藝術方面有一種寬洪的，可塑的

〔註 55〕托洛茨基：《文學與革命》，未名社出版部 1928 年版，第 257 頁。
〔註 56〕托洛茨基：《文學與革命》，未名社出版部 1928 年版，第 254 頁。
〔註 57〕托洛茨基：《文學與革命》，未名社出版部 1928 年版，第 252～253 頁。
〔註 58〕托洛茨基：《文學與革命》，未名社出版部 1928 年版，第 271 頁。

政策，擺脫掉卑下的黨派的惡意。」〔註59〕同時，這一政策還需具有靈活性，「共產黨對藝術的政策，是被這種歷程底複雜性，被它底內在的多方面性所決定的。不能夠把這種政策化成一個公式，化成鳥瞰圖似的簡單東西。而且也不必做這種事」〔註60〕。

托洛茨基提出這種政策意見，是基於對文學自身發展規律的考慮，這表現在兩個方面。首先，文學發展是一個連貫的過程，每一個時代的文學都是承前啓後的，不可能從天而降、憑空出現，另外，每一個時代的文學形態都不是單一的，必然會出現多種多樣的文學，它們之間會產生相互的影響，這就是魯迅所概括的「托羅茲基因文藝不能孤生而主寬」〔註61〕，具體地說，即「不可免地反映革命的社會系統中一切矛盾的那種革命的藝術，不應當和社會主義的藝術相混合，對於後者，連基礎還沒有打哩。反之，人不應忘記，社會主義的藝術，是將要從這種過渡時代底藝術中產生的。……社會主義將取消階級的仇對，也取消階級，但是革命把階級鬥爭弄到最高的緊張度。……革命的文學不得不染著社會的仇恨底精神，這是無產階級專政時代，一種創造的，歷史的主因。在社會主義下，萬眾一體將成爲社會底基礎，文學與藝術將按不同的調子了。我們革命者現時覺得怕提的所有的情緒，如非功利的友誼，對鄰人的愛，同情，將要成爲社會主義詩歌底有力的響亮的合奏」〔註62〕。其次，文學藝術的發展不能被外界命令規定一個具體單一的方向，基於此，托洛茨基認爲，「每階級都有它自己在藝術上的政策，即是有對於藝術——它是因時代而變的——提出要求的制度。……藝術底社會的，甚至個人的依賴性，不是隱密起來的，卻是公然宣佈的，只要藝術還保持著它底宮廷性質的時候。興起的資產階級底更寬廣更普遍的匿名的性質，在全體上，造成純藝術底學說，雖然從這學說中有許多的乖離。……我們馬克思主義者對於藝術底社會的功利性，與客觀的社會的依賴性的觀念，當翻譯成政治文字的時候，一點也不是要以訓諭和命令管轄藝術之意。說我們僅把說著勞動者的藝術，看爲新的和革命的藝術，是不眞確的，說我們要索詩人們應該無可避免地描寫工廠的煙突，或反對資本的起事，是胡說！自然新藝術不能不把無產階級

〔註59〕托洛茨基：《文學與革命》，未名社出版部1928年版，第291～292頁。
〔註60〕托洛茨基：《文學與革命》，未名社出版部1928年版，第300頁。
〔註61〕魯迅：《〈奔流〉編校後記》，載《魯迅全集・第七卷》，人民文學出版社2005年版，第173頁。
〔註62〕托洛茨基：《文學與革命》，未名社出版部1928年版，第303～304頁。

底鬥爭放在它底注意底中心。但是新藝術底犁，不是限制在有數的長條中的。反之，它必須在所有方向犁整個的田地」〔註63〕。其中折射出托洛茨基的自由、多元的藝術觀，他強調新藝術的中心應該是無產階級的鬥爭生活，著重表現革命的勞動者，但他認為這不是唯一的內容，文學藝術的覆蓋範圍應該無限大，雖然「黨將要拒絕藝術底顯然有毒的，崩解的趨勢，並且要用它底政治的標準指導自己」〔註64〕，但是，只要不違背基本的原則，各種形態和內容的文學藝術作品都應該被接納。

　　總而言之，托洛茨基對共產黨文藝政策的意見是在寬鬆靈活的管理之下，允許文學藝術自由發展，將文藝領域和其他領域的情況區分開來，區別對待，充分尊重文學藝術自身的發展規律，不強行干涉，如他自己所言，「藝術必須開闢自己的道路，並且用自己的方法。……黨領導無產階級，但並不領導歷史底歷史進程。有些領域，黨在其中直接地命令地領導。有些領域，黨在其中僅只合作。最後還有些領域，黨在其中僅規定自己的方向就是了。藝術領域不是要黨去命令的領域。黨能夠而且必須去保護並幫助藝術，但是它僅只間接地領導它。黨對於各種正真誠地努力行近革命，並且這樣助成革命底藝術的造成的藝術團體，能夠而且必須另加以信任」〔註65〕。

　　托洛茨基對文學藝術自身發展規律的尊重，不僅表現在他面對政策發言時表現出來的自由、多元的藝術觀，而且表現在他面對文學創作活動發言時表現出來的對文學審美價值的追求。

　　在創作技巧方面，托洛茨基特別強調技巧的學習和運用，他認為在當時的蘇聯文藝界，「對於許多年輕的無產階級作家，人可以十分公道地說，不是他們是技術底主人，卻是技術是他們底主人。對於更有天才者，這不過是一種生長病」，在這種情況下，無產階級文化派等一批關門主義者拒絕學習創作技巧，並認為「資產階級藝術底技術對於勞動者是不必需的」，無產階級文學家所創造的作品，「就是麻疤的也好」。托洛茨基認為這種態度是「虛偽而且不真實的」，並提出「麻疤的藝術不是藝術，因此對於勞動的民眾是不必需的。相信『麻疤的』藝術的人們頗被民眾的藐視所浸染，並且和那種對階級權力無信心，但是當『一切順利』時卻獻媚而且讚揚階級的政客相像。隨著煽動

〔註63〕托洛茨基：《文學與革命》，未名社出版部1928年版，第224～225頁。
〔註64〕托洛茨基：《文學與革命》，未名社出版部1928年版，第290頁。
〔註65〕托洛茨基：《文學與革命》，未名社出版部1928年版，第288～289頁。

者來到些真誠的呆子，他們採取了這種假冒的無產階級藝術底簡單公式。這不是馬克思主義，卻是反動的民粹主義，改纂一點以適合『無產階級的』觀念學」。在此基礎上，他進一步明確提出「無產階級藝術不應當是二等的藝術」，因此，對於文學創作技巧，「人必得學，不論因為必須從仇人學，學習底自身中有著某種危險在。人必得學，並且如無產階級文化會這類機關底重要，不能依它們創造新文學的快度，只能依他們幫助提高勞動階級（自其上層開始）文學水平線的限度，加以量衡」。〔註66〕

在作品題材和內容方面，托洛茨基強調與革命之間具有「觀念學的距離」，目的是對革命進行「藝術的透視」，這要求作家「去沉沒在革命中，而同時又不溶解在革命中以領悟革命，去不僅拿革命當作一種元素的力，也當作一種有目的的進程去領悟它」，〔註67〕這一要求用當下研究者的話來講，即：「他的意思就是：革命是一個完整的歷史事件，千萬不可以像一些作家藝術家那樣把革命簡單化、浪漫化、神話化和漫畫化。……在托洛茨基看來，膚淺地表現革命的外表，或者神化革命，都只表明作家還不是完整地把握革命，還只是皮相的，而完整地把握革命，就必須在對革命的藝術再現中滲透進一種正確的思想立場，就必須用革命的觀點來看待一切事物。」〔註68〕托洛茨基所要求的是「藝術再現」與「思想立場」的交融，而且「思想立場」是滲透進「藝術再現」之中的，對於這一滲透如何實現，托洛茨基用藝術感十足的一大段話進行了細緻的描述：

「革命底詩不在機關槍底隆隆的聲音中，也不在堡柵後的戰爭中；不在戰敗者底英雄氣中，也不在戰勝者底勝利中，因為所有這些力在兇暴的戰爭中也找得出。在那裏也找得出流血，甚至更多；在那裏機關槍也要爆響；在那裏也有戰勝者與被克服者。革命底至情與詩，是在於下面的事實中：一個新的革命的階級，變成了這一切戰具底主人，而且以去充實人並造成新人的新理想底名，它繼續著與舊世界的鬥爭，興起衰落，直到最後的勝利的瞬間。革命底詩是綜合的。它是不能變成小輔幫，供詩家作暫時的抒情的使用的。革命底詩是不可移動的。它在勞動階級底困苦的鬥爭中，在勞動階級底生長，堅持，失敗，

〔註66〕托洛茨基：《文學與革命》，未名社出版部1928年版，第270～271頁。
〔註67〕托洛茨基：《文學與革命》，未名社出版部1928年版，第117頁。
〔註68〕邱運華等：《19～20世紀之交俄國馬克思主義文學思想史論》，北京大學出版社2006年版，第188頁。

不斷的努力，與付了克服的每一寸以代價的殘酷的精力消費中，在鬥爭底逐漸增長的意志與緊張中，在它底勝利中，在它底預計的撤退，留意，襲擊中，在群眾反叛底初步泛濫，勢力底精確核算，與象棋似的軍略運用中。革命與懷恨的奴隸在其中推出他們底工頭的第一個工廠獨輪車，與他們拒絕爲主人工作的第一次罷工，與第一次秘密團體（烏托邦的幻想主義與革命的理想主義，在那裏依靠社會創傷底現實而生活），一同開始生長。革命上升下落，被經濟情況底拍節，被其高點與危機所搖蕩。以血體的攻城械，它爲自己突破壓榨者底法制決鬥場，伸過觸鬚去，並且在必要時給它們一種保護色。它建設職工聯合，保險會社，合作社，與教育自己的團體。它透入到敵對的議院，創立新聞紙，煽動，同時不辭勞苦地選擇最好的，最勇敢的，與最虔誠的勞動階級底分子，而且建造自己的黨。罷工時常是失敗比半勝利的時候多；示威是被新的犧牲與新的流血所標記的——但是這一切都在階級底記憶中造出印痕來，這印痕加強而且鍛鍊精選者底聯合，革命底黨。」〔註69〕

　　與普列漢諾夫、盧那察爾斯基等馬克思主義文學理論家相比，托洛茨基的文論無論從規模上還是從深度上都明顯不足，但是他開創了「文學」——「政治」二元考察的方法，因此，他對文學的看法是雙重標準的，既要求有堅定的政治立場，也就是他所說的「黨在其中規定自己的方向」，又要求尊重文學自身發展規律，也就是他所說的「藝術必須開闢自己的道路，並且用自己的方法」。他的獨特文學觀點在很大程度上是合理的，比如，在「同路人」問題上，他是允許這批作家自由創作的，在無產階級文化派等關門主義者對這批作家進行抨擊的時候，他的觀點起到了保護「同路人」作家的作用，而「同路人」中的大部分作家在日後都成爲了蘇聯文學的扛鼎人物。然而，由於政治上失勢，導致托洛茨基文論很快成了爲人所唾棄的東西，得到了不公正的評判。

第三節　「托派」與「肅清托派運動」

　　以「托洛茨基」爲切入點研究中國現代革命文學思潮，不可能不涉及「托派」，作爲一個與托洛茨基緊密相關的政治派別，它曾在世界範圍內產生過重要影響，隨著起源於蘇聯、在第三國際指揮下調動各國共產黨參加的「肅清

〔註69〕托洛茨基：《文學與革命》，未名社出版部1928年版，第127～128頁。

托派運動」的普遍開展，世界範圍內的托派運動被逐漸消滅。如今，「托派」與「肅清托派運動」都早已成為歷史陳跡，淡出了人們的視野，而它們在中國現代革命文學思潮發展過程中引發的文學鬥爭卻時常為學者所提及，只不過從未以「托派」或「肅清托派運動」為角度對這些鬥爭事件進行研究，這說明學界普遍對這一角度不重視或不瞭解，因此，對「托派」與「肅清托派運動」進行一番梳理是十分必要的。

一、托派與肅清托派運動的起源

「托派」，全稱為「托洛茨基派」，是一個以托洛茨基為領袖，以托洛茨基的政治主張為指導思想，反對斯大林「單獨一國社會主義」主張及其「官僚化」政治作風的共產黨內政治派別。它起源於蘇聯共產黨內托洛茨基與斯大林的政治鬥爭，在第四國際成立之前，大致經歷了三個發展階段。

第一階段是 1923 年 10 月的《46 人聲明》事件，「後來托派成員在總結歷史時，便把 1923 年 10 月的鬥爭視為托派運動的開端。『46 人聲明』在托派運動史上是一個標誌性的事件」〔註70〕。10 月 8 日，托洛茨基致信政治局，對黨內民主日益減少、官僚化現象日益擴大的問題提出批評，由於沒有將爭論公開化，政治局只將他的信向部分中央委員進行了宣佈。「然而，一星期之後，即在 10 月 15 日，46 位資深黨員聯名發出莊嚴聲明，矛頭直指官方領導，批評它的政策，他們所使用的詞語幾乎與托洛茨基所使用過的詞語完全一樣。……46 人甚至比托洛茨基走得更遠，要求取消或放寬禁止黨內派別活動的禁令，因為該禁令只有利於一個小宗派，成為它對黨實行獨裁統治的掩護，驅使不滿的黨員結成秘密團體，並濫用他們對黨的忠誠」〔註71〕，《46 人聲明》提出的要求與托洛茨基致信政治局所提的要求完全一致，甚至沿著托洛茨基的要求向前推進了一步，這使斯大林及其追隨者認為 46 人已經與托洛茨基形成了一個派別。事實上，托洛茨基與這 46 人並沒有真正結盟，雖然他曾經對其中部分人表達過自己的觀點，也把他與列寧的私人談話跟其中部分人說過，但是，這 46 人分別屬於不同的政治派別，其具體的主張和觀念是各不相同的，「這 46 個遠不是鐵板一塊，而只是不同群體和個人結成的一個鬆散聯

〔註70〕 曾淼：《世界托派運動——組織、理論及國別研究》，人民出版社 2011 年版，第 13 頁。

〔註71〕 伊薩克‧多伊徹：《被解除武裝的先知：托洛茨基 1921～1929》，中央編譯出版社 2013 年版，第 106 頁。

合體，將他們團結在一起的只是一種共同的、朦朧的不滿和抗議。」〔註72〕
對於這次《46人聲明》事件，中央委員會對托洛茨基和46人進行了申斥，但
無法將這次事件真正鎮壓下去，因爲這46人都是黨和政府的要員，都是資格
很老的布爾什維克，甚至有一些人在1904年就已經入黨，他們都具有很大的
影響力。這次事件之後，托派的雛形基本形成了。

第二階段是1926年「托洛茨基——季諾維也夫聯合反對派」形成。1923
年以後，季諾維也夫、加米涅夫一直與斯大林保持著同盟關係，與托洛茨基
的關係一直不好，直到1926年，在表決加米涅夫提出的一項修正案時，托洛
茨基投了贊成票，雙方才開始冰釋前嫌，並逐漸結成針對斯大林的「聯合反
對派」，在這個擁有幾千名正式成員的聯盟中，半數是托洛茨基派，另一半是
季諾維也夫派。聯合反對派的組建，是托派第一次被真正組織起來進行鬥爭，
1926年7月，托洛茨基在一次會議上公開宣讀聯合反對派的政治聲明，在這
份聲明中，確定了反對派的立場是布爾什維克左派立場；明確了反對派的共
同目標是反對「官僚化」作風，恢復黨內民主；提出了反對派政綱的最高要
求是加速工業化，發展社會主義經濟成分，反對「單獨一國社會主義」。「1926
年夏，聯合反對派狂熱地組織起他們的支持者。它向莫斯科和列寧格勒的黨
支部派遣密使，去同已知對官方政策持批判觀點的黨員接觸，旨在把他們組
成反對派的小組，引導他們以反對派的聲音在他們的支部裏說話。聯合反對
派急於擴展其組織網，還向許多省城派遣了密使，給他們提供指示、文件和
各種『論點』，並且交代了反對派的立場」〔註73〕，「國內各城市的派別集團
都有自己的領導、自己的紀律、還收取黨費。反對派在國家印刷廠印刷自己
的材料，爲此還在莫斯科建立了一個秘密的小印刷廠」〔註74〕。面對這種形
勢，斯大林以反對派在黨內形成了正式派別、違反了已有五年之久的列寧禁
令爲由，進行了反攻，最終導致這次鬥爭以反對派失敗、托洛茨基政治失勢
爲結果告終，但是，托洛茨基派的成員經歷了這次運動之後，組織感、歸屬
感得到極大提高。

〔註72〕伊薩克·多伊徹：《被解除武裝的先知：托洛茨基1921～1929》，中央編譯出
　　　　版社2013年版，第107頁。
〔註73〕伊薩克·多伊徹：《被解除武裝的先知：托洛茨基1921～1929》，中央編譯出
　　　　版社2013年版，第257頁。
〔註74〕羅伊·梅德韋傑夫：《讓歷史來審判：論斯大林和斯大林主義》，東方出版社
　　　　2005年版，第175頁。

　　第三階段是 1928 年托洛茨基被流放時期。此時的斯大林因抄襲托洛茨基等人提出的反對派政綱、實施左傾方針，又一次得到了季諾維也夫、加米涅夫等人的支持。托洛茨基提出，斯大林的措施是進步的，反對派有責任支持他的措施，但同時認爲斯大林這一舉動是在走投無路的情況下作出的，但他不可能將左傾方針堅持下去，他對自己的追隨者表示「黨還會需要我們的」。斯大林的行爲和托洛茨基的觀點促使托派內部出現分化爲妥協派和不妥協派，妥協派「是老一代反對派，他們都是比較穩健的人，在這類人中有思想家和對老黨十分懷念的人，還有那些『有教養的官僚』，即經濟學家和行政人員，他們所感興趣的是反對派政綱中的工業化和經濟計劃，而不是它對黨內自由和無產階級民主的要求」，不妥協派「主要是年輕人，對他們來說，被開除出黨的打擊全然不像對老一代那麼嚴重。他們加入反對派是響應它所提出的無產階級民主的號召，而不是考慮它的經濟願望和社會願望。他們是最忠誠的反對派成員，官僚集團的死敵，狂熱的反斯大林主義者」。〔註 75〕由於托洛茨基既主張反對斯大林，又認爲此時應該支持斯大林的左傾措施，導致妥協派和不妥協派的矛盾無法調和，久而久之，兩派之間的分歧加深，並開始了相互猜疑和辱罵。直到 1928 年 7 月，布哈林、李可夫、弗魯姆金等人要求斯大林放棄了左傾方針，托派重新開始集中精力、毫不妥協地反對斯大林。

　　隨著第四國際的建立，托派運動開始在世界範圍內展開。在第四國際建立以前，1926 年，季諾維也夫利用自己的共產國際主席之便，已經向各國共產黨宣傳了托洛茨基派的主張並爭取了一批支持者，但是，托洛茨基遲遲不肯建立一個新的共產國際，他認爲各國的反對派支持者都是共產黨內的一份子，「只要第三國際本身還擁有可能把它從官僚主義桎梏中解放出來並加以糾正的力量，托洛茨基主義反對派就根本反對另建一個中心」〔註 76〕。德國納粹黨執政後，托洛茨基對當時的共產國際徹底失去了信心，1933 年 7 月 15 日，托洛茨基向各國托派組織下達了一份題爲《必須建立新的共產黨和新的共產國際》的文件，開始籌建第四國際，這一籌建過程並不一帆風順，托洛茨基「力求超越自己這一派別的狹隘範圍來物色未來的第四國際成員。……物色新成員的工作難於開展。同意爲新國際工作的少數幾個團體被自己內部的尖

〔註 75〕　伊薩克・多伊徹：《被解除武裝的先知：托洛茨基 1921～1929》，中央編譯出版社 2013 年版，第 373 頁。

〔註 76〕　皮埃爾・弗朗克：《第四國際》，商務印書館 1981 年版，第 27 頁。

銳矛盾搞的四分五裂。一些如尼恩及其擁護者那樣的老托派成員分裂出去以後在加泰羅尼亞省另組織了一個獨立黨派。在法國，在最好的情況下，所有托派團體也不過只有約百名成員……」〔註77〕經過 5 年的努力，1938 年 9 月3 日，第四國際成立大會召開，托洛茨基撰寫的《資本主義的垂死呻吟和第四國際的任務》指出：「第四國際今天已經理所當然地遭到斯大林主義者、社會民主黨人、資產階級自由主義者和法西斯分子的憎恨。在任何人民陣線中它都沒有、也不可能有任何存身的地方。它毫不妥協地與所有爲資產階級所左右的政治集團戰鬥。它的任務——取消資本主義的統治。它的目標——社會主義。它的方法——無產階級革命。」〔註78〕

　　從 1926 年開始在各國傳播托洛茨基主義、爭取了一批支持者開始，經過1933 年～1938 年的籌建活動，到 1938 年後在第四國際的指揮下比較有組織的活動，托派逐漸成爲一個世界性組織，除蘇聯外，中國、美國、法國、德國、英國、意大利、加拿大、巴西、波蘭、西班牙、荷蘭等數十個國家中都存在大大小小的托派組織，正如有學者所言：「托派的活動範圍遍及數十個國家，但從未在任何一個國家眞正成爲主流政治力量；托派的力量非常弱小，但是分裂卻十分頻繁，數十年間已分裂出 30 多個『國際組織』。目前全世界托派成員的人數不多，但托派團體的數目至少已有 300 多個……世界托派運動自從產生以來，一直延續著生命力。托派曾參與了許多重大的歷史事件，從 1936 年的馬德里保衛戰，到 1968 年的法國五月風暴，再到 1999 年西雅圖的反全球化示威。托派思想至今在歐洲、北美及拉丁美洲下層勞動者和左翼知識分子中有不容忽視的影響力。許多托派活動家儘管在選舉中得票率不高，但在特定的群體中卻擁有極高的聲望，例如法國的阿勒特·拉吉勒（Arlette Laguiller）、玻利維亞的吉列莫爾·洛拉（Gueillrmo Lora）、英國的特德·格蘭特（Ted Grant），等等。如果我們細究托派運動的歷史，還會發現許多知識界和政界的著名人士曾經是托派成員，例如美國學者悉尼·胡克（Sidney Hook）、西摩·馬丁·李普塞特（Seymour Martin Lipset）、詹姆斯·伯納姆（James Burnham）、英國作家喬治·奧威爾（George Orwell）、南非前總統塔博·姆貝

〔註77〕 伊薩克·多伊徹：《流亡的先知：托洛茨基 1929～1940》，中央編譯出版社 2013年版，第 230～231 頁。
〔註78〕 托洛茨基：《資本主義的垂死呻吟和第四國際的任務》，載《托派第四國際資料（1）》，商務印書館 1963 年版，第 54 頁。

基（Thabo Mbeki）、法國前總理利昂內爾‧若斯潘（Lionel Jospin）。從這些人的經歷來看，托派運動還是具有一定的吸引力。」〔註79〕

「肅清托派運動」（簡稱「肅托」）最早從蘇聯開始。1923 年《46 人聲明》事件後，斯大林就感到托洛茨基派的力量已經對他的地位構成了威脅，1926年「托洛茨基──季諾維也夫聯合反對派」的公開活動，更讓斯大林感到必須徹底消滅托洛茨基及其追隨者。在聯合反對派的活動被鎮壓後，斯大林就已經開始著手在黨內肅清托洛茨基派成員，基本的手段有兩種，一種是不許托派成員在黨和國家重要機關部門取得領導地位，另一種是將托洛茨基及重要托派領導者開除出黨並流放國外。隨著肅清托派運動展開，蘇聯內部的托派成員幾乎被全部清理掉，但是運動並沒有終止，斯大林將「托派」作為一個為黨內異己者準備的罪名，以「肅清托派」為理由不斷消滅自己的政敵。綜觀整個蘇聯肅清托派運動，會發現這是一個異常慘烈的過程，其慘烈程度無需做深入探討，當下的研究者已經在論著中有了詳細的描述：「事實上，在托洛茨基被流放後，蘇聯境內的托派成員絕大多數都被開除出黨，並且被逮捕和流放，其中有不少人被處決，只不過當時有很多情況沒有公佈。在 1928年約有 3000～4000 人被捕；1929 年在幾個大城市有 1000 人被捕；1930 年 1月，在莫斯科有 300 人被捕；1930 年 5 月莫斯科又有 400～500 人被捕；1930年 8 月，大約有幾百人被捕。到 1932 年時，蘇聯境內幾乎沒有未被逮捕的托派成員了。而且在 1932 年底，幾百名恢復了黨籍的前反對派成員再次被捕。被捕的托派成員在流放地被強迫進行重體力勞動，並遭到非人道的虐待。他們也曾組織過反抗，例如從 1936 年 10 月至 1937 年 3 月，沃爾庫塔鐵路沿線各勞改營的托派成員舉行了一次慘烈的絕食罷工。但這些反抗的結果是造成更多的托派成員死亡。自 1937 年莫斯科審判開始後，更多的托派成員被處死。到 1938 年，蘇聯境內的托派運動徹底消失，能夠幸存下來的托派成員寥寥無幾。」〔註80〕這種慘烈狀況在當時經歷過這場運動的中國留蘇學生的回憶錄裏可以得到一定程度的印證：「被捕的托派受到嚴厲的拷問，有些人屈服了，於徹底坦白之後，開除黨籍，並於短期刑滿出獄之後立即送回中國；又有些

〔註79〕 曾淼：《世界托派運動──組織、理論及國別研究》，人民出版社 2011 年版，第 1 頁。

〔註80〕 曾淼：《世界托派運動──組織、理論及國別研究》，人民出版社 2011 年版，第 17 頁。

人，黨方認為能起作用的，則雖表示改悔，亦不准送回中國，怕的是他們回國後會增強中國托派的力量。他們被遣往邊區去做苦力。有些人非常堅決，其中有我的老朋友范錦標同志，據說他入獄不久便雙目失明。他們拒絕承認錯誤，受到了極其難堪的待遇，被長期幽禁在西伯利亞的監獄裏。關於這些同志們的消息，我們只從一個南斯拉夫的共產主義者安東・西里喀（他本是南共出席共產國際的代表，因忤斯大林被捕，入獄數年，後被釋，離蘇後曾寫過一系列關於斯大林監獄的文章）那裏聽到過一點點，據說，這些黃臉皮的共產主義者所受的待遇，比白種囚犯們更慘。在那二百多個反對派中，除了不到十名被捕後因徹底改變而得以送回中國，更有二名由西伯利亞偷越國境成功之外，全都下落不明。一定有不少同志瘐死在斯大林的監獄中，或喪命在格柏烏的排槍之下了。這批同志不可能回到中國來完成他們的志向，不但是他們的不幸，也是中國托洛茨基主義運動的不幸。」〔註81〕

　　在蘇聯展開肅清托派運動的同時，第三國際向各國共產黨下達《與托洛茨基分子作鬥爭的決議》，在此影響下，世界範圍內的肅清托派運動迅速展開，其中，由於中國共產黨的創始人之一陳獨秀傾向於托洛茨基主義，並參加了中國托派組織，蘇聯對中國的肅托情況非常重視。

二、中國的托派組織與肅清托派運動概況

　　中國托派的出現並不是托洛茨基及其追隨者刻意培養的結果，而是有特定的歷史背景。中國托派組織的早期骨幹成員幾乎全部經歷了國民革命運動，並在「四一二」反革命政變後被送往蘇聯，他們親眼目睹了國共合作，也對中國共產黨在這次大革命運動中的失敗感到痛心和疑惑，想不通失敗的原因何在。這種疑惑促使他們尋找「真理」，在此情況下，他們在蘇聯讀到了托洛茨基派的很多關於中國革命的言論和文件，這些材料本身是斯大林派要求他們進行批判的反面教材，卻幫助他們解決了心中的謎團。王凡西後來回憶說：「關於中國革命的爭論，我幾乎是直覺地同意了反對派。應不應該加入國民黨？是否應該替國民黨發展組織？蔣介石是否是中國革命中無產階級的忠實同盟者？省港罷工委員會是否就是一種蘇維埃？北伐勝利中是否不應該放手去組織農民？蔣介石叛變後是否還必須捧出另一個國民黨領袖來造成『新的革命中心』？四階級聯盟這個策略是否在中國已經證明失敗？這些問

〔註81〕王凡西：《雙山回憶錄》，東方出版社 2004 年版，第 131 頁。

題，我雖然完全不知道馬克思注意經典著作中的說法如何，也不知道列寧關於無產階級革命政黨的作用及其在資產階級革命中的策略如何，但僅憑我二年來浮游於中國革命潮流中的體驗，也可以做出初步的答案了。」〔註82〕「我最早讀到的一個文件是齊諾維也夫的《不得已的答覆》，然後是托洛茨基的《反斯大林提綱》，以及反對派的《政綱》。這些文件以其全部力量吸引了我，不但因為它那無堅不摧的邏輯的力，也因為它那鋒利精彩的文章的美；至於論斷和警告之一——為歷史事實所證明，特別關於中國革命部分，那是太顯然了，任誰看了都要驚歎和贊成的。齊諾維也夫的文章雖然沒有托洛茨基的一貫而有力，但當時也深深地感動了我。看了這幾個文件，我心中雪亮了，二三年來悶積於胸的、關於中國黨領導中國革命的一些不可解的策略上的疑問，這時就全部清楚了。原來在根本上與重要的方針上它都受命於斯大林一系的，決非陳獨秀個人的錯誤；這些錯誤原來並非沒有人見到，因而並非不可能預防的。聯共中的反對派，特別是托洛茨基，差不多在所有的問題上，都曾預早而及時地提出過警告，提出了不同主張。」〔註83〕未曾去往蘇聯的鄭超麟，在中國見到油印的托洛茨基關於中國革命的文章後，也同樣認可了托洛茨基的觀點，他在回憶錄中寫道：「托洛茨基始終反對中國共產黨加入國民黨。一九二三年第三國際討論這個問題時，他個人堅決反對；一九二五年他又正式建議中國共產黨立即退出國民黨，但被人拒絕了。他明白看出國民黨是代表中國資產階級的黨，中國革命要能成功，無產階級不僅不應擁護資產階級，而且應當堅決反對資產階級。『四一二』以前，托洛茨基就指出國民黨領袖要背叛革命，不久蔣介石果然屠殺上海工人了。『四一二』以後，他又指出所謂國民黨左派也是靠不住的，他們也是要屠殺工農的。他要求立即進行蘇維埃組織，先深入革命，然後擴大之。人家不採納他的意見，不久武漢果真反動了。」〔註84〕

可見，中國托派骨幹成員是在切身革命體驗的基礎上，認可了托洛茨基關於中國革命的觀點，在此基礎上，他們被托洛茨基的政治預見能力所折服，並認為中國革命只有在他的指導下才能取得勝利。在這種基於觀點認同的政治崇拜中，一批中國青年知識分子開始有組織地在莫斯科秘密集會，學習托

〔註82〕 王凡西：《雙山回憶錄》，東方出版社 2004 年版，第 53 頁。
〔註83〕 王凡西：《雙山回憶錄》，東方出版社 2004 年版，第 67 頁。
〔註84〕 鄭超麟：《鄭超麟回憶錄（上）》，東方出版社 2004 年版，第 326 頁。

洛茨基派的政治文件，加深了對「不斷革命論」等重要觀點的認識，但是他們的活動很快被蘇聯政府發現，並被查抄逮捕，大部分人被流放西伯利亞或被槍斃，只有一小部分人被遣返回國。這批人回國後，就開始著手建立中國的托洛茨基派小組。

在中國，早期最有影響力的四個托派組織是：「我們的話派」，主要領導者為梁幹喬、陳亦謀、宋敬修等；「戰鬥社」，主要領導者為趙濟等；「十月社」，主要領導者為劉仁靜、王凡西、羅漢等；「無產者社」，主要領導者為陳獨秀、鄭超麟、彭述之等。四個組織各自出版自己的刊物，宣傳托洛茨基派政治觀點，但是他們之間充滿矛盾，並且每個組織內部也並不團結，與托洛茨基本人有過交往的劉仁靜與中國托派組織裏的重要人物陳獨秀之間就不和睦，王凡西等「十月社」成員也將劉仁靜開除，趙濟、來燕堂、王平一、劉胤等一批人組織成立「戰鬥社」的目的主要是「這些派別不會長期單獨存在下去，不是自生自滅，就是勢必會趨向於統一」，「到時在統一商談中及統一組織中我們也可佔一位置」〔註85〕，「當時派別間的『鬥爭』情形，只覺得五花八門，烏煙瘴氣；……個人與派別偏見，和革命思想的真誠差異交織在一起；時常會表現得非常怪誕。崇高的與卑劣的動機往往會用同一方式表達出來；而各個人品質上的賢或不肖，當事情還只限於說話或文字之時，也總是混淆不清的。……此種良莠不齊的現象，以各種程度之差，同樣存在於四派中。在四派『混戰』時期，卑劣的野心分子站在最前列，各自稱王，自命不凡，全不以整個反對派的利益為念。後來，由於多數同志的壓力，特別因為托洛茨基的出面勸告，統一運動展開了……」〔註86〕1931 年 1 月 8 日，托洛茨基致信中國的四個托派組織，力勸四派統一，在這種情況下，「統一協商委員會」成立，1931 年 5 月 1 日，統一大會召開，從此，中國托派組織統一為「中國共產黨左派反對派」。但是，統一後的托派組織並沒有停止內部鬥爭，1935 年，陳獨秀、陳其昌、尹寬三位中國托派組織元老被托派中央開除；1941 年初，中國共產黨左派反對派又再一次分化為「多數派」和「少數派」，「多數派」以彭述之為代表，「少數派」以鄭超麟、王凡西等人為代表；在內部鬥爭過程中，中國托派組織成員數量越來越少，到 1945 年日本投降時，在上海的「少數派」只有十幾個人，「多數派」只有二十多人。

〔註85〕趙濟：《三十年代初托派組織在上海的活動》，《黨史資料》1981 年第 2 期。
〔註86〕王凡西：《雙山回憶錄》，東方出版社 2004 年版，第 137～138 頁。

　　雖然同屬第四國際領導，但是中國托派與蘇聯托派的區別非常大。首先，兩個托派組織的形成原因不同，蘇聯托派成員能夠追隨托洛茨基，很大程度上是先有個人崇拜，後來延伸出基於共同理想的理論認同。托洛茨基在十月革命期間已經成為有極高威望的領導者，甚至可以說十月革命是在他的直接指揮下取得的勝利，這是他一生中最為雄厚、最有說服力的政治資本，很多老布爾什維克都是因此而集中在他的麾下，在托洛茨基與斯大林鬥爭過程中，這些曾經的托洛茨基崇拜者幾乎是在狂熱的追隨中不假思索的認同了托洛茨基的主張，當然，後來的年輕追隨者能夠集中在托洛茨基周圍，主要因為托洛茨基針對斯大林的官僚化作風提出了恢復黨內民主的要求，贏得了年輕黨員的支持，這就為 1928 年「妥協派」與「不妥協派」的分裂，以及日後第四國際的種種分化埋下了隱患。從根源上說，中國共產黨在大革命中的失敗是中國托派形成的背景，一批青年知識分子在探索中國革命發展道路的過程中發現了托洛茨基關於中國革命的種種觀點，他們根據自己已有的實踐經驗對托洛茨基的主張表示讚同，並在此基礎上逐步研讀托洛茨基的各類著作和文件，最終達成了革命理念的認同，這成為中國托派各個組織形成的基礎。其次，蘇聯托派成員始終是在蘇聯共產黨黨內活動，被開除出黨後就遭到了血腥肅清，始終沒有形成一個獨立完整的組織機構，而中國托派成員在被中國共產黨開除黨籍後，逐漸形成了一整套完整的機構。在四個中國托派組織統一大會上，通過了《中國共產黨左派反對派綱領》、《職工運動問題提綱》、《國民會議問題提綱》、《組織問題決議案》，大會選舉出了陳獨秀、鄭超麟、陳亦謀、王凡西、羅漢、宋逢春、張九、濮德志、宋敬修、彭述之等13 人組成的全國執行委員會，其中，9 名委員，4 名候補委員，統一大會之後，各派合併了在上海的小組，分成滬東、閘北兼滬中、滬西、法南四個區委，設立以北平為中心的華北區委和以香港為中心的華南區委，另外，張家口、青島、淄博、德州、西安等地均設有托派支部，托派還在各個學校裏擴大影響，北京大學、北平師範大學、女師大、燕京大學、中國大學以及一些中學裏，都建立了托派支部，托派吸引青年學生的方式是組織讀書會，出版油印印刷品，混在進步書籍中出售，據估計，全國托派人數最多時達到了 500 人以上。〔註 87〕第三，蘇聯托派面對的只有來自斯大林派的威脅，因為在十月革命和內戰結束後，蘇聯內部的國家形勢和政治局勢相對來說比較穩定，托

〔註87〕唐寶林：《中國托派史》，東大圖書公司 1994 年版，第 128～129 頁。

派反對的只有斯大林及其追隨者，不存在第二個敵人，而中國托派面對著來自兩方面的敵對勢力，即共產黨和國民黨。中國共產黨在第三國際的指示下，必然要對中國托派進行肅清，同時，中國托派不斷向中國共產黨發起諸如社會性質的論戰、反對建立抗日民族統一戰線等挑戰，這讓中國共產黨不得不成爲它的對立面。中國國民黨則將它視爲共產黨的一個派別，在抗日民族統一戰線建立之前，必然將它視爲敵人，另外，托派提出的「爲『國民會議』進行廣闊的鬥爭」、「反蔣抗日」等口號也都與蔣介石根本對立，這決定了國民黨是無法容忍托派存在的。在中國托派統一大會後不久，「即五月二十二日，托派中央即遭破獲，除陳獨秀、彭述之、羅漢因馬玉夫不知地址而幸免外，其他中委悉被逮捕。五個常委，捕去四個。這些被捕的人，在龍華警備司令部拘押了半年多，然後判刑：鄭超麟十五年，何資深十年，王文元、陳亦謀、宋逢春、江尙師、樓國華五年，濮德志因爲花了一點錢，又託許世英打了招呼，輕判爲二年半，最後分別送進蘇州監獄和南京第一軍人監獄」，事發後，陳獨秀立即組織了新的托派中央，但是，「一九三二年十月十五日被國民黨中統特務機關所破獲，包括陳獨秀在內的五個常委全被逮捕」。〔註88〕

　　從以上梳理中可以看到，陳獨秀是中國托派組織中最重要的人物，的確，這位中國共產黨的創始人在大革命之後接受了托洛茨基主義，並成爲中國共產黨左派反對派的中央書記、最高領導人，但是，他並非對托洛茨基主義至死不渝，而是經歷了一個從接受到決裂的思想過程。在最初接受托洛茨基關於中國革命的觀點時，陳獨秀與其他青年知識分子一樣，是根據自身革命實踐經驗對托洛茨基的主張表示讚同，並進而深入研讀、接受其「不斷革命論」等全部理論觀點，另外，陳獨秀又比其他青年知識分子多了一層精神壓力，即共產國際和中共中央將中國共產黨在大革命中的失敗歸咎於陳獨秀犯了機會主義錯誤，在這種精神壓力下，他從王平一那裏接觸到托洛茨基的《中國革命的總結與前瞻》，開始走向托洛茨基主義，當然，他沒有對托洛茨基的觀點立即表示接受，而是經歷了一番思想鬥爭，在這一過程中，他與尹寬、彭述之等人多次辯論，「陳獨秀看了托派文件，每次都提出不同的意見，然後他們同他辯論；但他下次來時，就放棄他上次的不同意見，而以他們所說意見爲基礎而提出進一步的不同意見了。他們進一步說服他，當場他沒有接受，可是再一次來時他又以上次他們的意見爲基礎而在進一步提出新的不同意見

〔註88〕唐寶林：《中國托派史》，東大圖書公司1994年版，第144～166頁。

了。如此類推。說服他時，尹寬用力最多。但最後，到了革命政權問題上（是不是無產階級專政），陳獨秀沒有被說服，或沒有完全被說服」〔註89〕。陳獨秀在晚年與托洛茨基主義決裂可以歸因於兩點，第一點是對待抗日戰爭後「國共合作」問題的態度，中國托派中央嚴格按照第四國際的指示，既抨擊中國共產黨的抗日民族統一戰線是向國民黨的徹底投降，又抨擊國民黨抗日舉動是為了妥協投降，陳獨秀則堅決反對這種「倒蔣反共」的政策，擁護此次國共合作；〔註90〕第二點是對斯大林的評價問題，托派始終堅持托洛茨基的觀點，認為是斯大林造成了蘇聯的「官僚化」和「獨裁」統治，而陳獨秀在晚年認為：「史大林的一切罪惡，乃是無級獨裁制之邏輯的發達，試問史大林一切罪惡，那一樣不是憑藉著蘇聯自十月以來秘密的政治警察大權，黨外無黨，黨內無派，不容許思想、出版、罷工、選舉之自由，這一大串反民主的獨裁制而發生的呢？……在十月後的蘇俄，明明是獨裁制產生了史大林，而不是有了史大林才產生了獨裁制……」〔註91〕

中國共產黨的肅清托派活動早在中國托派組織出現之前就已經開始，一直持續到80年代，因為後文中對三四十年代的肅托情況有相關詳細論述，所以在此只做概略性的描述，另外，中華人民共和國成立後的肅托活動至今沒有官方的政策可以依據，所以在此也沒有必要過多的展開。1927年底，蘇聯將一小部分有托派傾向的留學生遣送回中國時，就已經向中共中央組織部下達通知，要求對他們進行提防，1929年，中共六屆二中全會在上海召開，會議文件《中央政治局工作報告綱要》中，第一次專門提出要堅決與托派作鬥爭。總體來說，中共中央對托派的態度可以概括為「基本上是敵對的、鎮壓的，但有時候表現得比較緩和，有時候殺氣騰騰，有時候好像『有商有量』，有時候卻又歇斯底里。這種多少不同的表現，與中共上層派系之爭有關，也與在特定事件上與托派所接觸的人物有關」〔註92〕。在1949年中華人民共和國成立之前，是中共肅托最為激烈的時期，在30年代，主要由康生直接領導，比較重要的事件有俞秀松事件、張慕陶事件、王公度事件、陳獨秀「間諜」事件、湖西肅托事件、泰山肅托事件、王實味事件等等，在這些事件中，有

〔註89〕鄭超麟：《鄭超麟回憶錄（下）》，東方出版社2004年版，第494頁。

〔註90〕姚金果：《解密檔案中的陳獨秀》，東方出版社2011年版，第449～451頁。

〔註91〕陳獨秀：《陳獨秀致西流》，載《陳獨秀書信集》，新華出版社1987年版，第504頁。

〔註92〕王凡西：《雙山回憶錄》，東方出版社2004年版，第112頁。

的是實實在在地破壞了中國托派地方組織，而大部分是冤假錯案，這些冤假錯案已經在 80 年代以後陸續得到了平反，相關當事人也得到了黨中央的公正評定、沉冤昭雪。1952 年 12 月 22 日，活動在中國大陸的所有托派成員，幾乎在一夜之間全部被逮捕，中國大陸從此不再有托派的任何活動，但是，中共的肅托活動並沒有停止，諸如《托洛茨基叛國集團案、布哈林叛國集團案、貝利亞叛國集團案資料選輯》的書籍、資料不斷出版，一直到 1979 年，「機會主義、修正主義資料選編」叢書中收錄了兩卷本共計 1000 多頁的《托洛茨基言論》，1980 年，吉林人民出版社出版了劉紹賢、趙邨方編寫的《托洛茨基是列寧主義的死敵》。80 年代以後，中共的肅托活動基本停止，在寬鬆的學術氛圍中，一批學者開始重新考察「托洛茨基派」，以較為公正、客觀的學術態度對待這一歷史存在。

第二章 中國文壇對托洛茨基文論的接受

中國現代文學在其自身的發生、發展過程中，曾吸收了大量海外傳來的文學思想，其中，蘇聯文論對中國現代革命文學思想產生了重大影響。在當時的各種各樣的蘇聯文論中，托洛茨基文論在中國的傳播過程顯得特別耐人尋味，它在「革命」的旗幟下被譯介到中國，卻迅速在「反革命」的罵名下淡出文壇視野；它在當時影響了一批重要的文論家和作家，卻只有魯迅一人意識到並願意承認它對自己的影響；它是作爲一種文學思想出現在世人面前的，卻始終被政治因素牢牢掌握住命運；它在二十世紀二三十年代的中國文壇非常流行，卻在今天只被人零星提及。這樣一個複雜、奇特的傳播過程，卻成了一條被湮沒的歷史陳跡，目前學界只會對魯迅、蔣光慈、陳獨秀、瞿秋白等人接受托洛茨基文論影響的痕跡投去短暫地一瞥，似乎意識到了該文論在現代文學史上的重要性，但難以深入挖掘，僅停留在就事論事的層面，其原因就在於沒能把中國文壇對該文論的接受視爲一個完整過程，無法在一個清晰、宏觀的背景下審視具體問題，這類研究的著眼點實際是作家或文論家個人，而不是放眼整個革命文學思潮史，由此看來，理清這條歷史陳跡的來龍去脈，不僅將重現一段塵封的史實，還將打開一片新的研究視野。

第一節 從「革命」到「反革命」的命運流轉

由於中國文壇對托洛茨基以及相關的「托派」等等長期持一種曖昧態度，

造成托洛茨基文論在中國的接受情況具有隱蔽性,尤其是 30 年代以後,很少有人願意承認自己認同托洛茨基文學思想,雖然他們對一些文學觀念的語言表述與《文學與革命》中的說法極其相似,但是往往缺乏直接證據說明他們的這些觀念受其影響,因此,研究者以往採用的探索某位文論家受托洛茨基文論影響的方法在一定程度上是存在問題的,然而,這種「極其相似」的現象,以及文論作品之外各種歷史材料的記載,不僅說明了探尋托洛茨基文論在中國現代文學史上的接受的可行性,而且反映了接受過程的廣泛性和複雜性,基於此,在繁蕪叢雜的歷史事實中抽出一條主線——從「革命」到「反革命」的命運流轉——進行探討,可以比較清晰的勾勒出接受軌跡,並呈現出這一接受過程的特點以及給中國現代革命文學思潮帶來的意義。在這一主線中,托洛茨基其人政治生命起落對其文論命運遭遇的影響是比較容易發現的,但對托洛茨基文論在中國現代文學史上的接受情況的探索不能僅滿足於此,而應該立足於中國,將目光伸向該文論與中國革命文學界的投合與牴觸,同時伸向在中國發生的相關事件,因為這些是影響中國革命文學界對托洛茨基文論看法的直接因素。

一、在「革命」的旗幟下傳入中國。

托洛茨基文論傳入中國文壇,正值中國社會普遍追求「革命」的年代,「革命的急劇的行動與由這行動而變化的利害關係,這些佔據了全民眾意識的中心」〔註1〕,「既讀書,必革命;既革命,即救國」〔註2〕是當時知識分子的普遍追求,他們的共同理想是「剷除不適用的一切,創設環境所需要的一切」〔註3〕,是「取消一種向來存在的制度,另行設立一種新的制度」〔註4〕,這種「除舊建新」的豪情與願望促使他們不斷探尋先進的革命理論,對於各種思想都會有瞭解,從中吸取自己所需要的營養。在這樣一種社會環境下,文學界自覺開始探索「文學」與「革命」的關係,「這一年來,中國全境,受了國民革命的鼓蕩,潮流所及,許多文藝家已經驚破了迷夢,知道藝術不能只寫局部的變態的人生,要包括人生的全體,換句話說,要有時代與社會為背景;文藝與時代社會發生了密切的關係,才有真正的內容,才有真正的情

〔註 1〕仿吾:《文學革命與趣味——覆遠中遜君》,《洪水》1927 年第 3 卷第 33 期。
〔註 2〕王弼:《革命》,《湘湖生活》1929 年創刊號。
〔註 3〕愛吾:《革命》,《新潮》1927 年 5 月 13 日。
〔註 4〕張慰慈:《革命》,《東方雜誌》1928 年第 25 卷第 18 期。

緒。……在我們革命未完全成功以前，時代的慘痛的呼聲是不會絕的，在最
近的將來，我們如有眞正的文學，當是代表這種呼聲的文學。」〔註5〕伴隨著
大量討論文章的湧現，各種不同觀點被不斷提出，一部分人認爲「則所謂『革
命文學』，自然不能概括文學的全領域；文學除了教人『革命』以外，還有許
多許多的事情呢！」〔註6〕甚至認爲「在文學上講，『革命的文學』這個名詞
根本的就不能成立。在文學上，只有『革命時期中的文學』，並無所謂『革命
的文學』。」〔註7〕然而，更多的人則認爲「文學與革命實同立於一個相同的
出發點也。……文學作品往往可以啓發一般人對於現實生活的不滿，而發生
革命的動機，……但文學只限於思想上之反抗，和思想上對於一切不滿之啓
發。如何能使其所反抗者，歸於涅滅，而所理想者終於實現，是則有待於革
命家之實際運動。故曰革命可以實現文學家偉大著作中之理想生活。」〔註8〕
「在革命時代，勢必要產生一個文學的黃金時代。在革命未發以前，或既發
之後，勢必要需用一種文學的力量。」〔註9〕甚至郭沫若斷言：「我們可以說
凡是革命的文學就是應該受贊美的文學，而凡是反革命的文學便是應該受反
對的文學。應該受反對的文學我們可以根本否認她的存在，我們也可以簡切
了當地說她不是文學。……那嗎我們更可以歸納出一句話來：就是文學是永
遠革命的，眞正的文學是只有革命文學的一種。所以眞正的文學永遠是革命
的前驅，而革命的時期中總會有一個文學的黃金時代出現。」〔註10〕成仿吾
高喊：「我們今後的文學運動應該爲一步的前進，前進一步，從文學革命到革
命文學！」〔註11〕

　　翻檢當時所有探索文學與革命關係、革命文學如何建設等問題的文章，
會發現蘇聯文論成爲中國文壇借鑒的主要資源之一，蘇聯作家、文論家的事
例、觀點成爲時人論述自己觀點的重要佐證，盧那察爾斯基、布哈林、托爾
斯泰、屠格涅夫、葉遂寧等名字頻繁出現，十月革命後蘇俄文壇發展狀況成
爲津津樂道的話題，在這種情況下，托洛茨基及其著作《文學與革命》由於

〔註5〕甘人：《中國新文藝的將來與其自己的認識》，《北新》1927年第2卷第1期。
〔註6〕冰禪：《革命文學問題——對於革命文學的一點商榷》，《北新》1928年第2卷
　　　第12期。
〔註7〕梁實秋：《文學與革命》，《新月》1928年第1卷第4期。
〔註8〕盧隱女士：《文學與革命》，《國聞週報》1927年第4卷第19期。
〔註9〕孫英傑：《文學與革命》，《高中校刊》1930年第3卷第2期。
〔註10〕郭沫若：《革命與文學》《創造月刊》1926年第1卷第3期。
〔註11〕成仿吾：《從文學革命到革命文學》，《創造月刊》1928年第1卷第9期。

享有很高的地位和影響力，必然會進入中國文論家的視野。

作為十月革命的直接領導人，托洛茨基在當時的共產主義運動中享有較高威望，早在十月革命爆發以前，「他的名字不但已跟布爾什維主義同義，而且在外界看來，他的名字甚至比列寧的名字更有力地象徵著布爾什維主義的抱負」，十月革命後，「人們一般都認為，列寧和托洛茨基是黨的主要的決策人，而且在理論方面是最高權威，斯大林和斯維爾德洛夫則是主要的組織者」〔註 12〕，有學者斷言：「倘若他的生命在 1921 年左右結束，或稍晚一些，大約與列寧同時，那麼留在人們記憶裏的他就是十月革命的領導人，紅軍的締造者及其國內戰爭時期的統帥，並且作為共產國際的導師，他以馬克思才有的力量與才華、用以《共產黨宣言》之後人們再也未曾聽到過的語調向全世界的工人說話。」〔註 13〕中國赴蘇聯的留學生深切感受到了這種影響力，並將這種感受傳到國內，瞿秋白在他的《俄鄉紀程》和《赤都心史》中就多次描述了當年留學蘇聯時他眼中的偉人托洛茨基：「屋子裏放著盛筵，電燈上包著紅綢，滿屋都是紅光，紅光裏是馬克思，列寧，杜洛次基的肖像。」〔註 14〕「杜洛次基洪亮的聲音，震顫赤場對面的高雲，回音響亮，如像聲聲都想傳遍宇宙似的。各國代表都致祝詞。……『萬歲』聲……」「風采奕奕的杜氏，演說辭以流利的德語，延長到三小時餘，……杜氏見中國新聞記者很欣喜，因竭力和我們解釋，說話時眉宇昂爽，流利倜儻。」「列寧末後幾句話，葬在熱烈的掌聲中。還沒來得及靜下，演壇上突然又現杜洛次基的偉影……」〔註 15〕從這些極盡贊美之詞的記錄中體現出來的是中國青年對一位革命領袖的崇拜，其中多次描寫托洛茨基緊隨列寧之後出現的場景，這既是寫實，又是托洛茨基在世界無產階級運動和中國革命青年心中地位的體現。

托洛茨基文論集中體現在《文學與革命》一書中，這本書的影響也是世界性。在蘇聯，這本書曾作為大學文藝理論教材〔註 16〕，還曾引發了一場文

〔註 12〕〔波〕伊薩克・多伊徹：《武裝的先知：托洛茨基 1879～1921》，中央編譯出版社 2013 年版，第 256、302 頁。

〔註 13〕〔波〕伊薩克・多伊徹：《流亡的先知：托洛茨基 1929～1940》，中央編譯出版社 2013 年版，第 464 頁。

〔註 14〕瞿秋白：《俄鄉紀程》，載《瞿秋白文集・文學編・第一卷》，人民文學出版社 1985 年版，第 61 頁。

〔註 15〕瞿秋白：《赤都心史》，載《瞿秋白文集・文學編・第一卷》，人民文學出版社 1985 年版，第 61，159，161～162，204 頁。

〔註 16〕李霽野：《魯迅先生與未名社》，人民文學出版社 1984 年版，第 29～30 頁。

學論爭，這場論爭被美國文壇關注，《美國社會學雜誌》有專門文章進行介紹，該文於 1930 年被譯成中文公開發表，中文譯者認爲：「因托拉斯基的立論引起了盧那卡爾斯基的辯駁，和布哈林的對於托拉斯基文章的非難，兩人意見詳見後文，不必贅述，不過我們可以重述一句就是托拉斯基這本書的價值不會因有這種種的非難而減少。這本書各國已早有譯本，中文譯本也早出版。」〔註17〕隨著英譯本、日譯本、漢譯本等等的相繼出現，這本書的影響力迅速擴大，具體到中國來看，書中主要觀點得到了文壇的普遍認同。根據魯迅日記可知，他曾多次購買各種版本的《文學與革命》，「現存魯迅所藏日譯本《文學與革命》有精裝、平裝兩種」〔註18〕，還專門買了該書的英文版贈送給廖立峨〔註19〕，這些行爲均能反映出魯迅對該書的喜愛程度，更重要的是，他在討論「革命文學」問題的文章中多次以贊許的態度引用《文學與革命》裏的觀點，並進而將其與自己的觀點相融合，逐漸形成了自己獨特的革命文學觀，在此基礎上，他對托洛茨基其人作出了爲人所熟知的評價：「在中國人的心目中，大概還以爲托洛茨基是一個喑嗚叱咤的革命家和武人，但看他這篇，便知道他也是一個深解文藝的批評者。」〔註20〕在魯迅指導和幫助下，李霽野、韋素園對《文學與革命》進行了全文翻譯，此次翻譯，據李霽野說「原是素園要譯的」〔註21〕，韋素園的動因正如他自己所說：「特洛茨基是不承認無產階級文學因而否認『無產階級文學』這一名詞的，然而他也相信在從資本社會尚未達到共產社會這一過渡期間並不是沒有文學。……他並說，我們現時的目的，只在將這過渡時間設法縮短，使經濟平等的理想社會從速實現，在這一種全人類的堅固的基石上，再來建設全人類的偉大的眞正的『人』的文學，這文學，在這種時期，也才有實現的可能，然及其實現，也便不能稱之爲無產階級的文學了。……我新近也愛慕特氏這可愛的理想的將來……」〔註22〕可見，韋素園提議翻譯此書，也是建立在對托洛茨基文論認同的基礎上，該書由未名社出版部出版後，根據版權頁所記錄的數字可知，先後再版了三次，

〔註17〕德昌：《由托拉斯基的文學與革命引起的蘇俄文藝論戰》，《清華週刊》1930年第 33 卷第 9 期。

〔註18〕王中忱：《托洛茨基的〈文學與革命〉》，《魯迅研究月刊》2013 年第 3 期。

〔註19〕魯迅：《魯迅全集・第十六卷》，人民文學出版社 2005 年版，第 36 頁。

〔註20〕魯迅：《十二個・後記》，北新書局 1926 年版，第 73 頁。

〔註21〕李霽野：《文學與革命・後記》，未名社出版部 1928 年版，第 353 頁。

〔註22〕韋淑園：《校了稿後》，《莽原》1926 年第 1 卷第 21 期。

總共印刷了 3500 本，可以說實現了魯迅的預期：「托羅茲基的文學批評如印成，我想可以銷路較好。」〔註23〕同時也說明了該書初入中國時是受到普遍歡迎的。傅東華對該書的翻譯同樣是建立在觀點認同的基礎上，他於 1927 年3 月 15 日在武昌中山大學以《什麼是革命文藝》為題進行演講，主要觀點全都來自《文學與革命》，講話起始即援引該書中的觀點：「對於這個問題，我們可以暫時借屈洛斯基在他的《文學與革命》的導言裏的幾句話來做一個答覆。他說：『……但是即使關於衣、食、住的初步問題，並至普通教育的問題都已得著一個成功的解決，也仍舊不足以顯示這個新的歷史的原則──就是社會主義的原則──的完全勝利。唯有等科學的思想已向全民眾的範圍進展，等有一種新的藝術已經發達，這才足以顯示這個歷史的種子不但已經生長，並且已經開花了。就此義而言，藝術的發達，便是每個時代的生機和意義的最高試驗。』」由此，他得出了自己的觀點：「我們這個時代如果沒有文藝產出則已，如果有文藝產出的話，那麼必須如此如此的才是反映時代的眞正文藝──才足為『時代的生機和意義的最高試驗』的文藝。而這種眞正的文藝，我們可以稱它為『革命文藝』。」明確了什麼是革命文藝之後，他又闡述了自己對革命文藝的性質的看法，這一闡述同樣以援引托洛茨基的觀點為開端：「若從純文藝的觀點而論，我們又可以引屈洛斯基的幾句話來確定革命文藝的性質。他說：『新的藝術，是要開關新的境界的，是要推展創造藝術的途徑的。所以只能由那些和時代精神合一的人產生出來。』又說：『……藝術家不要再把革命當作一種表面上的不幸結局。……新舊詩人和藝術家的同行『應該』成為革命的活的組織的一部分，並且曉得從裏面──不是外面──去看革命。』又說：『這種新藝術是寫實的，積極的，有生機地集合的，而且充滿著一種對於「將來」無限創造的信仰的。』」在接下來的展開分析中，他不斷的引用《文學與革命》中的觀點作為支撐，即使是在表達自己想法，其中也能明顯看到托洛茨基文論的影子。〔註24〕

在對托洛茨基文論認同的基礎上，一批人開始對《文學與革命》進行翻譯，綜合各類材料來看，該書最早是以英譯本、日譯本和俄文原本的形式進入中國的，這三種版本成為各個漢譯本的源頭，目前可以確定為該書漢譯本的有：傅東華譯《文學與革命》，連載於《中央副刊》第四、五、七、八、九、

〔註23〕魯迅：《魯迅全集·第十二卷》，人民文學出版社 2005 年版，第 26 頁。
〔註24〕傅東華：《什麼是革命文藝》，《中央副刊》1927 年 3 月 23 日。

十、十一、十二號；范文瀾以「仲雲」爲筆名節譯《無產階級的文化與藝術》，連載於《中央副刊》第七十七、七十八、八十、八十一、八十二、八十三號；李霽野、韋素園譯《文學與革命》，連載於《莽原》第二卷第六、七、八、九、十一、十二、十三、十五期，後由未名社出版部出版成書；魯迅節譯《亞歷山大・勃洛克》作爲《十二個》漢譯本的前言；蔣光慈零散地節譯了《文學與革命》的第二章作爲其文章《十月革命與俄羅斯文學》的主體內容。另外，魯迅等人還翻譯了一些托洛茨基的講話，收錄於《文藝政策》、《蘇俄的文藝論戰》等書，其中也涉及到了很多重要的文學問題。

　　具體來說，托洛茨基的兩個主要文學觀點融入了中國現代革命文學思潮。首先，「同路人」概念被廣泛接受，當時有人指出：「屈洛茨基對於俄國舊派文人的攻擊是具有歷史的批評眼光的；……使屈洛茨基得以創成這部《文學與革命》的巨著，一方面固然是他有一個可驕傲的環境使他敢於說話，一方面還是有俄國文學的歷史過程使他說話有根底。《文學與革命》是一部精心的著作，並不是一種『精神暴動』。」〔註25〕這裡所說的「俄國舊派文人」就包括托洛茨基所謂的「同路人」，魯迅在文章中多次運用這一概念介紹蘇聯文壇的狀況，比如：「在蘇聯中，這樣的非蘇維埃的文學的勃興，是很足以令人奇怪的。……其三，則當時指揮文學界的瓦浪斯基，是很給他們支持的，托羅茨基也是支持者之一，稱之爲『同路人』。……然而，單說是『愛文學』而沒有明確的觀念形態的徽幟的『綏拉比翁的兄弟們』，也終於逐漸失掉了作爲團體的存在的意義，始於渙散，繼以消亡，後來就和別的同路人們一樣，各各由他個人的才力，受著文學上的評價了。」〔註26〕同時，他對葉遂寧、勃洛克等蘇聯作家的評價，與托洛茨基論述「同路人」時對他們的評價如出一轍，比如：「那麼，他還是不免於念舊。然而他眼見，身歷了革命了，知道這裡面有破壞，有流血，有矛盾，但也並非無創造，所以他決沒有絕望之心。這正是革命時代的活著的人的心。詩人勃洛克（Alexander Block）也如此。他們自然是蘇聯的詩人，但若用了純馬克思流的眼光來批評，當然也還是很有可議的處所。不過我覺得托羅茲基（Trotsky）的文藝批評，到還不至於如此森嚴。」〔註27〕蔣光慈同樣受「同

〔註25〕李作賓：《革命文學運動的觀察》，《文學週報》1928 年第 332 期。

〔註26〕魯迅：《〈豎琴〉前記》，載《魯迅全集・第四卷》，人民文學出版社 2005 年版，第 445 頁。

〔註27〕魯迅：《馬上日記之二》，載《魯迅全集・第三卷》，人民文學出版社 2005 年版，第 362 頁。

路人」概念的影響很深，他在《十月革命與俄羅斯文學》一文中的第六部分將托洛茨基對「同路人」下的定義完整翻譯了出來，作爲評價謝拉皮昂兄弟、基抗諾夫、別則勉斯基等人的依據，基於此，蔣光慈認爲革命文學家「不但爲革命的同伴者，而且爲革命的表現者」〔註28〕，應該用自己的文學作品對當前的革命時代進行充分表現，這成爲他對中國革命文學發展的基本觀點。經過魯迅、蔣光慈以及各位《文學與革命》一書的翻譯者的介紹，「同路人」概念逐漸成爲中國文藝批評的常用名詞，不僅用來介紹蘇聯、美國等國外文學家，而且用來稱謂魯迅、臧克家等中國文學家。

其次，托洛茨基文論對文學作品獨立審美價值的追求被普遍接受。「藝術必須開闢自己的道路，並且用自己的方法」〔註29〕是托洛茨基的重要觀點，由此出發，他反對爲了追求「階級性」、「政策」等非文學因素而放棄文學作品作爲一種藝術品所應有的獨立審美價值，反對標語口號式的作品，要求作家重視藝術技巧以使作品達到應有的美感，魯迅對此多次表示讚同，並在文章中提出了諸如「當先求內容的充實和技巧的上達」〔註30〕之類的與托洛茨基觀點相類似的看法。胡秋原也明確表示讚同托洛茨基的觀點：「托洛斯基在他的《文學與革命》裏也說，『單據馬克思主義的原則以批評藝術的創作，反對或贊成藝術的創作，我相信不很妥當的。藝術品第一要由它的固有的法則，即藝術的法則而批評的。……』」〔註31〕尤其是對於革命文學「標語口號化」現象的批評，中國的文論家多會提及托洛茨基的態度，比如「不但蘇俄的群眾，莫斯科的領袖們如布哈林，盧那卻夫斯基，特洛斯基，也覺得『標語口號文學』已經使人討厭到不能忍耐了。」〔註32〕「所犯的毛病，正是托洛斯基所說，在普羅文學初期所不可避免的毛病，就是口號標語似的。」〔註33〕

二、在「反革命」的罵聲中淡出文壇視野

進入中國文壇後不久，托洛茨基文論就背上了「反革命」的罵名，並迅

〔註28〕蔣光慈：《十月革命與俄羅斯文學》，載《蔣光慈文集‧第四卷》，上海文藝出版社1988年版，第110頁。

〔註29〕托洛茨基：《文學與革命》，未名社出版部1928年版，第288頁。

〔註30〕魯迅：《文藝與革命》，載《魯迅全集‧第四卷》，人民文學出版社2005年版，第84頁。

〔註31〕冰禪：《革命文學問題》，《北新》1928年第2卷第12期。

〔註32〕茅盾：《從牯嶺到東京》，《小說月報》1928年第19卷第10號。

〔註33〕錢杏邨：《幻滅動搖的時代推動論》，《海風週報》1929年第14、15期。

速淡出了人們的視野，從 30 年代開始，對它的譯介和直接引用突然消失，甚至沒有任何一個人專門撰文對它進行批判，這種「蒸發」現象實際反映出當時中國革命文學界對它的新的基本看法：它提出了很多文學觀點，但從來不是一種文學理論，只是托洛茨基主義破壞無產階級革命文學的武器，是爲法西斯等一切反動勢力服務的工具。基於這一看法，文學界無需專門針對托洛茨基文論進行批駁，只需要配合政治領域的行動一起反對托洛茨基主義就夠了，實際上，中國革命文學界從 30 年代開始就再也沒有以「文論」、「文學思想」、「文藝批評」等名詞稱呼托洛茨基的文學觀點，只是籠統的稱之爲「托洛茨基主義」、「文藝上的托洛斯基主義」、「取消派觀點」、「反對派觀點」等等，當然，這是最基本的看法，當時一些文學思想鬥爭文章從側面反映出來很多信息，這些信息有助於深入剖析這一看法。

馮雪峰在批判胡秋原的文章中說：「胡秋原曾以『自由人』的立場，反對民族主義文學的名義，暗暗地實行了反普羅革命文學的任務，現在他是進一步的以『眞正馬克思主義者應當注意馬克思主義的贗品』的名義，以『清算再批判』的取消派的立場，公開地向普羅文學運動進攻，他的眞面目完全暴露了。他嘴裏不但喊著『我是自由人』，『我不是統治階級的走狗』，並且還喊著『馬克思主義』，甚至還喊著『列寧主義』，然而實際上是這樣的。這眞正顯露了一切托洛斯基派和社會民主主義派的眞面目！」〔註 34〕這句話是批判胡秋原的，但也同時充分表達了對托洛茨基文論的態度，從中可以看到，在 30 年代中國文論家的眼中，托洛茨基文論已經不能被歸入「馬克思主義」、「列寧主義」的文學理論範疇內了，它只是以「馬克思主義」、「列寧主義」之名，行「統治階級的走狗」之實，其根本屬性是一種「去過勢的馬克思主義的文藝理論，恰正形成我所指說的反革命派別的政治主張之在文藝理論上的反映」〔註 35〕，它「以口頭上擁護馬克思主義甚至列寧主義，來曲解，強姦，閹割馬克思列寧主義」，其實質是「高揭『馬克思主義文學理論之擁護』的旗幟，昂然闊步地登上中國的文壇了」的「文學領域內的社會法西斯蒂」，它的一切文學觀點都是「法西斯蒂的政策和把戲的多方面的形式」〔註 36〕，同時，它還是一種小資產階級的理論，「文藝上的托洛斯基主義是代表著一種小資產階

〔註 34〕洛揚：《「阿狗文藝」論者的醜臉譜》，《文藝新聞》1932 年第 58 號。

〔註 35〕洛揚：《並非浪費的論爭》，《現代》1933 年第 2 卷第 3 期。

〔註 36〕綺影：《自由人文學理論檢討》，《文學月報》1932 年第 1 卷第 5、6 號。

級的似是而非的『革命文學』的理論，一種貌似革命的實則完全反動的文學
思想。……托洛斯基的這些空談主義的特色，正是反映了一種小資產階級的
幻想的」〔註37〕。至於具體的文學觀點，則是「反普羅革命文學的」、「公開地
向普羅文學運動進攻」〔註38〕的，是「以口頭上同情中國普洛革命文學，來巧
妙地破壞中國普洛革命文學的」，因爲「普洛文化否定論本來是托洛茲基的有
名的理論」〔註39〕，「他是無產階級文學否定論之有名的倡導者。他的主張是：
沒有無產階級文化，將來也決不會有，而且不應當有。他認爲無產階級在資產
階級社會內是一個一無所有的階級，因此不可能創造自己的文化。……托洛斯
基這種理論的反動性是很明顯的。照他的做法，無產階級在文化上就只有二條
路好走：或者是乾脆不要文化，回到野蠻主義，或者是全盤承受資產階級的文
化。托洛斯基採取了後者，而且公然的這樣主張」〔註40〕。總而言之，從 30
年代開始，「托洛斯基的名字早已和革命文學不能兩立。全世界全中國一切知
道了這種情形的善良的人們，革命的青年，革命的文學家藝術家，也都把托
洛斯基及托派看成自己的仇敵了」〔註41〕。

　　托洛茨基其人在政治上失勢是造成這一命運轉變的外部因素，關於這一
點，又可以從兩方面進行討論。一方面，由於政治主張不同和蘇聯領導權之
爭，托洛茨基與斯大林的矛盾日益尖銳，經過一段時間的鬥爭，托洛茨基失
敗並被開除出黨、驅逐出國，從此，他成爲國際共產主義運動的敵人，蘇聯
開展的肅清托派運動迅速被共產國際各支部紛紛傚仿；世界反法西斯戰爭爆
發後，托派又成爲必須被肅清的「法西斯的走狗」，共產國際發佈的《與托
洛茨基分子作鬥爭的決議》指出：「托洛茨基分子替『格斯塔坡』（德國偵探
機關）與日本偵探機關進行卑鄙的偵探與暗害勾當，以反對蘇聯社會主義及
蘇維埃政權，這與托洛茨基分子在資本主義各國工人運動中的最卑污的奸細
活動有分不開的聯繫。」「在被外國帝國主義壓迫的殖民地和半殖民地國家
內，托洛茨基分子不起來反對帝國主義──工人階級與全體人民的主要壓迫

〔註37〕周揚：《王實味的文藝觀與我們的文藝觀》，《解放日報》1942 年 7 月 28 日～
　　　　29 日。
〔註38〕洛揚：《「阿狗文藝」論者的醜臉譜》，《文藝新聞》1932 年第 58 號。
〔註39〕綺影：《自由人文學理論檢討》，《文學月報》1932 年第 1 卷第 5、6 號。
〔註40〕周揚：《王實味的文藝觀與我們的文藝觀》，《解放日報》1942 年 7 月 28 日～
　　　　29 日。
〔註41〕周揚：《王實味的文藝觀與我們的文藝觀》，《解放日報》1942 年 7 月 28 日～
　　　　29 日。

者，——卻起來反對反帝的人民戰線。」同時要求：「共產國際各支部須在
會場上以及在報章上開展有系統的鬥爭以反對法西斯走狗——托洛茨基主
義……」〔註42〕經過這一過程，托洛茨基的政治地位徹底垮臺，伴隨而來的
是種種政治詆毀和栽贓，文學領域對這一系列變動迅速作出反應，其中，對
中國文壇影響最大的當屬別德訥衣的長詩《沒工夫唾罵》，這首詩由瞿秋白
以「向茹」為筆名於 1932 年譯成中文發表在《文學月報》，全詩對托洛茨基
進行了猛烈的嘲諷和謾罵，開篇就講：「現在，要我來講托洛茨基，/那彷彿
是要我嚼一隻死老鼠：/這傢夥可不是什麼有味的東西，/簡直是糟糕透了。」
後文中不斷用「寫的盡是些下流的英雄底下流」、「無恥的造謠和不要臉的驕
傲」、「卑鄙的妥協，瘋狂的冒險」、「亂咬的瘋狗」一類的語句形容和評價托
洛茨基的著作和觀點，並且不斷用「驕傲的吹牛皮的嘴巴」、「陰毒的閃爍的
眼梢」、「帶著『雞盲病』的眼光」等語句對托洛茨基進行人身攻擊。〔註43〕
這些內容當然都是污蔑之詞，但是能被譯成中文並被譯者認真做了大量注
釋，說明這首詩得到了一批中國文人的認可，甚至有人仿照這首詩另作了一
首《漢奸的供狀》，以攻擊被戴上「托洛茨基分子」帽子的胡秋原。魯迅注
意到了這兩首詩，認為「別德納衣的詩雖然自認為『惡毒』，但其中最甚的
也不過是笑罵」，《漢奸的供狀》「有辱罵，有恐嚇，還有無聊的攻擊：其實
是大可以不必作的」，並提出「辱罵和恐嚇決不是戰鬥」的意見，可見其對
這兩首詩都不以為然的態度是很明顯的。〔註44〕無論是認可與仿作，還是不
滿與批評，都說明長詩《沒工夫唾罵》及其所反映的政治動向已經為中國革
命文學界所瞭解，加之中國共產黨在共產國際指揮下加強了反托洛茨基主義
的政治宣傳，出版了大量諸如《法西斯蒂的新工具托洛斯基》、《托洛斯基派
的國際活動》等等的書籍，托洛茨基在中國知識分子心目中的偉大革命領袖
形象已經不再，而是與「法西斯」、「漢奸」等詞畫上了等號，這一新的印象
影響深遠，以致《文學與革命》的譯者李霽野後來不無後悔的反省道：「當
時素園和我並不明瞭蘇聯內部政治情況，這本書作者的反動政治面目還未暴
露，我們的文藝理論水平又很低，倒認為他這本在社會主義的蘇聯印行的書

〔註42〕 共產國際：《與托洛茨基分子作鬥爭的決議》，載《法西斯的走狗托洛茨基匪
　　　　徒》，戰時出版社 1938 年版，第 1、2、4 頁。
〔註43〕 別德訥衣：《沒工夫唾罵》，《文學月報》1932 年第 1 卷第 3 期。
〔註44〕 魯迅：《辱罵和恐嚇決不是戰鬥》，載《魯迅全集·第四卷》，人民文學出版社
　　　　2005 年版，第 464 頁。

值得介紹給中國讀者。」〔註45〕

　　另一方面，蘇聯在 30 年代審判「右派與托洛斯基派同盟叛國案」的過程
中，認定高爾基是被托派所殺，並通過報紙等媒體公開發佈審判供詞，這隨
即引發了中國文學界紀念高爾基逝世兩週年活動，《新華日報》在頭版頭條發
表社論提出要求：「當此紀念高爾基逝世兩週年時，我們就應該：（一）動員
我們的筆桿，反對人類的公敵及文化的破壞者──法西斯主義及其走狗殺害
高爾基的劊子手──托洛斯基匪徒，我們要消滅屠殺文化的兇手，要為高爾
基復仇！……（三）最後，我們的文人，應該捨棄過去『文人相輕』的舊觀
念，要學習高爾基大公無私的偉大精神，更親切的團結起來，為了爭取民族
獨立，民權自由，及民生幸福，與我們的敵人──日本法西斯軍閥及其走狗
漢奸托派分子作堅決無情的鬥爭，以報答高爾基生前對我們的期望和同情！」
〔註46〕根據這一社論和蘇聯官方發佈的審判供詞，中國文學界認定「消滅高
爾基之命令，係發自匪首托洛斯基」〔註47〕，紛紛寫文章表達自己對兇手「托
洛斯基匪徒」的一腔怒火，既有在詩中的質問：「他，高爾基，已經不僅是一
位偉大的作家，／而是一位教育全人類，孕育未來世界的聖者。／然而托派
的人們我真不知道是什麼存心，／竟不肯使他終其天年，及早的把他毀滅
了！」〔註48〕又有在文章中的痛罵：「一切強盜、匪徒、走狗、托洛斯基派，
到處像蛆蟲一樣蠕動著，像土撥鼠一樣挑撥、離間、造謠、中傷。他們竟然
變得這樣下流無恥，你還能當人去理他們麼？不，只消用指尖輕輕敲他們一
下就夠了，那些無恥下流的東西，永遠在真理的面前是不能藏縮它的狐狸尾
巴的。高爾基的死，恰恰又為這些下等流氓所殺害，這永世不可挽回的仇恨，
決非殺人者之血所可抵償的。」〔註49〕從此，托洛茨基的「人類公敵」形象
被中國文學界普遍接受，這一形象意味著將托洛茨基以及相關的一切都置於
整個人類的對立面，開啟了將其「妖魔化」的進程，虛偽狡猾而又兇狠殘暴、
「用『左』的辭句隱藏自己的真正目的，隱藏其幫助法西斯主義實行毒計的
醜事」成為中國文人眼中的托洛茨基派和托洛茨基主義的根本特徵，當時許
多文學雜誌上登載的關於托洛茨基的漫畫，全部一改 20 年代的偉大形象，要

〔註45〕李霽野：《魯迅先生與未名社》，人民文學出版社 1984 年版，第 30 頁。
〔註46〕《高爾基逝世兩週年》，《新華日報》1938 年 6 月 18 日。
〔註47〕凱豐：《紀念偉大的無產階級作家高爾基》，《新華日報》1938 年 6 月 18 日。
〔註48〕郭沫若：《高爾基萬歲》，《新華日報》1938 年 6 月 18 日。
〔註49〕戈矛：《高爾基永遠活在大眾的心靈裏》，《新華日報》1938 年 6 月 18 日。

麼變爲猙獰醜陋、青面獠牙的半人半獸面目，要麼變爲虛僞猥瑣、假仁假義
的僞君子面目，這樣一個「人類公敵」所提出的文學觀點，自然就成爲了應
該極力抵制的反革命理論。

　　討論托洛茨基文論命運轉變的原因，除著眼於外部因素外，還應該注意
其自身的內部原因，即它所主張的「無產階級文學不可能存在」的觀點與中
國文壇對革命文學的一貫認識存在矛盾。雖然在中國現代革命文學思潮初起
時沒有意識到「階級性」的問題，很多文章都在大談「文學的內容必然地是
人性」〔註50〕，但是很快就在《洪水》等重要刊物上出現了以討論「無產階
級專政和無產階級的文學」爲主題的文章〔註51〕，緊接著在馮乃超、成仿吾
等人的文章中逐漸出現了「資產者」、「布爾喬亞」和「普羅列搭利亞特」的
對立，隨著李初梨將「觀念形態（Ideologie）」引入「怎樣地建設革命文學」
的討論，「文學爲意德沃羅基的一種」〔註52〕開始成爲共識，從此，「意德沃
羅基」作爲革命文學論爭中的核心概念被廣泛應用於各類討論文章中，隨之
而來的是「無產階級」和「文學」兩個詞的緊密結合，「無產階級文學」、「無
產階級革命文學」佔據了「革命文學」的全部內涵，「階級性」成爲革命文學
討論中的重要問題，「階級鬥爭」成爲革命文學的重要任務。左聯成立後，將
「我們的藝術是反封建階級的，反資產階級的，又反對『失掉社會地位』的
小資階級的傾向。我們不能不援助而且從事無產階級藝術的產生」〔註53〕寫
入了理論綱領，毛澤東在延安文藝座談會上的講話中，也著重強調了「現階
段的中國新文化，是無產階級領導的人民大眾的反帝反封建的文化。眞正人
民大眾的東西，現在一定是無產階級領導的，資產階級領導的東西，不可能
屬於人民大眾。新文化中的新文學新藝術自然也是這樣」〔註54〕，可見，在
革命文學思潮發展過程中，「階級性」得到了不斷強調和豐富發展。然而，在
托洛茨基看來，「無產階級把它底專政看爲一種短促的過渡時期。我們願意放
棄那關於過渡到社會主義的太樂觀的意見時，我們指出普及世界的社會革命
時期，將不止延續幾月或幾年，而是幾十年……因爲社會革命的年代要成爲
兇猛的階級鬥爭的年代，在這裡破壞要比新建設占的地位多。無論怎樣，無

〔註50〕　成仿吾：《革命文學與他的永遠性》，《創造月刊》1926年第1卷第4期。
〔註51〕　曰歸：《無產階級專政和無產階級的文學》，《洪水》1927年第3卷第26期。
〔註52〕　李初梨：《怎樣地建設革命文學》，《文化批判》1928年第2號。
〔註53〕　《左翼作家聯盟底成立》，《萌芽月刊》1930年第1卷第4期。
〔註54〕　毛澤東：《在延安文藝座談會上的講話》，《解放日報》1943年10月19日。

產階級自身底精力，將要多半廢在征服權利，保持並且加強權力，及將它用之於生存和更進的鬥爭底最迫切的需要上。……反之，當新統治制度要逐漸更沒有政治的與軍事的意外，環境要變得更宜於新文化底創造時，無產階級便要逐漸更消鎔在社會主義的社會中，並使自身脫離階級底特性，而且因此不再成為無產階級了。換句話說，在專政時期，是談不到一種新文化底創造，即在廣大的歷史的尺度上的建設的。當歷史中無雙的專政鐵拳成為不必需時要開始的文化改造，將要沒有階級性。這似乎引向這種結論：沒有無產階級的文化，將來也決不會有；並且實在沒有惋惜這個的理由。無產階級獲得權力，為要永遠取消階級的文化，並且為人的文化開闢道路」〔註55〕，無產階級發起革命的時代和革命後的專政時代「任怎樣不能成為無產階級文化底獨立時代」〔註56〕，只是進入「社會主義文化」的「入口」〔註57〕，而「社會主義文化」不等於「無產階級文化」〔註58〕，托洛茨基是以一種人類社會歷史發展的眼光來否定「無產階級文學」和「無產階級文化」存在的可能性的，這一思路和觀點在中國曾被郭沫若表達過：「無產階級革命成了功，便是無產階級的消滅：因為一切階級的對立都已消滅。階級都已消滅了，那還有階級文藝產生呢？」〔註59〕但是隨著革命文學論爭的深入發展，郭沫若很快就放棄了這一觀點，轉而高呼「我們要加上我們的榮冠——和你們表示區別，就是：我們的文藝是『普羅列塔利亞的文藝』」〔註60〕，而托洛茨基的觀點已被中國文壇熟知，這一與主流觀點格格不入的態度自然被視為異類，並被稱為「反普羅革命文學的」、「公開地向普羅文學運動進攻」〔註61〕的「無產階級文學否定論」。

第二節 「誤讀」：貫穿始終的基本特點

透過托洛茨基文論從「革命」到「反革命」的命運流轉現象，可以進一步探究其背後隱藏的中國文壇對它的接受特點，根據前文的梳理，當它淪為

〔註55〕托洛茨基：《文學與革命》，未名社出版部1928年版，第245~246頁。
〔註56〕托洛茨基：《文學與革命》，未名社出版部1928年版，第252頁。
〔註57〕托洛茨基：《文學與革命》，未名社出版部1928年版，第253頁。
〔註58〕托洛茨基：《文學與革命》，未名社出版部1928年版，第266頁。
〔註59〕麥克昂：《英雄樹》，《創造月刊》1928年第1卷第8期。
〔註60〕麥克昂：《桌子的跳舞》，《創造月刊》1928年第1卷第11期。
〔註61〕洛揚：《「阿狗文藝」論者的醜臉譜》，《文藝新聞》1932年第58號。

「反革命」之後，遭到了不公正的評價和待遇，被強加上各種莫須有的罪名，這些罪名與文論的內容毫無關係，相對而言，當它尚被視爲「革命」的文學理論時，中國革命文學界對它的態度和評價似乎是準確的，能夠較爲客觀的看待它所包含的一系列文學觀點，並予以引用和發揮。然而，當我們注意到托洛茨基文論與「不斷革命論」之間的關係，並結合托洛茨基其人的政治家、革命家身份，就會發現其中存在的不斷「誤讀」現象。

一、托洛茨基文論與「不斷革命論」的關係

　　雖然托洛茨基「從小就熱愛文字，這種愛有時非常強烈，……由作家、記者和演員組成的世界始終是最有吸引力的」，在小學二年級的時候就辦起了文學雜誌〔註 62〕，對文學充滿熱愛，他對作家、作品和文學現象的分析也非常準確和深刻，但是他並沒有眞正走上文學道路，終其一生，他都是一位政治家、軍事家，他所堅持的「不斷革命論」是其所有理論主張的核心，這應該是考察托洛茨基文論的前提。《文學與革命》一書確實包含了大量文學觀點，既能對文壇狀況進行宏觀把握，並在這種宏觀把握下得出「眞理是：即使個性是獨一的，並不是說它不能夠被分析。個性是部落的，民族的，階級的，暫時的和有組織性的元素之混合，實在，是在這種混合底獨一中，在這種心理兼化學的雜物底匀和中，個性表現出來。文學批評底最重要的工作之一，是要把藝術家底個性（即他底藝術）分析成組合的元素，並且指示出他們底相互關係來。」〔註 63〕又能通過詩歌《十二個》深入到詩人勃洛克的精神世界，發掘出「勃洛克底衝動——無論是向著狂風暴雨的神秘主義也罷，或是向著革命也罷——不起於空空的空間中，卻起於舊俄文化及其地主與知識階級底很濃厚的氛圍氣中」〔註 64〕，類似這樣的獨到見解，充分展現出托洛茨基所具備的高妙的文學眼光。書中充分表達了對文學獨立審美價值的追求，多次強調「麻疤的藝術不是藝術」〔註 65〕、「藝術必須開闢自己的道路，並且用自己的方法」〔註 66〕，反對政黨過份干涉文學發展，認爲「藝術領域不是要黨去命令的領域。黨能夠而且必須去保護並幫助藝術，但是它僅只間

〔註 62〕托洛茨基：《托洛茨基自傳》，人民文學出版社 2013 年版，第 54 頁。
〔註 63〕托洛茨基：《文學與革命》，未名社出版部 1928 年版，第 71 頁。
〔註 64〕托洛茨基：《文學與革命》，未名社出版部 1928 年版，第 152 頁。
〔註 65〕托洛茨基：《文學與革命》，未名社出版部 1928 年版，第 270 頁。
〔註 66〕托洛茨基：《文學與革命》，未名社出版部 1928 年版，第 288 頁。

接地領導它」〔註67〕，「共產黨對藝術的政策，是被這種歷程底複雜性，被它底內在的多方面性所決定的。不能夠把這種政策化成一個公式，化成鳥瞰圖似的簡單東西」〔註68〕，這種追求折射出一種純粹的文學理想，是在充分把握文學自身發展規律的基礎上提出的要求。既有鞭闢入裏的文學批評，又提出了對文學未來發展的理論要求，托洛茨基文論的文學屬性是不容置疑的。

但是還應該看到托洛茨基提出這些文學主張的基本動因，這就要注意他所終生堅持的「不斷革命論」與其文論的關係。如果從這個角度切入托洛茨基文論，就會看到它實際是在解決兩個政治方面的問題。

首先，爲無產階級領導的十月革命和新誕生的蘇維埃政權在文學領域建立合法性，這一建立過程帶有行政命令式的強制性，托洛茨基的所有文學批評都在一個總的前提下展開，即1917年十月革命不僅推翻了舊政權，而且推翻了建在財產私有制度上的整個社會組織，這箇舊社會組織的崩潰導致了以此爲基礎的十月革命前的文學的崩潰，十月革命已經開始在文學中申述自己、指揮文學而且管理文學，「十月已經進入了俄國人民底命運中，有如一種決定的大事，而且給每種東西其自己的意義，與自己的價值。過去的即刻引退了，枯萎而且衰落了，藝術只能從十月底觀點中復活。站立在十月的視線之外者，完全而且絕望地歸於烏有……」〔註69〕這是一個非常明確的政治立場，而不是文學理論前提，是在徹底否定一切舊政權時代的文學，以及一切不符合無產階級革命觀點、不能正面表現無產階級革命的文學的價值，並以此爲基礎，重新確立一種新的衡量文學價值的尺度——「十月底觀點」，而這一尺度是服務於十月革命和新政權建設的，是一個政治標準，不是文學標準，它要求文學充分展現十月革命的歷史進步意義以及無產階級在這場革命中的領導地位，由於革命在新政權時代仍舊繼續，就需要文學能夠在「十月底觀點」下充分把握革命的脈搏，文學家要「整個地瞭解革命」，熟悉「共產黨的理想」〔註70〕，只有這樣的作家和作品才是有意義的，否則，就只能是一種過渡的「同路人」藝術。

其次，文化發展作爲無產階級專政時代國家建設的一個重要方面，需要

〔註67〕托洛茨基：《文學與革命》，未名社出版部1928年版，第288頁。
〔註68〕托洛茨基：《文學與革命》，未名社出版部1928年版，第300頁。
〔註69〕托洛茨基：《文學與革命》，未名社出版部1928年版，第22～23頁。
〔註70〕托洛茨基：《文學與革命》，未名社出版部1928年版，第68頁。

尋找一套科學合理的方法，《文學與革命》一書的最後三章內容正是在討論文化建設方案。第六章和第八章是對未來文化發展提出的設想，因爲無產階級將不間斷的領導革命直至進入共產主義社會，所以無產階級在十月革命後的蘇維埃政權下仍然在從事「兇猛的階級鬥爭⋯⋯無產階級自身底精力，將要多半廢在征服權利，保持並且加強權力」，不可能有精力創造屬於本階級的文化，當革命勝利後，全人類共同進入無階級社會，無產階級也就不復存在，無所謂「無產階級文化」與「無產階級文學」了，可見，這一設想的出發點直接來自「不斷革命論」這一政治主張，第六章和第八章是一個政治家對未來人類社會文化建設的展望，第七章則是對共產黨藝術政策的探討，雖然托洛茨基在這一部分裏面反覆強調保持文學自身獨立的審美價值，但總體上是在面對政策發言、回答一個政策問題，而不是直接面對文學發言。

二、片面性接受與「誤讀」

托洛茨基文論是一個具備雙重屬性的文學理論，即文學性和政治性，從這一點出發，可以發現中國現代革命文學家對它的「誤讀」。當這一文論剛剛進入中國時，文壇對「同路人」概念和「對文學作品獨立審美價值的追求」的接受，實際都側重於文學屬性這一方面，而其政治性則被完全忽略，此時中國文壇對它的接受和評價只能算是「公允」，而不能算是「準確」。後者自不必詳細分析，而前者應該認眞討論並加以重視，因爲它集中體現了中國文壇對該文論的「誤讀」現象。在托洛茨基文論體系內，「同路人」概念是一個非常重要的組成部分，它本身就是一個政治屬性很強的術語，《文學與革命》中對它的定義反覆強調了「階級歸屬」問題，「介於在反覆或沉默中消逝的資產階級的藝術，與尚未誕生的新藝術之間」、「有一種特徵把他們從共產主義截然分開」、「共產黨的理想對於他們是生疏的」、「他們不是無產階級革命的藝術家」〔註71〕，這些限定語的側重點都在於「作家」方面，是在說明作爲作家的「同路人」不屬於無產階級。這種文學的階級分析論正是托洛茨基政治主張「不斷革命論」的外延：在正在進行的革命時代，革命由無產階級領導，因此，是否符合「十月底觀點」，由作家是否屬於「無產階級」決定，然而，一方面，無產階級忙於革命和專政的時期不會出現無產階級文學，另一方面，無產階級革命和專政時期，由於社會運動的影響，會出現一種「多

〔註71〕托洛茨基：《文學與革命》，未名社出版部 1928 年版，第 68 頁。

少和革命有機地相連」的藝術，但這種藝術的創作者的「社會基礎」是非無產階級的，他們的文學作品不可能符合「十月底觀點」，如果不引導他們走向「十月底觀點」，他們終將「滅亡」。可見，「同路人」是一個在政治主張影響下通過分析作家階級歸屬得出的概念，它首先是一個政治身份。中國最早接受「同路人」思想的魯迅和蔣光慈對這一概念的理解完全變了，去除了「階級分析」這一核心內容，魯迅將它理解為「同路人者，謂因革命中所含有的英雄主義而接受革命，一同前行，但並無徹底為革命而鬥爭，雖死不惜的信念，僅是一時同道的伴侶罷了」，這裡所說的「因革命中所含有的英雄主義而接受革命」，是從他們作品中「所描寫的恐怖和戰慄，興奮和感激」裡體會出來的〔註72〕，「並無徹底為革命而鬥爭，雖死不惜的信念」，是由於革命「決不是如詩人所想像的那般有趣，那般完美；……決不如詩人所想像的那般浪漫；……所以對於革命抱著浪漫諦克的幻想的人，一和革命接近，一到革命進行，便容易失望」〔註73〕，可見，這是基於對作品內容和詩人創作心態的感受來理解「同路人」概念的，根本沒有意識到「階級」問題，同樣是對葉遂寧、勃洛克等等進行介紹和評價，魯迅與托洛茨基極其相似的語言中實際透露出了理解角度的不同。蔣光慈將《文學與革命》中的「同路人」概念及相關的「謝拉皮翁兄弟」方面的內容直接翻譯出來作為其文章《十月革命與俄羅斯文學》的第六部分，完整表達了「階級分析」的內容，但是在該文章第七部分對基抗諾夫、別則勉斯基和里別丁斯基的討論中，卻完全擺脫了階級分析，雖然「這些青年對於共產主義或者有許多地方是不明了的」「未盡為共產主義及共產主義的黨所籠罩著」，但是蔣光慈反對將這三人「算為革命的同伴者」，因為「他們與革命同甘苦，他們是革命的忠實的兒子」，從他們的作品內容來看，他們是「純粹的『十月革命的歌者』」，「當他歌吟革命的時候，就同兒子讚美母親一樣的」，〔註74〕這與魯迅一樣，是著眼於作品內容和詩人創作心態來判斷作家是否是「同路人」，可見，蔣光慈也沒有真正讀懂托洛茨基的觀點。

〔註72〕魯迅：《〈豎琴〉前記》，載《魯迅全集·第四卷》，人民文學出版社2005年版，第445頁。
〔註73〕魯迅：《對於左翼作家聯盟的意見》，載《魯迅全集·第四卷》，人民文學出版社2005年版，第238～239頁。
〔註74〕蔣光慈：《十月革命與俄羅斯文學》，載《蔣光慈文集·第四卷》，上海文藝出版社1988年版，第102～119頁。

從被中國文壇接受的內容來看，托洛茨基文論從剛一開始進入中國就是被「片面」的理解，它並沒有被作為托洛茨基政治主張的外延，其具體內容與「不斷革命論」的內在關係也沒有被看到，從而導致中國革命文學界對托洛茨基文論的理解出現了偏差，但是對於已被接受的內容來說，這種偏差並沒有帶來太大的影響，只是將其文學屬性突顯出來，隱去了政治方面的內容，因此，長期以來並沒有人注意到這一「誤讀」。然而，如果把眼光放到托洛茨基文論中那些沒被中國文壇接受的內容上，就會發現這一「誤讀」造成的嚴重後果，這以「無產階級文學與文化不可能存在」的觀點最為嚴重。

托洛茨基從無產階級始終掌握革命領導權的角度，提出「無產階級文學與文化不可能存在」的觀點，其依據有兩個，首先，「革命」作為一種劇烈的社會運動必將佔據其領導者——無產階級——的全部精力，其次，無產階級的歷史使命就是在消滅階級的基礎上在全世界實現共產主義社會。這是基於革命現狀和馬克思主義社會歷史理論討論人類文化的發展趨勢，而不是局限於文學內部討論革命時代的文學該由誰來發展。在剛剛進入中國時，這一思路似乎沒有被中國革命文學家看懂，魯迅、蔣光慈、瞿秋白等等讀過《文學與革命》、甚至見過托洛茨基本人的文論家都對這一觀點隻字不提，這一「不懂」可以通過當時一篇《無產階級藝術論》略知一二。在這篇文章中，作者正面談到了「無產階級文化底根本成立可能問題」，並將「根本的否定無產階級文化的成立可能的代表是托羅期基（Trotsky）」作為論爭對象，認為無產階級作為實實在在存在於革命時代的一個階級，會成為一種文化建設力量，「在這靜動起伏的過渡期中的文化，是革命文化。若從文化底根本的建設的階級說，這文化就是無產階級文化呀」，「所以事實上無產階級是可以成立的。就是從它的特殊性質——無產階級爭鬥意志的表現一點說起來，它也不但不是不可成立，而且是不可避免的」。〔註75〕這一觀點是在回答當前時代的文化由誰建設的問題，由此可推知這篇文章的作者誤會了托洛茨基所表達的觀點。

更重要的是，《無產階級藝術論》的邏輯也相當簡單，它以無產階級確實存在並且成為革命的主導力量為理由說明無產階級文化一定會出現，與托洛茨基雄厚的理論深度和思辨能力相比，顯得武斷且沒有說服力，這說明這篇文章的作者並沒有走進托洛茨基思想的內部，從他整個理論體系中抓取關鍵問題並予以系統的反駁，而是只看到了一個結論，其眼光只停留在托洛茨基觀點的表

〔註75〕忻啓介：《無產階級藝術論》，《流沙》1928年第4期。

面上，沒有從根本上搞清楚這一觀點的眞實用意。進一步聯繫革命文學論爭中的其他文章可知，《無產階級藝術論》的邏輯在當時非常普遍，「中國的文學革命，經了有產者與小有產者的兩個時期，而且因爲失了他們的社會根據，已經沒落下去了。然而一個歷史運動，絕對不能中斷。那麼，新興的革命文學，在歷史運動上的必然性是什麼？革命文學，……它應當而且必然地是無產階級文學」〔註 76〕，「無產階級要完成它底使命，獲得最後的勝利，必須從社會底上部構造與下部構造雙方進攻。在意識上，需要關於社會的全部的批判。意德沃羅基的戰野因之重要，而且必須銳利而鞏固。……文藝也是意德沃羅基的一部門，要盡它應盡的義務，它應是無產階級的文藝」〔註 77〕，「普羅列塔利亞的國家出現，促進了全世界先進各國的普羅列塔利亞文學的產生；我們也必定立刻感受影響而能創出普羅列塔利亞文學的」〔註 78〕，如此一類的表達在很多文章中都有出現，說明這種簡單邏輯已經形成文壇共識，在這種共識之下，看到托洛茨基提出的「無產階級文學與文化不可能存在」的觀點，必然會出現類似《無產階級藝術論》那樣的誤讀，魯迅等人沒有接受托洛茨基的這一觀點，很可能就是這種誤讀導致的。

對「無產階級文學與文化不可能存在」的觀點的誤讀，直接爲托洛茨基文論淪爲「反革命」埋下了禍根，因爲在這種誤讀影響之下，當托洛茨基政治上失勢後，這一觀點就被定名爲「無產階級文學否定論」、「普羅文化否定論」，並被簡單地闡釋爲「沒有無產階級文化，將來也決不會有，而且不應當有」〔註 79〕，從而成爲了一個公認的「反普羅革命文學」、「公開地向普羅文學運動進攻」、「反動性是很明顯的」、應該「扔進歷史的垃圾堆裏去」的理論，從這一系列批判之詞中，應該看到中國革命文學界將其視爲反革命的內在動因。托洛茨基文論淪爲「反革命」，自然是深受政治鬥爭因素的影響，同時也源於其種種觀點與中國文壇普遍觀點的牴觸，在這兩方面原因之外，還有很重要的一點，即中國革命文學界認爲托洛茨基取消無產階級革命文學存在可能性的觀點已經觸碰到了無產階級革命文學的底線，這種觀點的存在已經超出了一般理論探討的範圍，威脅到了無產階級在文學領域內的領導地位，成

〔註 76〕 李初梨：《怎樣地建設革命文學》，《文化批判》1928 年第 2 號。
〔註 77〕 彭康：《「除掉」魯迅的「除掉」》，《文化批判》1928 年第 4 號。
〔註 78〕 石厚生：《革命文學的展望》，《我們月刊》1928 年創刊號。
〔註 79〕 周揚：《王實味的文藝觀與我們的文藝觀》，《解放日報》1942 年 7 月 28 日～
　　　　29 日。

爲了對普羅文學運動的「進攻」，托洛茨基根據革命現狀和馬克思主義社會歷史理論對人類文化發展趨勢的展望，只不過是「以『人類文化』的名義來曲解階級的文化藝術，用明天的幻想來代替今天的實際需要，以堂皇的革命辭句來遮掩其反動的內容。托洛斯基的這些空談主義的特色，正是反映了一種小資產階級的幻想的」〔註 80〕，從這一內在動因來看，此時中國革命文學界批判的是托洛茨基文論在政治方面的「反動」，在批判過程中也注意到了其文論「和他的不斷革命論相一致的，這是他的文藝理論與文藝政策之基礎和出發點」〔註 81〕，但這一政治層面上的批判是立足於「今天的需要」，即當前革命文學發展的需要，去分析托洛茨基文論在政治上的反動性，是爲了維護無產階級在文學領域內的領導權、無產階級意識在文學領域內的統治地位，而去批判一個以維護無產階級在整個革命運動中的領導權爲目的的理論，顯然，中國革命文學界並沒有把握住托洛茨基文論思想的實質。

第三節　本是同根生，相煎何太急——「同路人」概念的接受與創造社、太陽社、魯迅三者的兩次論爭

　　研究中國革命文學界對托洛茨基文論的接受，需要注意創造社、太陽社和魯迅三者的兩次論爭，這既是革命文學思潮發展過程中的重要事件，又涉及到托洛茨基「同路人」概念的接受以及由此引發的文壇分化。在這兩次論爭中，創造社、太陽社和魯迅三者所表達的一切觀點，實際都在討論同一個話題，即「文學界應該如何參與革命」，從這個話題出發，沿著這三方觀點的形成過程回溯，會發現他們的理論來源雖然有多種，但其中有一種是他們三方共同的來源，即托洛茨基的「同路人」概念，再以這個共同源頭爲起點，考察三方觀點的形成過程，會發現他們由於對「同路人」概念的接受角度不同而逐漸激活了兩套各自獨立、互不相同的革命文學「實踐」意識，這裡所謂的「實踐」意識是指革命文學倡導者意識到文學界應該以某種方式實際參與到革命運動中，這一意識並不是從革命文學思潮初起時就存在的。從這一角度來看，創造社、太陽社、魯迅三者在兩次論爭中表現出來的觀點是「同

〔註 80〕 周揚：《王實味的文藝觀與我們的文藝觀》，《解放日報》1942 年 7 月 28 日～
　　　　 29 日。

〔註 81〕 周揚：《王實味的文藝觀與我們的文藝觀》，《解放日報》1942 年 7 月 28 日～
　　　　 29 日。

源」的，但是，「本是同根生」的兩種革命文學「實踐」意識卻產生了嚴重矛盾。從以上思路切入這兩次革命文學論爭，沿著「同路人」與革命文學「實踐」意識的激活這條線索重新翻檢當時的論爭文章，將會對創造社、太陽社、魯迅三方之間的聯合與分歧產生新的認識。

一、「對革命有眞切的實感」：蔣光慈對「同路人」概念的接受

在中國現代革命文學思潮初起之時，倡導者沒有意識到文學界應該進行革命實踐活動，只認爲「革命感情」是革命文學的全部內容和根本特徵，「文學的本質是始於感情終於感情的。……革命時代的希求革命的感情是最強烈最普遍的一種團體感情，由這種感情表現而爲文章，來源不窮，表現的方法萬殊，所以一個革命的時期中總含有一個文學的黃金時代了」〔註82〕，「因爲革命文學究不過在一般文學之外多有一種特別有感動力的熱情，所以也可得一簡明的公式：（眞摯的人性）＋（審美的形式）＋（熱情）＝（永遠的革命文學）」，「如果文學作品要是革命的，它的作者必須是具有革命的熱情的人」〔註83〕，總而言之一句話：「自然是要先有革命的感情，才會有革命文學的」〔註84〕。這一觀念中包含了兩方面問題。一方面，並沒有說明文學中的「革命感情」具體從何處而來，只是籠統的認爲「革命的文學家，當他先覺或同感於革命的必要的時候，他便以審美的文學的形式傳出他的熱情。他的作品常是人們的心臟，常與人們以不息的鼓動」〔註85〕，而這裡所謂的「先覺」和「同感」是基於「希求」和「人性」的，這是一個相對抽象和空泛的理解，它要求作家「必須有熱烈的感情，銳敏的眼光，看清了我們今日所處的時代，感受到時代的痛苦，更發現那痛苦的根源；不要懦怯，不要退避，要有一種革命性的反抗熱情，將這種熱情，用生花的妙筆，傳佈在文字裏」〔註86〕；另一方面，在當時的作家看來，革命時代的文學不具備主動性，「文學是革命的函數。文學的內容是跟著革命的意義轉變的，革命的意義變了，文學便因之而變了。革命在這兒是自變數，文學是被變數」〔註87〕，文學只是革命的

〔註82〕 郭沫若：《革命與文學》，《創造月刊》1926年第1卷第3期。
〔註83〕 成仿吾：《革命文學與他的永遠性》，《創造月刊》1926年第1卷第4期。
〔註84〕 王秋心，代英：《文學與革命（通訊）》，《中國青年》1924年第2卷第31期。
〔註85〕 成仿吾：《革命文學與他的永遠性》，《創造月刊》1926年第1卷第4期。
〔註86〕 芳孤：《革命的人生觀與文藝》，《泰東月刊》1927年創刊號。
〔註87〕 郭沫若：《革命與文學》，《創造月刊》1926年第1卷第3期。

跟隨者，而不是參與者，它沒有能力對革命產生影響。

　　綜合這兩方面來看，當時的革命文學界已經意識到文學只有融入革命浪潮之中才能得到新的長足發展，但是這一意識是模糊的，它偶而涉及到文學對革命的參與性，呼喊出「應該到兵間去，民間去，工廠間去，革命的漩渦中去」〔註88〕，然而這些想法只是一筆帶過，未能形成固定的、具體的意識，同時也並不清楚應該如何參與、起什麼作用，文學界對待革命的態度更像是將之作為一個應該用心感受和傾注感情的客觀對象，站在革命外部進行觀察，把以一系列革命現象為題材的文學創作視為對革命時代的參與，這實際仍然是將文學與革命對立起來看待，其著眼點在於推動文學創作的發展，而不是為了對革命產生具體影響。隨著創造社和太陽社的論爭，創造社、太陽社和魯迅的論爭的相繼展開，「文學界應該如何參與革命」這一問題得以深入探討，文學界參與革命進程的「實踐」意識逐漸清晰起來，處於端點位置的兩個人物——蔣光慈和魯迅——都深受「同路人」概念的影響，且二人對這一概念的理解和接受所形成的觀點成為兩次論爭的焦點，並對革命文學「實踐」意識的逐漸清晰產生了直接影響。

　　最早將「同路人」概念系統介紹進中國的是蔣光慈，在他的文章《十月革命與俄羅斯文學》中，他將這一概念名稱譯為「同伴者」，並將托洛茨基做出的定義基本完整的翻譯出來：「可是十月革命後，舊的藝術既然是消沉了，而新的藝術又一時不能即速地產生，於是在這新舊交替之間，發展了一種過渡期間的藝術，這種藝術是與革命有關連的，然而又不是純粹的革命的藝術。如葉賢林、皮涅克、烏謝沃伊萬諾夫，尼克廷、基抗諾夫，以及其他如謝拉皮昂兄弟，倘若離開革命，那他們將沒有存在的可能了。這一般作家，所謂革命的同伴者，自己很知道這一層，並不否定這一層，有幾個作家並且彰明昭著地承認這一層。但是他們對於革命，並不是文學的服務者，有的還生怕自己文學的創造被革命所束縛住了。這一般作者都是正當少壯的年齡，他們與舊的，革命前的一切，沒有大關係，他們的文學的面目與精神，差不多都是被革命所建造出來的，因之，無論如何，他們脫不了革命的關係。他們對於革命都表示領受，但是如何領受革命，卻各自不同。不過他們具著一個共同點，這個共同點將他們與共產主義分開，有時簡直與共產主義相背馳。他們對於革命雖然都表示領受，然而他們領受革命，不領受其全體，而僅領受

〔註88〕郭沫若：《革命與文學》，《創造月刊》1926年第1卷第3期。

其部分，並且他們對於革命的共產主義的目的，並不發生興趣。他們很少明白無產階級革命的意義，因之，他們的希望和注意力，不加之於城市的無產階級，而加之於農民的身上。因此，所以我們說這一般作家不是無產階級革命的藝術家，而不過是它的同伴者而已。」〔註89〕

根據這一定義以及對托洛茨基分析過的皮涅克、伊萬諾夫等作家的觀察，蔣光慈對「同路人」形成的基本認識是「這一般人不能算為革命的作家，他們不明白革命應當向什麼方向走，不瞭解革命的理性」，「只是一部分時代的表現者，而不是時代的偉大的代表」，他們只對革命過程中的一些社會現象感興趣，表現在作品中就是「胡亂的暴動」、「混沌的現象」，但沒有對於整個革命運動的實際感受，他們在精神上是與革命相隔膜的。以此為參照，蔣光慈認為另外三位「被許多人算為革命的同伴者」的作家——基抗諾夫、別則勉斯基、裏別丁斯基——應該被視為革命文學家，因為他們是「為紅色的十月革命而戰，而奮鬥，而吃苦」，「他們的血與肉都是與革命有關連的——革命是他們的母親」，「他們是革命的忠實的兒子」，「在他一出世（自然是在精神方面說）的時候，革命就把他懷抱住了」，他「將革命整個的拿了過來，因為革命是他精神上的降生地，在此降生地，他樂觀地生活著。……他是從『十月』的血肉生出來的。當他歌吟革命的時候，就同兒子讚美母親一樣的，毫不覺得什麼生疏與勉強」，「總而言之，他是整個的革命的兒子，從頭算到腳，從骨髓算到血肉」，蔣光慈反覆強調了「革命」與「革命文學家」之間的母子關係，目的是為了說明革命文學家不僅要對革命有相當深入的感受，「能看見革命的全體」，「不但在大的方面，能夠找得到革命，而且在瑣碎細物之中，也能夠找得到革命」，而且應該充分的融入革命運動之中，「與革命同甘苦」。〔註90〕

這在《現代中國文學與社會生活》一文中被蔣光慈進一步概括為「對於革命有真切的實感」，並成為他對革命文學的基本觀點，在他看來，「從在理性方面承認革命，這還不算完事，一定要對於革命有真切的實感，有了真切

〔註89〕 蔣光慈：《十月革命與俄羅斯文學》，載《蔣光慈文集‧第四卷》，上海文藝出版社 1988 年版，第 102～103 頁。雖然蔣光慈在該文章中沒有說明這段定義的出處，但是與托洛茨基《文學與革命》第二章開頭幾段對比，可以發現這一來源關係。

〔註90〕 蔣光慈：《十月革命與俄羅斯文學》，載《蔣光慈文集‧第四卷》，上海文藝出版社 1988 年版，第 105～116 頁。

的實感，然後才能寫出革命的東西」，之所以「我們現在的文學，與我們現在
的社會生活比較起來，實在是太落後了」，是因爲「作家追趕不上革命的步驟，
所以由革命而演成的事象，以至於革命本身的意義，我們的作家都是不會瞭
解的。因爲不瞭解的原故，就是我們的作家想拿起筆來描寫時代的生活，也
將無從描寫起。……若對於革命沒有瞭解，而想寫一篇革命的著作，這是不
可能的事情」，〔註91〕這裡要求作家瞭解的「由革命而演成的事象」、「革命本
身的意義」，在《關於革命文學》一文中有了較爲明確的表達：「革命的作家
不但要表現時代，並且能夠在茫亂的鬥爭的生活中，尋出創造新生活的元素，
而向這種原素表示著充分的同情，並對之有深切的希望和信賴。倘若僅僅只
反對舊的，而不能認識出新的出路，不能追隨著革命的前進，或消極地抱著
悲觀態度，那嗎這個作家只是虛無主義的作家，他的作品只是虛無主義的，
而不是革命的文學。」在此基礎上，蔣光慈提出了革命文學的任務：「革命文
學是要認識現代的生活，而指示出一條改造社會的新路徑！」具體來說，「是
要在此鬥爭的生活中，表現出群眾的力量，暗示人們以集體主義的傾向」，「應
極力暴露帝國主義的罪惡，應極力促進弱小民族之解放的鬥爭，因爲這也是
時代的任務」。〔註92〕

　　蔣光慈並沒有機械的將「同路人」概念原封不動的移植到自己的理論觀
點中，而是將之作爲參照物，明確了並非所有充滿革命熱情的文學家都是革
命文學家，「同路人」同樣對革命充滿熱情，其作品無不直接展現革命事件，
但這種熱情源於對革命中包含的大量創作素材的興奮，正如蔣光慈翻譯的托
洛茨基的定義所言：「他們領受革命，不領受其全體，而僅領受其部分，並且
他們對於革命的共產主義的目的，並不發生興趣。」他們沒有真正參與到實
際的革命運動之中，不關心革命脈搏如何跳動，其文學創作在字面上充滿了
革命熱情，但內在的文學精神與革命是根本分離的。以此爲基礎，蔣光慈認
識到只有充分深入革命進程中、「對於革命有真切的實感」的作家才能被稱爲
革命文學家，他們的作品能夠反映「時代的任務」，指出「創造新生活的元素」
和「新的出路」，可以對革命產生直接影響，他們是用文學創作參與革命進程。

〔註91〕蔣光慈：《現代中國文學與社會生活》，載《蔣光慈文集・第四卷》，上海文藝
　　　　出版社 1988 年版，第 158～161 頁。
〔註92〕蔣光慈：《關於革命文學》，載《蔣光慈文集・第四卷》，上海文藝出版社 1988
　　　　年版，第 170～173 頁。

回到托洛茨基文論中會看到，他也是通過對「同路人」的論述表達了對革命文學家和革命文學的基本看法，既認為作家應該實際參與革命活動：「假如人不在革命底全部中，及作為革命主力底標的的那種客觀的歷史的工作中去看革命，那是不能夠瞭解革命，也不能接受或繪畫革命的，甚至就連部分地也不能夠。」〔註 93〕又認為革命文學作品應該「表現出群眾的力量」、「指示出一條改造社會的新路徑」：「革命底詩是不可移動的。它在勞動階級底困苦的鬥爭中，在勞動階級底生長，堅持，失敗，不斷的努力，與付了克服的每一寸以代價的殘酷的精力消費中，在鬥爭底逐漸增長的意志與緊張中，在它底勝利中，在它底預計的撤退，留意，襲擊中，在群眾反叛底初步泛濫，勢力底精確核算，與象棋似的軍略運用中。」〔註 94〕對比之下，蔣光慈以「同路人」概念為參照形成的革命文學觀點與托洛茨基的觀點基本一致。

二、「為革命而文學」：創造社和太陽社的革命文學「實踐」意識

然而，蔣光慈的觀點還不成熟，他只是在「同路人」概念影響下對革命文學和革命文學家形成了一個大概的認識，提出了革命文學家應該用革命文學作品反映「由革命而演成的事象」、「革命本身的意義」，「尋出創造新生活的元素」，「認識出新的出路」，但這些「真切的實感」仍然略顯模糊，對於「文學界應該如何參與革命」這一問題，蔣光慈觀點的意義在於突破了此前關於「革命感情」的空泛討論，啟發文學界將思考的重心轉向較為具體的方面，而不是直接樹立了一個新的標準。以蔣光慈的觀點為開端，通過創造社與太陽社的論爭，以文學創作參與革命進程的「實踐」意識逐漸清晰和具體，並得到廣泛認可和接受。

這次論爭與蔣光慈對「同路人」概念的接受是一個連貫完整的過程，不能被分開看待，原因在於：一方面，蔣光慈在「同路人」概念影響下形成了自己的革命文學觀念之後，李初梨隨即對其觀點進行批評和補充，這次論爭的主要內容都是沿著蔣光慈對「同路人」概念的接受角度展開的，對於這一點，後文有相關論述，另一方面，此次論爭不是兩種不同觀點的交鋒對壘，而是雙方在各自辯護的過程中實現了觀點的一致，雖然創造社成員沒有直接受到「同路人」概念的影響，但是這一概念通過這次論爭進一步化入雙方的

〔註93〕托洛茨基：《文學與革命》，未名社出版部 1928 年版，第 116 頁。
〔註94〕托洛茨基：《文學與革命》，未名社出版部 1928 年版，第 127～128 頁。

共同觀點之中。

　　李初梨在《怎樣地建設革命文學》一文中對蔣光慈的觀點提出了既批評又補充的雙重意見，並在批評和補充的過程中首次提出文學對於革命的「實踐的意義」。他認爲蔣光慈所謂的「革命的步驟實在太快了，使得許多人追趕不上，……這弄得我們的文學來不及表現」是犯了「把文學僅作爲一種表現的——觀照的東西」的錯誤，是「奉了『革命情緒的素養』『對於革命的信心』，『對於革命之深切的同情』（？）爲『革命文學家所必有的條件』」，「只是抽象地說些素養，信心，同情，（？）未免過於含混」，進而以蔣光慈自己的觀點來糾正蔣光慈的錯誤：「這誠如光慈君所說的『徒在理性方面承認革命，還不算完事，一定要對於革命有眞切的實感，然後才能寫出革命的東西。』所以，第二步，他就應該把他把握著的理論，與他的實踐統一起來。」這實際是將蔣光慈已經觸及到卻未能充分論述的觀點單獨提出來加以推進。李初梨對革命文學家和革命文學分別作出了定位，「我們的文學家，應該同時是一個革命家」，革命文學「不是僅在觀照地『表現社會生活』，而且實踐地在變革『社會生活』」，同時提出了作家和作品的努力方向：「所以我們的作家，是『爲革命而文學』，不是『爲文學而革命』，我們的作品，是『由藝術的武器到武器的藝術』」，這就比蔣光慈所講的「與革命同甘苦」、「尋出創造新生活的元素」等等要具體得多。〔註 95〕在這些觀點的基礎上，李初梨對蔣光慈和郭沫若的一些觀點進行了批評，認爲他們都沒有認識到文學對於革命的「實踐的意義」，這些批評均引來了辯護，在辯護的過程中，兩方都沒有反駁李初梨的觀點，而是分別表示與李初梨的觀點沒有根本分歧。

　　錢杏邨在《關於〈現代中國文學〉》一文中爲蔣光慈進行了辯護，文章並沒有與李初梨爭論「文學的實踐的意義」是否正確，而是回答了「光慈究竟忽略了文學的實踐的意義沒有呢」這一問題，說明錢杏邨不僅默認了「文學的實踐的意義」是合理的，而且極力向這個觀點靠攏，他認爲蔣光慈在《現代中國文學與社會生活》一文中「在全文裏無論說老作家說新作家，處處都露出了文學對於社會的關係」，並且引用了蔣光慈另一篇文章《關於革命文學》中的幾段話：「革命的作家不但要表現時代，並且要在忙亂的鬥爭的生活中，尋出創造新生活的元素，……」「革命的作家不但一方面要暴露舊勢力的罪惡，攻擊舊社會的破產，而並且要促進新勢力的發展，視這種發展爲文學的

〔註95〕李初梨：《怎樣地建設革命文學》，《文化批判》1928 年第 2 號。

生命。」「革命文學是要認識現代的生活，而指示出一條改造社會的新路徑！」
認爲這些觀點也是在討論「文學的實踐的意義」，與李初梨「在主張上並沒有
不同的地方」，李初梨對蔣光慈的批評是一種「誤解」。〔註96〕回到蔣光慈自
身的文學思想體系中來看，李初梨對他的批評確實存在「誤解」，他不止一次
的提出「文學並不是照相」〔註97〕，所說的「創造新生活的元素」、「暴露舊
勢力的罪惡」、「指示出一條改造社會的新路徑」也都顯露出以文學創作參與
革命進程的「實踐」意識，只不過蔣光慈沒有做到準確的概括，而李初梨在
蔣光慈文章的啓發下進一步找到了一個恰當的概括方式，錢杏邨爲蔣光慈作
的辯護文章實際是接受了李初梨的概括，對蔣光慈的觀點起了彌補作用，從
這個角度來看，他們三人之間與其說是在論爭，不如說是在相互啓發下合力
將「爲革命而文學」的「實踐」意識不斷推嚮明晰。

　　李初梨對郭沫若的批評引起了二人關於「當還是不當留聲機器」的討論，
這是一次創造社內部的觀念調整，經過這番討論，郭沫若也對李初梨的觀點表
示接受，認爲「從整個的來說，初梨君和我在思想上完全是一致的；……不過
我們在當不當一個留聲機器的這個判斷上我們的概念各有不同」。〔註98〕郭沫
若在《英雄樹》一文中提出「當一個留聲機器」主要是針對革命時期的「個人
主義的文藝」，認爲在革命的「極猛烈的雷鳴」下，這種文藝「會要倒塌了」，
應該按照時代的要求，參與到革命進程之中，壓抑自我的聲音，服從革命時代
的需要。但是，「當一個留聲機器」顯然是一個感性、寫意的表述，存在著多
種理解的可能性，〔註99〕正因如此，被李初梨誤會並認爲是「不十分妥當的地
方」，「無論你如何接近那種聲音你終歸不是那種聲音」〔註100〕。在李初梨文
章的啓發和批評下，郭沫若賦予了「當一個留聲機器」理性、準確的內涵，他
認爲李初梨的「『不當一個留聲機器』正是要把文學當成生活意志的要求訴諸
實踐。但是我的『當一個留聲機器』也正是要人不要去表現自我」，李初梨的
「『不當一個留聲機器』正是不要去表現（客觀的描寫）社會生活。但是我的

〔註96〕錢杏邨：《關於〈現代中國文學〉》，《太陽月刊》1928 年 3 月號。
〔註97〕蔣光慈：《十月革命與俄羅斯文學》，載《蔣光慈文集·第四卷》，上海文藝出
　　　　版社 1988 年版，第 106 頁。另見蔣光慈：《關於革命文學》，載《蔣光慈文集·
　　　　第四卷》，上海文藝出版社 1988 年版，第 170 頁。
〔註98〕麥克昂：《留聲機器的回音──文藝青年應取的態度的考察》，《文化批判》1928
　　　　年第 3 號。
〔註99〕麥克昂：《英雄樹》，《創造月刊》1928 年第 1 卷第 8 期。
〔註100〕李初梨：《怎樣地建設革命文學》，《文化批判》1928 年第 2 號。

『當一個留聲機器』也正是『反映階級的實踐的意欲』」。〔註101〕

　　在這裡還應該注意，李初梨對郭沫若文章中「當一個留聲機器」的「幾個必要的條件」的「刪改」，實際是著重強調了三個方面，即「獲得無產階級的階級意識」、「克服自己的有產者或小有產者意識」和「把理論與實踐統一起來」，這就通過批評郭沫若文章涉及到了「實踐」的意識形態和階級歸屬問題，但是並沒有展開論述，所以在郭沫若的回應文章中基本沒有涉及到這一層面的內容。而在《一封公開信的回答》一文中，李初梨針對錢杏邨的辯護，著重強調了「實踐」的意識形態和階級歸屬問題，他認爲錢杏邨「對於『實踐』兩個字，還沒有充分的理解」，之所以說「我們分析蔣君犯了這個錯誤的原因，是他把文學僅作爲一種表現的——觀照的東西，而不認識它的實踐的意義」，是因爲蔣光慈「完全忽略了社會的階級關係」、「忽略了文學的階級背景」、「未曾注意在這樣階級對立，意識分裂的時代，就是對於同一的社會事象，階級背景及實踐的要求要是不同的時候——即有產者與無產者的見解，完全是不同的」，這一次對蔣光慈觀點的批評，李初梨還強調了自己的出發點：「我正覺得光慈這種說法不對，至少是非馬克思主義的說法。」「從馬克思主義的方法論說來，光慈這樣的問題提出的方法，已經是完全錯誤了。」這種「馬克思主義」視角也充分表達了他對「實踐」的意識形態色彩的思考，這就在明確了以文學創作參與革命的「實踐」意識的基礎上，又對這種「實踐」提出了更深層次的要求，即鮮明的「無產者」立場，由此將發展革命文學歸入意識形態鬥爭的領域，〔註102〕即後來批判魯迅時所說的「意識爭鬥」〔註103〕。

　　在《一封公開信的回答》中，李初梨提出「如果光慈君對於我那篇拙文，有什麼不滿意的地方，頂好他自己來同我議論，實用不著絲毫的客氣」，然而蔣光慈沒有撰文與他「議論」，只是選擇與另一篇批評文章《歡迎太陽》的作者方壁「議論」，寫了一篇《論新舊作家與革命文學》。此文可以視爲蔣光慈對《現代中國文學與社會生活》一文中重要觀點的延伸論述，目的是消除「許多不必要的誤會」，這「許多不必要的誤會」中或許包含著李初梨的批評。如果說李初梨經過與他人的一系列論爭之後明確了並使一批重要文論家接受了

〔註101〕麥克昂：《留聲機器的回音——文藝青年應取的態度的考察》，《文化批判》1928年第3號。

〔註102〕李初梨：《一封公開信的回答》，《文化批判》1928年第3號。

〔註103〕李初梨：《請看我們中國的 Don Quixote 的亂舞——答魯迅〈「醉眼」中的朦朧〉》，《文化批判》1928年第4號。

「為革命而文學」的「實踐」意識，那麼，蔣光慈《論新舊作家與革命文學》一文在客觀上又解決了「怎麼做」的問題。在他看來，「倘若某一個文藝工作者有這樣的精力，一方面為文藝的創作，一方面從事實際的工作，那的確是為我們所馨香禱祝的事情。但是在事實上，這恐怕是不可能的」，因此，「所謂文藝的創造者應該同時做時代的創造者，這並不是說文藝的創造者應該拿起槍來，去到前敵打仗，或是直接參加革命運動，去領導革命的群眾」，「文藝的創造者應該認清自己的使命，應確定自己的目的，應把自己的文藝的工作，當做創造時代的工作的一部分。他應當知道自己的一支筆為著誰個書寫，書寫的結果與時代，與社會有什麼關係。倘若一個從事實際運動的革命黨人，當他拿手槍或寫宣言的當兒，目的是在於為人類爭自由，為被壓迫群眾求解放，那嗎我們的文藝者當拿起自己的筆來的時候，就應當認清自己的使命是同這位革命黨人的一樣。若如此，所謂實際的革命黨人與文藝者，不過名稱有點不同罷了。其實他們的作用有什麼差異呢？所謂文藝的創造者與時代的創造者，這兩個名詞也就沒有對立著的必要了」。蔣光慈的這段論述沒有使用李初梨所說的「革命家」、「文學家」等稱謂，但「文藝的創造者……應把自己的文藝的工作，當做創造時代的工作的一部分」與李初梨所言「我們的文學家，應該同時是一個革命家」的意思基本一致，「倘若一個從事實際運動的革命黨人，當他拿手槍或寫宣言的當兒，目的是在於為人類爭自由，為被壓迫群眾求解放，那嗎我們的文藝者當拿起自己的筆來的時候，就應當認清自己的使命是同這位革命黨人的一樣」與李初梨所言文學家「不是僅在關照地『表現社會生活』，而且實踐地在變革『社會生活』」也是如出一轍。另一方面，蔣光慈的這段論述與李初梨的觀點相比有明顯的推進，首先，李初梨沒有理清「文學家」與「革命家」的關係，而蔣光慈對此做了非常明確的表述，他認為「所謂實際的革命黨人與文藝者，不過名稱有點不同罷了」，其對於革命運動的作用沒有差異，但是文藝者不可能「拿起槍來，去到前敵打仗」和「領導革命的群眾」，「文學家」與「革命家」這兩種身份「沒有對立著的必要」，但也不可能是合二為一的，兩者是一種用不同方式在革命道路上攜手同行的關係；其次，李初梨提出了「為革命而文學」，蔣光慈回答了如何「為革命而文學」，他認為文學家「應當負著時代的使命，同時他們也就明白這種使命是如何地偉大，而應極力以求實現。換而言之，他們插入文壇，是因為他們負有時代的使命，同時他們承認這種使命是與一般革命黨人所負的使命一

樣」，具體來說，就是「應當知道自己的一支筆爲著誰個書寫，書寫的結果與時代，與社會有什麼關係」，要用自己的一支筆「爲人類爭自由，爲被壓迫群眾求解放」。〔註104〕

　　從蔣光慈接受了「同路人」概念，並以此概念爲參照形成了革命文學要「對於革命有眞切的實感」的認識開始，到李初梨在蔣光慈啓發下提出了「爲革命而文學」，再經過創造社與太陽社主要成員之間的爭論探討，以文學創作參與革命進程的「實踐」意識逐漸清晰並形成了廣泛的共識。在創造社、太陽社對魯迅進行批評的過程中，這一意識被充分表現出來。馮乃超在《藝術與社會生活》一文中最早涉及到了這一點，文中所說的「常從幽暗的酒家的樓頭，醉眼陶然地眺望窗外的人生」、「隱遁主義」等等都是從「他們的傾向和社會的關係」的角度批評魯迅在作品中表現出的與革命的隔膜。李初梨明確提出，魯迅的全部錯誤歸根結底是由於「不能認識這種意識爭鬥的重要性及其實踐性」，「據我們看來，一方面是他在『夢中又害怕鐵錘和鐮刀』，一方面又要想『照舊講趣味』，『續鈔《小說舊聞鈔》』」，「在這兒我們可以看出魯迅在這階級對立間，取了一個中立（？）的態度，也『不革命』也不『反革命』」。〔註105〕馮乃超在文中所言：「沒有理解這理論與實踐底辯證法的統一，怎能免得亂吠『咬文嚼字』，『直接行動』呢？」〔註106〕彭康在文中所言：「所以他雖然接連『三個冷靜』地『吶喊』過幾聲，然而這種『吶喊』只不過是『咬文嚼字』，毫無實踐的意義，更非『直接行動』。」〔註107〕都是直接指向魯迅缺乏「爲革命而文學」的「實踐」意識，錢杏邨甚至認爲，「我們覺得從事實際工作的革命黨人和革命文學作家的特性是沒有分別的」，但是「我們所見到的魯迅，只有『吶喊』式的革命，只有『彷徨』式的革命」，「這是革命的旁觀者的態度」。〔註108〕

　　面對這些批評，魯迅的回應值得深入探究，他沒有爲自己辯解，而是也指責對方缺乏革命實踐意識，他認爲「近來的革命文學家往往特別畏懼黑暗，

〔註104〕華希理：《論新舊作家與革命文學》，載《蔣光慈文集‧第四卷》，上海文藝出版社1988年版，第176～177頁。
〔註105〕李初梨：《請看我們中國的Don Quixote的亂舞——答魯迅〈「醉眼」中的朦朧〉》，《文化批判》1928年第4號。
〔註106〕馮乃超：《人道主義者怎樣地防衛著自己？》，《文化批判》1928年第4號。
〔註107〕彭康：《「除掉」魯迅的「除掉」！》，《文化批判》1928年第4號。
〔註108〕錢杏邨：《「朦朧」以後——三論魯迅》，《我們月刊》1928年創刊號。

掩藏黑暗」〔註109〕,「要有革命者的名聲,卻不肯吃一點革命者往往難免的辛苦」〔註110〕,這些人「對於中國『目前的情狀』,卻只覺得在『事實上,社會各方面亦正受著烏雲密佈的勢力的支配』,連他的『剝去政府的暴力,裁判行政的喜劇的假面』的勇氣的幾分之一也沒有;知道人道主義不徹底了,但當『殺人如草不聞聲』的時候,連人道主義式的抗爭也沒有。剝去和抗爭,也不過是『咬文嚼字』,並非『直接行動』,他們「是從無抵抗的幻影脫出,墜入紙戰鬥的新夢裏去了」,只能「坐在無產階級的陣營中,等待『武器的鐵和火』出現」〔註111〕。論辯雙方相互指責對方缺乏參與革命的「實踐」意識,說明雙方都主張「實踐」,但對於「實踐」的理解是不同的,這就需要考察魯迅的革命文學「實踐」意識是怎樣的。

三、渴望「戰鬥者」出現:魯迅的革命文學「實踐」意識

這一考察同樣要以對「同路人」概念的接受為切入點,因為它在魯迅革命文學「實踐」意識的形成過程中起了重要作用。托洛茨基文論對魯迅的影響之深遠,不必在此詳述,已有大量學術成果對這一問題進行了充分探討,其中,很多成果主要研究了魯迅對「同路人」文學的翻譯以及魯迅本人的「同路人」身份,這些都偏重於翻譯研究和文學身份研究,而不是專門的思想影響研究,對於一個外來理論資源來說,它如何影響了魯迅的文學思想是一個必須要回答的問題,這就需要深入文論作品中進行細緻梳理。

魯迅很早就接觸到了「同路人」概念,但是很少正面提及它,只在 1933 年的《〈豎琴〉前記》中比較具體完整地表達了對它的認識:「托羅茨基也是支持者之一,稱之為『同路人』。同路人者,謂因革命中所含有的英雄主義而接受革命,一同前行,但並無徹底為革命而鬥爭,雖死不惜的信念,僅是一時同道的伴侶罷了。」〔註112〕這一表述非常簡練,但是完整概括了托洛茨基對「同路人」的全部觀點,可以說是在充分把握托洛茨基文論思想的基礎上

〔註109〕魯迅:《太平歌訣》,載《魯迅全集·第四卷》,人民文學出版社 2005 年版,第 104 頁。

〔註110〕魯迅:《文壇的掌故》,載《魯迅全集·第四卷》,人民文學出版社 2005 年版,第 123 頁。

〔註111〕魯迅:《「醉眼」中的朦朧》,載《魯迅全集·第四卷》,人民文學出版社 2005 年版,第 61~65 頁。

〔註112〕魯迅:《〈豎琴〉前記》,載《魯迅全集·第四卷》,人民文學出版社 2005 年版,第 445 頁。

得出的個人感悟，這一認識在 1928 年與創造社、太陽社論爭之前就已經形成，以魯迅經常提到的「同路人」葉遂寧爲例，「俄國十月革命時，確曾有許多文人願爲革命盡力。但事實的狂風，終於轉得他們手足無措。顯明的例是詩人葉遂寧的自殺⋯⋯」〔註 113〕這是魯迅每次介紹葉遂寧的時候所必寫的內容，1927 年的《革命文學》、1929 年的《現今的新文學的概觀》、1930 年的《對於左翼作家聯盟的意見》等文章中無不如此，在這樣的描述中，他要表達的實際就是「因革命中所含有的英雄主義而接受革命」，「但並無徹底爲革命而鬥爭，雖死不惜的信念」這樣一個意思，可見，這是魯迅從托洛茨基的「同路人」概念中接受來的主要內容。

在這一觀點啓發下，魯迅首先對革命與文學的關係形成了獨特看法，他認爲「葉遂寧和梭波里終於不是革命文學家。爲什麼呢，因爲俄國是實在在革命。革命文學家風起雲湧的所在，其實是並沒有革命的」〔註 114〕，換用《文藝與政治的歧途》一文中的話說，即「我以爲革命並不能和文學連在一塊兒」，原因在於「做文學的人總得閒定一點，正在革命中，那有工夫做文學」〔註 115〕，「大革命時代忙得很，同時又窮得很，這一部分人和那一部分人鬥爭，非先行變換現代社會底狀態不可，沒有時間也沒有心思做文章；所以大革命時代的文學便只好暫歸沉寂了」〔註 116〕，「所以巨大的革命，以前的所謂革命文學者還須滅亡，待到革命略有結果，略有喘息的餘裕，這才產生新的革命文學者。」〔註 117〕這些觀點實際全部脫胎於托洛茨基關於包含「同路人」在內的「十月革命前的文學」的觀點：「十月革命，是因爲那直接底的行動，將文學殺掉了。詩人和藝術家，是沉默了。這是偶然麼？並不是。一直先前，就有老話的：劍戟一發聲，詩人便沉默。要文學的復活，休息是必要的。」〔註 118〕

〔註 113〕　魯迅：《革命文學》，載《魯迅全集·第三卷》，人民文學出版社 2005 年版，第 568 頁。

〔註 114〕　魯迅：《革命文學》，載《魯迅全集·第三卷》，人民文學出版社 2005 年版，第 568 頁。

〔註 115〕　魯迅：《文藝與政治的歧途》，載《魯迅全集·第七卷》，人民文學出版社 2005 年版，第 119 頁。

〔註 116〕　魯迅：《革命時代的文學》，載《魯迅全集·第三卷》，人民文學出版社 2005 年版，第 439 頁。

〔註 117〕　魯迅：《現今的新文學的概觀》，載《魯迅全集·第四卷》，人民文學出版社 2005 年版，第 137 頁。

〔註 118〕　《關於對文藝的黨的政策——1924 年 5 月 9 日關於文藝政策的評議會的議事速記錄》，載《文藝政策》，水沫書店 1930 年版，第 123 頁。

基於以上觀點，魯迅進一步提出：「自然也有人以爲文學於革命是有偉力的，但我個人總覺得懷疑，文學總是一種餘裕的產物……」〔註119〕他不相信文學對革命能產生巨大的影響，這一看法被他在 1928 年及以後多次表達，且語氣更加肯定：「我是不相信文藝的旋乾轉坤的力量的……」〔註120〕「各種文學，都是應環境而產生的，推崇文藝的人，雖喜歡說文藝足以煽起風波來，但在事實上，卻是政治先行，文藝後變。倘以爲文藝可以改變環境，那是『唯心』之談，事實的出現，並不如文學家所豫想。」〔註121〕

既然如此，處在革命時代的文學家應該怎麼做？對於這個問題，魯迅有明確的觀點：「在這革命地方的文學家，恐怕總喜歡說文學和革命是大有關係的，例如可以用這來宣傳，鼓吹，煽動，促進革命和完成革命。不過我想，這樣的文章是無力的……爲革命起見，要有『革命人』，『革命文學』倒無須急急。」〔註122〕「倘若不和實際的社會鬥爭接觸，單關在玻璃窗內做文章，研究問題，那是無論怎樣的激烈，『左』，都是容易辦到的；然而一碰到實際，便即刻要撞碎了。」〔註123〕

這可以概括爲一種主張「先革命後文學」的「實踐」意識，他要求所有文學創作者先深入到革命活動中，參加具體的革命工作，作爲一名「戰鬥者」對革命運動產生切身感受，然後再將自己對革命的全部認識形諸文字，否則，沒有實際鬥爭經驗做基礎的作品都是空洞的，這一觀點也與托洛茨基關於「同路人」的論述相通，托洛茨基對「同路人」的批評過程中，多次提出「文學的『同路人』們沒有渴望也沒有能力，去沉沒在革命中，而同時又不溶解在革命中以領悟革命，去不僅拿革命當一種元素的力，也當作一種有目的的進程去領悟它」〔註124〕，「不可見的中樞應當是革命底自身，繞著它旋轉的，應

〔註119〕魯迅：《革命時代的文學》，載《魯迅全集・第三卷》，人民文學出版社 2005年版，第 442 頁。

〔註120〕魯迅：《文藝與革命》，載《魯迅全集・第四卷》，人民文學出版社 2005年版，第 84 頁。

〔註121〕魯迅：《現今的新文學的概觀》，載《魯迅全集・第四卷》，人民文學出版社 2005年版，第 137 頁。

〔註122〕魯迅：《革命時代的文學》，載《魯迅全集・第三卷》，人民文學出版社 2005年版，第 437 頁。

〔註123〕魯迅：《對於左翼作家聯盟的意見》，載《魯迅全集・第四卷》，人民文學出版社 2005年版，第 238 頁。

〔註124〕托洛茨基：《文學與革命》，未名社出版部 1928 年版，第 117 頁。

當是全盤不安穩的，混亂的，在重行建造著的生活。但是要想叫讀者覺得這中樞，作者自己必得曾經覺得過，同時並必得把它思索過」〔註 125〕，這些觀點也都是在批評「同路人」的文學創作活動沒有深入革命運動的實踐經驗為基礎，只是一些「怪乖巧的圖畫」式的乏力作品，與魯迅觀點的出發點和思維邏輯都如出一轍。

在托洛茨基的「同路人」概念啓發下，魯迅渴望「戰鬥者」出現，逐漸形成了文學家應該「先革命後文學」的觀點，將此與蔣光慈的觀點對比，會發現二者在接受「同路人」這一概念上的巨大差別，這一差別也同樣存在於魯迅與創造社、太陽社成員之間，成為雙方論戰的主要誘因之一。

在托洛茨基文論中，對「同路人」的論述既分析了作品對革命的反映和推動情況，又以作品分析為基礎，探索了這批作家對待革命的心態。魯迅偏重於其中的「人」與「革命」的關係，而蔣光慈偏重於其中的「文學作品」與「革命」的關係。雖然魯迅譯介了很多「同路人」的文學作品，但他在文章中談到「同路人」的時候，所說的往往是葉遂寧的自殺、勃洛克的「雖然突進，卻終於受傷」〔註 126〕，「『綏拉比翁的兄弟們』，也終於逐漸失掉了作為團體的存在的意義，始於渙散，繼以消亡」〔註 127〕，都是「人」在革命中出現了哪些問題，基本不涉及作品分析；蔣光慈則始終堅持以作品分析來理解和介紹「同路人」，在伊萬諾夫的作品《民團》、《彩色的風》、《鐵甲車》等作品中讀出「我們只看得見農民的胡亂的暴動，革命的混沌的現象，而看不見革命的目的」，在皮涅克的作品《赤裸裸的年頭》、《第三都城》等作品中讀出「只看見農民在十月革命中的暴動，而不看見無產階級的作用」，根據基抗諾夫、別則勉斯基、裏別丁斯基等人的作品「歌吟革命的時候，就同兒子贊美母親一樣的，毫不覺得什麼生疏與勉強」來反對將這幾位作家歸入「同路人」之列〔註 128〕。可見，魯迅和蔣光慈在接受這一概念時，最初的角度就是不同的，但這兩種角度都能從托洛茨基的文論中找到根據，兩人各取了其中一部分，但各自在這一部分的啓發下生發出一套獨立完整的革命文學「實踐」意

〔註 125〕托洛茨基：《文學與革命》，未名社出版部 1928 年版，第 100 頁。

〔註 126〕魯迅：《後記》，載《十二個》，北新書局 1926 年版，第 71 頁。

〔註 127〕魯迅：《〈豎琴〉前記》，載《魯迅全集·第四卷》，人民文學出版社 2005 年版，第 445 頁。

〔註 128〕蔣光慈：《十月革命與俄羅斯文學》，載《蔣光慈文集·第四卷》，上海文藝出版社 1988 年版，第 102～119 頁。

識。魯迅認爲文學家應該先參加革命運動，深入到實際的社會鬥爭中，敢於面對黑暗，對革命中的流血、破壞、重建和意義要有充分的瞭解，然後以一個「戰鬥者」的閱歷進行文學創作，這要求的是革命文學創作者要有豐富的革命實踐經驗；蔣光慈、李初梨、錢杏邨等人則主張文學家應該以文學創作活動和有戰鬥力的作品參與社會革命運動，以文學創作活動作爲一種革命鬥爭方式，以文學作品作爲武器，反映革命時代的精神，推動革命運動的發展，並作爲「無產者」的代表與「有產者」進行意識形態鬥爭。

四、同「源」異「流」後的矛盾：創造社、太陽社與魯迅的論爭

「本是同根生」的兩種革命文學「實踐」意識，再次相遇後卻出現了嚴重的矛盾。蔣光慈對「同路人」概念的接受以及在此影響下形成的模糊的革命文學「實感」觀念，成爲蔣光慈、李初梨、錢杏邨、郭沫若等太陽社和創造社成員之間討論的開端，實際上，這一討論的整個過程都是沿著蔣光慈對「同路人」的接受角度展開，如何在文學作品中反映革命、如何用文學創作對革命產生影響，是他們之間的討論所關注的根本問題，他們希望出現的是成爲「機關槍，迫擊炮」的作品，對作家的要求是「爲革命而文學」，在這裡，「革命」是目的，而「從事文學創作」則是達到目的的手段，〔註129〕他們提倡的是「把文學當成生活意志的要求訴諸實踐」，以文學「反映階級的實踐的意欲」，這同樣是要把文學創作作爲一種手段，把文學作品作爲「實踐」的載體，〔註130〕在討論「實踐」的階級歸屬和意識形態問題時，所圍繞的中心也不是「有產者作家」和「無產者作家」這兩類「人」，而是「有產者作家與無產者作家所表現出來的東西」，是「作爲社會生活的表現」的「文學」，〔註131〕經過這一番討論後，蔣光慈明確了該如何「實踐」時，他首先將文藝工作者和革命黨人做了嚴格的區分，進而提出文藝工作者不可能「去到前敵打仗，或是直接參加革命運動，去領導革命的群眾」，所要做的是「拿起自己的筆來」，「爲人類爭自由，爲被壓迫群眾求解放」而「書寫」。〔註132〕在他們看來，那些批評他們「何以不去

〔註129〕李初梨：《怎樣地建設革命文學》，《文化批判》1928年第2號。

〔註130〕麥克昂：《留聲機器的回音——文藝青年應取的態度的考察》，《文化批判》1928年第3號。

〔註131〕李初梨：《一封公開信的回答》，《文化批判》1928年第3號。

〔註132〕華希理：《論新舊作家與革命文學》，載《蔣光慈文集·第四卷》，上海文藝出版社1988年版，第176頁。

直接行動，卻來弄這樣咬文嚼字的文學」的人都是「奸詐」的「有產者差來的蘇秦的遊說」和「退兵計」〔註133〕。

　　這就不難理解為什麼創造社和太陽社成員要對魯迅發起批判了。他們所批判的不是魯迅其人的革命精神，而是「魯迅創作的革命的精神的價值究竟值得幾何」〔註134〕，是對其文學創作的批評。作為當時文壇上享有較高聲譽的文學家，魯迅不僅沒有通過文學創作參與革命實踐活動，而且還批評創造社成員的作品「不過是『咬文嚼字』，並非『直接行動』」〔註135〕，同時針對創造社的觀點表示自己要「照舊講趣味」、「續鈔《小說舊聞鈔》」，這就必然引起創造社和太陽社成員的不滿，在所有批評魯迅的文章中，他們全都認為魯迅並沒有認識到「文學當然為無產者的重要的戰野」，「文藝也是意德沃羅基的一部門，要盡它應盡的義務，它應是無產階級的文藝，因而應是武器的藝術」〔註136〕，因此「不能認識這種意識爭鬥的重要性及其實踐性」〔註137〕，不能理解以文學「廓清荼毒的舊思想的存在，破壞麻醉的反動思想的支配，建設革命理論的工作，也不失為一種革命的行為，又是合理的活動」〔註138〕。針對魯迅提出的「描寫黑暗」，錢杏邨結合他的作品進行了一番分析和批評，認為「我們並不否認魯迅是一個黑暗的暴露者，但暴露黑暗並不就是革命文學」，因為魯迅雖然描寫了「拳匪之亂」、「清末黨獄」、「民二」，但是「他是沒有看到拳匪之亂所含的暴動的意義，清末黨獄裏所烘託的革命精神，民二事件與個人主義死亡的實證，去今兩年屠殺的統治階級的恐怖背景。可惜魯迅只會看到『人頭』，看到『示眾』，看到『一條辮子』，看不到這些以外的許許多多的重要的現象」，在此基礎上，錢杏邨提出「我們所謂暴露黑暗，並不是盲目的暴露。不是以個人為出發點的暴露。不是以個人『趣味主義』的暴露」，「革命文學作家的黑暗描寫，是和魯迅所說的不同的。同時他又要創造光明，自己不得不站在時代前面」。〔註139〕

〔註133〕李初梨：《怎樣地建設革命文學》，《文化批判》1928 年第 2 號。

〔註134〕錢杏邨：《「朦朧」以後——三論魯迅》，《我們月刊》1928 年創刊號。

〔註135〕魯迅：《「醉眼」中的朦朧》，載《魯迅全集·第四卷》，人民文學出版社 2005 年版，第 62 頁。

〔註136〕彭康：《「除掉」魯迅的「除掉」！》，《文化批判》1928 年第 4 號。

〔註137〕李初梨：《請看我們中國的 Don Quixote 的亂舞——答魯迅〈醉眼〉中的朦朧》，《文化批判》1928 年第 4 號。

〔註138〕馮乃超：《人道主義者怎樣地防衛著自己？》，《文化批判》1928 年第 4 號。

〔註139〕錢杏邨：《「朦朧」以後——三論魯迅》，《我們月刊》1928 年創刊號。

　　魯迅同樣強調「實踐」，他的「實踐」意識同樣來源於對「同路人」概念的接受，但這是沿著「人與革命」的切入角度生發出來的。面對創造社和太陽社成員指責自己「非革命文學家」的批評，魯迅作出的回應同樣是指責對方「非革命文學家」，但並不是從文學創作方面展開，而是不滿於他們「自己沒有正視現實的勇氣，又要掛革命的招牌」，針對的是「現在所號稱革命文學家者」〔註140〕，是對人的不滿。魯迅認為，「中國現在的社會情狀，止有實地的革命戰爭，一首詩嚇不走孫傳芳，一炮就把孫傳芳轟走了。」「而捏槍的諸君，卻又要聽講文學。我呢，自然倒願意聽聽大炮的聲音，彷彿覺得大炮的聲音或者比文學的聲音要好聽得多似的。」〔註141〕這是勸所有嚮往革命文學的人先親自投入到革命戰爭中，去做實際的革命工作，成為一個名副其實的「戰鬥者」，這些「戰鬥者」應該是「身歷了革命了，知道這裡面有破壞，有流血，有矛盾，但也並非無創造」，應該具有一顆「革命時代的活著的人的心」〔註142〕，而不急於進行文學創作。但是魯迅所看到的創造社革命文學家都沒有這麼做，「只好在大屋子裏尋，在客店裏尋，在洋人家裏尋，在書鋪子裏尋，在咖啡館裏尋……」〔註143〕他們在裏面「或則高談，或則沉思，面前是一大杯熱氣蒸騰的無產階級咖啡，遠處是許許多多『齷齪的農工大眾』，他們喝著，想著，談著，指導著，獲得著，那是，倒也實在是『理想的樂園』」，在魯迅眼中，他們是「在革命店裏做裝點」，是「躲在咖啡杯後面在騙人」，〔註144〕他們所說的「十萬兩無煙火藥」、「奧伏赫變」等等都只能是「咬文嚼字」，不算是革命的「直接行動」，不僅如此，他們甚至「對於目前的暴力和黑暗不敢正視」〔註145〕「特別畏懼黑暗，掩藏黑暗，……不敢正視社會現象，變成婆婆媽媽，歡迎喜鵲，憎厭梟鳴，只檢一點吉祥之兆來陶醉自己」〔註146〕，所

〔註140〕魯迅：《文藝與革命》，載《魯迅全集·第四卷》，人民文學出版社 2005 年版，第 84 頁。

〔註141〕魯迅：《革命時代的文學》，載《魯迅全集·第三卷》，人民文學出版社 2005 年版，第 442 頁。

〔註142〕魯迅：《馬上日記之二》，載《魯迅全集·第三卷》，人民文學出版社 2005 年版，第 361～362 頁。

〔註143〕魯迅：《路》，載《魯迅全集·第四卷》，人民文學出版社 2005 年版，第 90 頁。

〔註144〕魯迅：《革命咖啡店》，載《魯迅全集·第四卷》，人民文學出版社 2005 年版，第 117 頁。

〔註145〕魯迅：《文藝與革命》，載《魯迅全集·第四卷》，人民文學出版社 2005 年版，第 85 頁。

〔註146〕魯迅：《太平歌訣》，載《魯迅全集·第四卷》，人民文學出版社 2005 年版，

有這一切都不是一個「戰鬥者」的行為，他們並沒有在具體的革命工作中「和革命共同著生命，或深切地感受著革命的脈搏」〔註147〕，只是在「掛招牌」，不是深入革命運動之中具體的「實踐」活動。

　　可見，對「同路人」概念不同角度的接受，導致創造社、太陽社、魯迅對「文學界應該如何參與革命」這個問題形成了兩種觀點，這兩種觀點又是分別屬於作品和作家兩個不同維度中，在創造社、太陽社與魯迅論爭過程中，雙方互相沒有理解對方觀點所在維度，於是形成了這樣的局面：魯迅不理解為什麼創造社、太陽社成員們不去從事具體的革命工作，只躲在「咖啡館」、「書鋪子」、「洋人家裏」談論革命文學創作問題；創造社、太陽社成員們不理解為什麼魯迅不在作品中表達對革命運動的看法、指出革命運動的方向、展現革命時代中無產階級偉大的革命精神。當他們都作為「革命文學」的主要倡導者出現時，矛盾隨之而來，雙方都清楚他們是在爭論同一個問題——「文學界應該如何參與革命」，而且這個問題非常重要，關係到革命文學未來的走向，但由於都沒看清對方所關注的維度，導致雙方在論爭中都沒抓住對方觀點的要害，從而都無法形成一篇非常條理、充分的爭論文章，只能自說自話地批評對方。同時，他們又都不放棄尋找一個共同的爭論點，於是各自根據自己業已形成的「實踐」意識發現了「咬文嚼字」和「直接行動」的對立，這兩個詞在雙方文章中的出現頻率相當高，成為這次論爭中唯一可以找到的較為集中和理性的爭論點，然而，他們都主張「實踐」，只不過是在不同維度中發表意見，自己都清楚自己是「直接行動」，但在對方眼中都可以被視為「咬文嚼字」，雙方的理由都很有道理，都可以讓對方無言以對，因此，雙方在文章中都對這一對立之處點到為止，沒有深入展開，並逐漸形成了一種武斷式的指責，顯現出了「宗派情緒」和「人身攻擊」的表象。

第104頁。

〔註147〕魯迅：《上海文藝之一瞥》，載《魯迅全集‧第四卷》，人民文學出版社 2005年版，第307頁。

第三章 「你是托派」：肅清托派運動與文學思想鬥爭

肅清托派運動起源於蘇聯共產黨內領導權之爭，在鬥爭不斷升級和範圍不斷擴大的過程中，逐漸波及文學領域，引發了中國革命文學界的幾次重要思想鬥爭，在這幾起事件中，文學思想方面的原因與政治方面的原因交織在一起，需要通過各種歷史資料仔細辨析被整肅者的思想與托派主張的相似性，同時還要穿過事件的表象，在相關革命歷史背景下對這幾次文學思想鬥爭進行宏觀把握，在宏觀與微觀的結合中，探尋事件背後的豐富性。

第一節 「托派」：作為文學界的一個罪名

「托派」本身是一個政治派別的名稱，是贊成托洛茨基革命主張的一批共產黨員的總稱，最初不帶有任何貶義色彩，隨著斯大林發起的「肅清托洛茨基派運動」不斷高漲並在全世界範圍內展開，「托派」就被貼上了諸如「法西斯蒂的新工具」、「人民公敵」之類的標籤，以反革命的形象出現在世人面前。然而，無論是作為一個純粹的政治派別名稱，還是作為一個人人喊打的反革命組織名稱，都是政治領域內的問題，這樣一個幾乎不可能與文學相關的詞語卻意外的在中國現代文學史上頻繁出現，並作為一個「罪名」給一些文人帶來了不幸，影響了一生的命運，甚至無辜斷送了生命。對於這樣一個罪名，我們不能只從史實表面看到它，還應該繼續追問：它是如何進入文學界的？涉及哪些人、哪些事？當事人中哪些是真托派、哪些不是托派？為何

要將非托派的人錯判？錯判的背後有哪些潛在意圖？通過這一系列追問，可以進入革命文學思潮中一些曾經難以觸及的內容。

一、被整肅的「非」托派

　　通過清點文學界被指爲「托派」的人，可以發現數量並不多，具備影響力的只有胡秋原、魯迅、王實味和王獨清四人，當然，在他們之中，魯迅是被周揚等人將他與托派並列，暗示他有托派嫌疑，並未挑明，胡秋原和王實味是被明確指爲托派的，以上三人沒有任何托派組織關係，並非眞正的托派成員，而王獨清是確實加入了托派組織的，這四人所涉及的事件分別爲文藝自由論辯、「兩個口號」的論爭、新的文學體制萌芽和自願加入托派。

　　從這些表面現象出發繼續深究，會看到每個事件背後都與一個重要的政治問題相關聯。在此首先對胡秋原、魯迅、王實味三人的相關情況進行梳理，以挖掘其「托派」罪名的來由，並進而看到相關事件與政治上的肅清托派運動的基本關係，因爲涉及這三人的事件在後文均有具體論述，所以此處僅撮其概況，並不多做展開。

　　胡秋原、左聯之間的文藝自由論辯，與斯大林、托洛茨基之間關於中國革命問題的分歧直接相關。對於 20 年代末、30 年代初的中國革命情況，「革命是否仍處在高潮期？當初托洛茨基和斯大林爭論的焦點，就在這裡。……他們之間的分歧是：托洛茨基認爲在經歷了上海和武漢兩次沉重的打擊後，革命已經轉入低潮。共產黨被宣佈爲非法，工農運動已被粉碎，工人脫離共產黨，所有這一切都表明，反動勢力得到加強，今後出現的將是國民黨統治下的相對穩定時期。在黨員、群眾因失敗而沮喪，反動勢力囂張之時，發動起義只能遭受新的失敗，因而是冒險主義，是左傾盲動。斯大林不僅不承認革命已經失敗，認爲它還在進一步高漲」〔註1〕。托洛茨基的觀點被共產國際斥爲「取消主義」，而斯大林的觀點以共產國際會議決議、政策文件等形式傳達到中共中央，使之認同了這種「中國革命高潮論」，展開了與國民黨的公開對抗，並接受了「黨應當同陳獨秀的取消主義綱領進行無情的鬥爭，因爲這個綱領否定正在發展中的革命高潮」的指示。左聯就是在這一背景下出現的，他是當時中國共產黨領導文學運動、以文學爲階級鬥爭的武器與國民黨公開

〔註 1〕施用勤：《譯者前言》，載《托洛茨基論中國革命（1925～1927）》，陝西人民出版社 2011 年版，第 11 頁。

爭奪輿論宣傳陣地的戰鬥組織,然而,胡秋原在《阿狗文藝論》、《錢杏邨理論之清算與民族文學理論之批評》、《勿侵略文藝》等文章中,明確反對「將文藝與政治混爲一物」〔註2〕、「政見與文藝結婚」〔註3〕,這些觀點被左聯敏銳的捕捉到,並被認爲是「文學的階級的任務之取消」、「公開地向普羅文學運動進攻」〔註4〕,進而被認爲是托派政治上的「取消主義」在文學領域內的延伸。於是,左聯將胡秋原指爲「托派分子」,並以文藝自由論辯之名,行肅清托派行動之實,從此,胡秋原一直背負著這樣一個稱號,一直到文革期間,《紅旗》雜誌上仍然有文章延續著 30 年代對他的判定,並以魯迅的文章佐證:「『在馬克思主義裏發現了文藝自由論』的托匪胡秋原」〔註5〕。

「兩個口號」論爭實際是兩種抗日救亡方陣的對立在文學領域內的反映,其發生的背景是「我們的民族已經到了最後的生死關頭了!爲民族底生存,實行民族的自衛!這是除了漢奸及自願作亡國奴的人以外,中華民族底每一份子一致的呼聲」〔註6〕,因此,根據來自蘇聯「建立世界反法西斯統一戰線」的要求,以及在共產國際影響下制定的《爲抗日救國告全體同胞書》的精神:「只要國民黨軍隊停止進攻紅軍的行動,只要任何部隊實行對日抗戰,不管過去和現在他們與紅軍之間有任何舊仇宿怨,不管他們與紅軍之間在對內問題上有何分歧,紅軍不僅立刻對之停止敵對行爲,而且願意與之親密攜手共同救國。」〔註7〕王明督促肖三致信左聯:「在組織方面——取消左聯,發宣言解散它,另外發起,組織一個廣大的文學團體,極力奪取公開的可能,在『保護國家』,『挽救中華民族』,『繼續「五四」精神』或『完成「五四」使命』,『反覆古』等口號之下,吸引大批作家加入反帝反封建的聯合戰線上來,『凡是不願作亡國奴的作家,文學家,知識分子,聯合起來!』——這,就是我們進行的方針。」「末了,再重複一句:當此國亡無日,全國民眾只有共同起來組織廣大的人民反帝——抗日統一戰線才可圖救。政治上的口號,策略,我們作文學運動的至少是要追隨它,符合它。」〔註8〕基於此,周

〔註2〕 胡秋原:《阿狗文藝論——民族文藝理論之謬誤》,《文化評論》1931 年創刊號。
〔註3〕 H.C.Y:《勿侵略文藝》,《文化評論》1932 年第 4 期。
〔註4〕 洛揚:《致〈文藝新聞〉的一封信》,《文藝新聞》1932 年第 58 號。
〔註5〕 雷軍:《爲什麼要提倡讀一些魯迅的雜文?》,《紅旗》1972 年第 3 期。
〔註6〕 夢野:《民族自衛運動與民族自衛文學》,《客觀》1936 年第 1 卷第 10 期。
〔註7〕 《爲抗日救國告全體同胞書》,載《中共中央抗日民族統一戰線文件選編(中)》,檔案出版社 1985 年版,第 15~16 頁。
〔註8〕 《肖三給左聯的信》,載《左翼十年——中國左翼文學文獻史料輯》,人民出

揚等人開始著力倡導「國防文學」口號。然而，奉命從陝北到達上海的馮雪峰則傳達了剛剛立足陝北的中共中央關於「黨的策略路線」的指示：「當的策略路線，是在發動、團結與組織全中國全民族一切革命力量去反對當前主要的敵人——日本帝國主義與賣國賊頭子蔣介石。不論什麼人，什麼派別，什麼武裝隊伍，什麼階級，只要是反對日本帝國主義與賣國賊蔣介石的，都應該聯合起來開展神聖的民族革命戰爭，……只有最廣泛的反日民族統一戰線（下層與上層的），才能戰勝日本帝國主義與其走狗蔣介石。」〔註9〕馮雪峰傳達的指示中對待蔣介石與國民黨的態度與周揚等人所接到的命令相左，而這種「反蔣抗日」的主張恰好與魯迅所設想的要提出一個「有明白立場的左翼文學的口號」〔註10〕相投和，在這種情況下，魯迅、馮雪峰、胡風等人提出了「民族革命戰爭的大眾文學」口號，此時，托洛茨基及中國托派正在高喊「進行階級合作與完全放棄共產黨獨立立場的新政策」是「完全背叛了馬克思主義的基本戰略與無產階級的國際主義」、「否認了階級鬥爭的主要立場」、「就是想與蔣介石、陳銘樞、馮玉祥等人勾結」〔註11〕，這些觀點與魯迅的設想高度相似，於是就有了「周揚他們趁機放空氣說，不但托派反對『國防文學』，魯迅派現在也反對『國防文學』了，用意是把魯迅和托派並列，是十分惡毒的玩弄政治手腕」〔註12〕，然而，不久以後，魯迅去世，這在客觀上阻止了「十分惡毒的玩弄政治手腕」的繼續。

　　王實味事件的發生與新的文學體制萌芽緊密相關，這一新的文學體制的基本要求是「文藝服從於政治」，毛澤東《在延安文藝座談會上的講話》裏明確要求：「在現在世界上，一切文化或文藝都是屬於一定的階級，一定的黨，即一定的政治路線的。爲藝術的藝術，超階級超黨的藝術，與政治並行或互相獨立的藝術，實際上是不存在的。在有階級有黨的社會裏，藝術既然服從階級，服從黨，當然就要服從階級與黨的政治要求，服從一定革命時期的革

　　　　版社 2015 年版，第 25～26 頁。

〔註9〕 《中央關於目前政治形勢與黨的任務決議》，載《中共中央抗日民族統一戰線文件選編（中）》，檔案出版社 1985 年版，第 50～51 頁。

〔註10〕 馮雪峰：《有關一九三六年周揚等人的行動以及魯迅提出「民族革命戰爭的大眾文學」口號的經過》，載《雪峰文集（4）》，人民文學出版社 1985 年版，第 513 頁。

〔註11〕 《在第四國際的旗幟之下團結起來！》，《火花》1936 年第 1 期。

〔註12〕 茅盾：《我和魯迅的接觸》，載《魯迅研究資料（1）》，文物出版社 1976 年版，第 72 頁。

命任務，離開了這個，就離開了群眾的根本的需要。無產階級的文學藝術是無產階級整個革命事業的一部分，如同列寧所說，是『整個機器中的螺絲釘』，因此，黨的文藝工作，在黨的整個革命工作中的位置，是確定了的，擺好了的。反對這種擺法，一定要走到二元論或多元論，而其實質就像托洛斯基那樣：『政治——馬克思主義的；藝術——資產階級的。』」〔註 13〕如果聯繫中國共產黨領導的根據地、解放區是作為一個「戰區」而存在，內部團結一致進行武裝鬥爭、爭取生存空間是頭等大事，那麼，這一將文藝納入政治體制內部、要求文藝為黨的革命鬥爭活動服務的趨勢，就可以視為戰爭形勢下理所應當的政治要求，然而，王實味創作的具有較強影響力的《野百合花》、《政治家‧藝術家》等文章公開暴露延安的各種不良現象並予以抨擊，已經成為了逆政治潮流而動的典型。同時，只要翻看《鬥爭》、《火花》、《新旗》等等托派機關刊上的內容，比如「中國史大林黨無論在組織上與思想上，都已經對資產階級國民黨徹底地投降，而且做了蔣介石個人之忠實的臣僕，十五年來中國工農先鋒隊的英勇奮鬥（自然不斷在錯誤的領導之下），以史大林毛澤東這樣可恥的投降來加以結束，這是世界革命運動中一件最可悲痛的事」〔註 14〕，「中國共產黨理論家們，請勿以中國是殖民地為藉口，拿門雪維克主義來代替布爾雪維克主義」〔註 15〕，等等，就可以發現王實味在文章中表達的語氣、觀點與托派對中國共產黨的詆毀極其相似，加之他與托派人士多有來往，於是，就被輕易扣上了「托派」的帽子，在 1943 年 4 月 1 日被中央社會部正式逮捕之後，王實味失去了人身自由，1947 年 7 月 1 日，王實味在山西興縣被秘密處死，一直到 1991 年 2 月 7 日，公安部才做出《關於對王實味同志托派問題的覆查決定》，予以平反。

二、王獨清：未被整肅的「真」托派

與胡秋原、魯迅、王實味的情況不同，王獨清是真實加入了托派組織的，對於這一點，王獨清本人經常否認：「去年我由別處養病回到上海，便曾發生過一次他們對我個人的怪現狀。我那時病體才好，對於一切事體都沒有過問，並且我一向並不曾參加任何派別，但是不知道是什麼衝撞了斯林派底忠實同

〔註 13〕毛澤東：《在延安文藝座談會上的講話》，《解放日報》1943 年 10 月 19 日。
〔註 14〕《史大林黨的死亡！》，《鬥爭》1937 年 4 月第 2 卷第 3 期。
〔註 15〕穆德：《再論中國共產黨底革命觀》，《新旗》1946 年 10 月第 9 期。

志，竟突然之間給我送了一頂取消派（？）的帽子，同時便禁止一向同我認識的朋友和我往還，好像把我看成了一個危險的人物一樣。」〔註16〕「我是不懂政治的，只因與彭述之有交情，和他常在一起，別人便如此攻擊我。我覺得用不著辨明，而且即使要辨，也未必能明，沒有什麼關係，聽之而已。」〔註17〕但是這些言辭不足爲信，翻看他1930年及以後的文章就能發現大量托派言論，足以說明他已經接受了托洛茨基主義，另外，曾經是中國托派核心領導人之一的鄭超麟對於王獨清加入托派的情況有詳細的回憶：「我和他密切來往時，中國還沒有托派，我自己還不是托派。一九三一年，我被國民黨逮捕前，他因爲同我們來往（那時我們是托派了），受了創造社朋友的攻擊，但他並不後退。其實那時他還沒有參加托派組織。我在獄中時他才參加了組織。那時他認識了彭述之，再由彭述之去認識陳獨秀。這都不是通過我的關係，而是通過汪澤楷。汪澤楷是王獨清在法國蒙達爾中學的同學。」〔註18〕鄭超麟在晚年與採訪者通信中，也多次進行了相關說明，李建中《王獨清後期史實新證》一文提供了一些鄭超麟的信件內容：「王獨清從來沒有加入中國共產黨。他也沒有加入所謂『無產者社』（即是陳獨秀爲首的托派小組織），不過同我們做朋友往來。我一九三一年五月被國民黨逮捕時，王獨清尚未參加托派組織。我出獄後才知道他參加了組織，但不是參加『無產者社』（那時已沒有『無產者社』），而是參加了統一的托派組織。」「王獨清堅持了托派立場，由同情進而加入托派組織，一直到一九四〇年病死，他的喪事還是托派辦理的。」〔註19〕鄭超麟與王獨清是關係非常好的朋友，據他自己介紹，他們相識的起因是「一九二八年五月間中央派我去同創造社聯繫的事」，「那天約好的會面時間到了，正在準備出發，忽然中央交通處送來了一封信，是王獨清寫給我的，好像老朋友之間寫便條的親熱口氣，內容是他約我在去創造社總部以前先到他家去一下」，「以後，我常去找王獨清，我們成了眞正的老朋友，無話不談」。〔註20〕可見，無論從組織內部的同事關係上，還是從私人交往和感情上，鄭超麟的回憶都具有較高的可信度。

與鄭超麟的密切交往應該是王獨清加入托派的原因之一。在與鄭超麟相

〔註16〕王獨清：《兩封公開狀》，《展開》1930年第1、2期。
〔註17〕胡山源：《文壇管窺》，上海古籍出版社2000年版，第36頁。
〔註18〕鄭超麟：《鄭超麟回憶錄》，東方出版社2004年版，第351頁。
〔註19〕李建中：《王獨清後期史實新證》，《新文學史料》2007年第4期。
〔註20〕鄭超麟：《鄭超麟回憶錄》，東方出版社2004年版，第349～350頁。

識之前，所有創造社骨幹似乎都對「托洛茨基派」這個政治派別不太瞭解，鄭超麟回憶說：「一九二八年春末夏初，當中央派我去創造社作政治指導的時候，一次李初梨問我：『中國共產黨會不會出現清算派？』幸虧我懂得法文，立刻明白李初梨問的是什麼。我回答道：『不會的。』原來，他問的是中國共產黨會不會出現『托派』。」〔註21〕此時的中國尚未出現托派組織，李初梨連這一組織的名稱都不能準確的說出來，更不用說具體的理論主張了。王獨清應該是在與鄭超麟的長時間交流中瞭解了托洛茨基的各種主要觀點，長期擔任中國托派組織宣傳部長的鄭超麟，擁有大量直接來自托洛茨基本人及第四國際的信件、文件等等，這些都可能是王獨清接受托洛茨基主義的主要來源，到 1929 年初，王獨清就已經表示：「總之我底轉變方向，並沒有什麼可恥。老實地說，這是我底進步！你們要是不要我進步時，那你們還是來把我殺了罷！」〔註22〕然而，這一人際交往情況只是為王獨清轉向托洛茨基主義提供了可能性，能夠促使他完成這一轉變的根本原因應該是他在 1927 年及以後對革命的感受和他自身的愛國熱情。他深深感受到「震撼全世界的一九二五——二七年的大革命，所留給我們青年的，只有恐怖，災荒，壓迫，混戰。當人們正歡欣鼓舞告慶功成的今日，也就是我們悲憤痛恨那成千累萬的革命戰士在流離，顛沛，下獄，慘遭苦刑和被冷酷地屠殺的今日」〔註23〕，對於 1927 年中國共產黨的不幸遭遇，以及此後的白色恐怖盛行，王獨清與所有轉向托洛茨基主義的革命者一樣，都在思考其中的原因和將來的發展，只不過王獨清沒有立即接觸到托洛茨基的相關觀點和主張，但是這已然成為他後來加入托派的歷史背景。另外，王獨清的父輩、祖輩都是有名的愛國者，在這樣一個家庭環境的薰陶下，王獨清也充滿了愛國熱情，1926 年從法國回國參加反帝鬥爭就是受了「五卅」運動的刺激，但是他的救國抱負很難得到施展，主要原因在於屢遭排擠和打壓，在上海藝術大學工作期間，「我還記得改組派底小刊物上曾罵我是『匪類』，今年我在藝大，斯大林派底小刊物上又罵我是『取消派』和『狗』」，「同時便禁止一向同我認識的朋友和我往還，好像把我看成了一個危險的人物一樣」〔註24〕，「1931 年『九・一八』事變之後，他想與昔

〔註21〕 鄭超麟：《鄭超麟回憶錄》，東方出版社 2004 年版，第 405 頁。
〔註22〕 王獨清：《我底轉變及其他》，載《獨清文藝論集》，光華書局 1932 年版，第 100 頁。
〔註23〕 《展開社宣言》，《展開》1930 年第 1、2 期。
〔註24〕 王獨清：《兩封公開狀》，《展開》1930 年第 1、2 期。

日的左翼朋友共同簽署抗日聲明，但卻遭到了拒絕。1931 年 9 月 20 日，他以個人的名義發表了抗日宣言：《爲滿洲事件對國外宣言》。1932 年『一‧二八』事變在上海爆發，⋯⋯這時，昔日的左翼朋友組成了中國著作家抗日會，王獨清又被排斥在外。而這時中國的托派組織則第一次公開出版了他們的刊物《熱潮》（週刊），它宣傳抗日，鼓動群眾武裝抗日，產生了相當的影響，遂有一些擁護愛過抗日主張的群眾參加了托派組織。據說，這一時期，除上海而外，中國的托派組織在北京、武漢、南京以及華南的廣東、香港等地都有所發展。爲了表達其抗日主張和愛國熱情，1932 年『一‧二八』事變之後，王獨清參加主張武裝抗日的托派組織，應該說是成了唯一可能的選擇了」〔註 25〕。

轉向托洛茨基主義、加入托派之後，王獨清做的最重要的一件事是創辦了刊物《展開》，它創刊於 1930 年，僅出版了三期，其出版發行過程可謂充滿坎坷。第 1 期和第 2 期的出版發行遇到了「封鎖」，「這兩期東西編好已經一個半月了，直到現在才能付印，在出版界彌浸著『封鎖光明』的妖氛的今日，這眞是沒法的事」〔註 26〕，第 3 期付印之前，「可是不料應允代印的書店遭了不幸的事故，使我們計劃中止，及至另外交涉好一家書店時，又被仇視我們的人所破壞。以後又自己直接去找印刷所，卻因爲種種困難，一直耽延到現在才算達到了願望」，因爲「耽延」，第 3 期留下了很多遺憾，「這期本來準備趕十一月一日出版，已經編好了將近三十萬字的『十月特大號』，卻爲了事實上的耽延，讓這個偉大的紀念期在我們面前空空地馳過，使我們不得不把已經編進去的幾篇有意義的紀念文字抽了出來。結果現在出版的這期，僅僅是特大號的三分之一的剩稿」〔註 27〕。這個刊物的「旨趣」是：「1.團結國內進步青年，研究社會科學和革命文學的理論。2.站在辯證唯物論的立場上和一切反動思想作無情的鬥爭。爲要實現我們上面兩種的要求。我們必要從政治上力爭被統治階級所剝奪去的，3.出版，言論，集會，結社，研究自由。固然，在反動統治未推翻以前，我們這些要求要充分的徹底實現是不可能的；但是在我們所劃分的歷史階段中，力爭這些政治上的自由，都是爲我們走向革命和保證未來勝利必要的條件和前提！」〔註 28〕但在實際上，這個刊物成

〔註 25〕 李建中：《王獨清後期史實新證》，《新文學史料》2007 年第 4 期。
〔註 26〕 《付印之時》，《展開》1930 年第 1、2 期。
〔註 27〕 《編後記》，《展開》1930 年第 3 期。
〔註 28〕 《展開社宣言》，《展開》1930 年第 1、2 期。

了中國所有宣傳托洛茨基主義的印刷品中唯一一份以文學爲主的公開出版發行的刊物，上面刊載了王獨清的詩作《上海的憂愁》、關於文學的通信《從馬雅可夫斯基底自殺到高爾基與巴比塞》、關於創造社的回憶文章《創造社——我和它的始終與它底總賬》，王實味的小說《三代》、《握別》，一些諸如《「左翼作家聯盟」做的是什麼事情？》、《新月派與左聯派》等等關於左聯的文章，以及其他文學作品和評論文章，關於其中的文學評論文章，王獨清自豪的宣稱：「像『左翼作家聯盟做的是什麼事情』和『請看新 Don Quixote 的狂舞』這樣的文章，不但沒有失掉『時效』，時間更證明了他們的正確與透澈。我們以後要多登載這類文章，我們要毫不客氣的去批評，糾正一切不正確的理論與傾向，要毫不客氣的去揭破一切掛起假招牌來欺騙群眾的勾當……但是，我們不學人家無理謾罵。我們不學人家『不斷洶洶地只與我們並不主張，而且從未主張過的莫須有的意見辯駁，卻不與我們的眞正意見鬥爭』。」〔註29〕王獨清多次表示，「我們十二分的抱歉。外邊垂問這一期的眞是太多了！公共的，私人的函件都來了不少，甚至綏遠的地方也有人來預定」〔註30〕，「你們十九個人聯名給我寫的信，已經收到。……你們對於『展開』社的希望和對於我個人的愛護，都令我非常感激，你們提出對於『展開』的要求，正合於我們一向的計劃，當使一步一步地實現」〔註31〕從這些蛛絲馬蹟中，可以發現《展開》的讀者數量是比較大的，但是，它只出版發行了三期就被徹底禁止發行了。

這樣一個眞正加入了托派組織的文藝界人士，卻沒有被整肅，只是遭到了一些無關痛癢的謾罵和排擠，對此，王獨清本人的回應也只是表達一般性的抗議：「自從創造社分化以後，過去共事的朋友和變節的後輩雖然都在聯合著罵我和傾陷我，但是我卻還沒有死掉！只要我不死，我一定總還是走在鬥爭的路上。我相信歷史的浪潮會把我面前的壓迫除去，也會把一般『Pseudo 革命者』淘汰淨盡！」〔註32〕「但是那些無聊的小刊物上竟然給我造了一大堆的謠言，說是我阻止群眾罷課，說是我勾結學校當局，竟然說是我告密！像

〔註29〕　《付印之時》，《展開》1930 年第 1、2 期。

〔註30〕　《編後記》，《展開》1930 年第 3 期。

〔註31〕　王獨清：《從馬雅可夫斯基底自殺到高爾基與巴比塞》，《展開》1930 年第 3 期。

〔註32〕　王獨清：《我文學生活的回顧》，載《獨清自選集》，樂華圖書公司 1933 年版，第 4～5 頁。

這種無中生有，只是暴露了造謠者自身底卑鄙的裸體。我萬想不到我只引用了『左派幼稚病』的兩句話，便會惹起了這樣大的波瀾。……若是因為這樣便得罪了某種集團，那麼，這種集團本身便是反革命的。」〔註33〕王獨清遇到的最大的懲罰，也無非是「聽說不久以前在所謂左翼作家同盟底某種雜誌的計劃會上，錢杏邨曾提議『對於王獨清，最好以後不提』」〔註34〕，或者如魯迅所言「這邊也禁，那邊也禁的王獨清」〔註35〕，既沒有產生較大影響力的公開指責，又沒有言論、文章讓他背上幾十年洗脫不掉的罵名，更沒有受到生命威脅。一個證據確鑿的「托派分子」，卻沒有受到整肅，如何理解這一現象？

實際上，根據上文中對王獨清加入托派後的活動的梳理，已經可以得出一部分答案了，即他沒有過多參與政治領域內問題的討論，關注的中心基本在文學方面，可以說，他是一個沒有進入政治領域的托派分子，雖然接受了托洛茨基主義，在很多文章和演講中流露出一些托派政見，但是從來沒有集中深入的以托洛茨基主義對中國革命問題進行分析。進一步來看，王獨清在自己所關注的文學領域內表達出來的觀點和主張，與左聯的普洛革命文學主張完全一致。1928 年，王獨清就撰文表示：「我們可以說，每個階級底文學家便是每個階級底代言人，而每個階級底文學便是每個階級保護自己的利器。普勞列搭利亞又怎麼不是這樣？革命發展的方面狠寬，我們底文學便是我們革命的一個戰野，文學家與戰士，筆與迫擊砲，可以說是一而二二而一的東西。只要我們切實地，誠意地站到眞正革命的營陣裏頭，那我們這種工作，便是革命的工作。並且我們鬥爭的方式和由鬥爭得到的危險也和其他運動的同志一樣。總之，反對目前革命文學的人，反對目前革命文學作品的人，更說革命文學的工作不是革命工作的人，都一樣是 Demagogues，都一樣是支配階級底律師，親隨，走狗！」〔註36〕到 1930 年，他在《展開社宣言》中依舊明確表示：「靠在槍尖上的權力，歷史業已向我們證明：統治者是不文化與虛弱無能，革命的階級必然地，最後取得澈底的勝利，這種勝利毫無疑義要靠

〔註33〕 王獨清：《兩封公開狀》，《展開》1930 年第 1、2 期。

〔註34〕 王獨清：《創造社——我和它的始終與它底總賬》，《展開》1930 年第 3 期。

〔註35〕 魯迅：《現今的新文學的概觀》，載《魯迅全集‧第四卷》，人民文學出版社 2005 年版，第 138 頁。

〔註36〕 王獨清：《文藝上之反動派種種》，載《獨清文藝論集》，光華書局 1932 年版，第 80～81 頁。

頭角崢嶸的普勞列塔利亞特領導才行！……在這樣有意義的歷史階段中，我
們青年，不但要從事研究已往失敗的教訓和經驗，學習教訓，消化經驗；團
結和收復自己的隊伍，整頓行動的步伐，充實自己的力量，以準備應付未來
勝利的新戰爭；並且還要從思想的鬥爭中磨礪和鍛鍊有力的精神武器——就
是把握和建設普羅革命文學。向一切思想上的敵人無情地掃擊！」〔註 37〕一
個托派分子所表達的觀點與左聯的主張沒有任何分歧，這種情況使左聯找不
到任何理由去整肅他，只能如錢杏邨所言「對於王獨清，最好以後不提」。

三、錯判：有意爲之？

　　將胡秋原、魯迅、王實味與王獨清的情況進行對比，會發現雖然文學界
對「托派分子」持敵對態度，但並不會因爲「是否托派分子」而決定是否大
動干戈進行整肅，目前學界普遍認爲將胡秋原、魯迅、王實味等文藝界人士
視爲托派是一種錯判，是當時一部分人「有意爲之」，但是，結合王獨清的情
況進行考察，我們可以看到更爲複雜的方面。關於胡秋原、魯迅、王實味這
三人的托派問題，確實是一種錯判，因爲他們根本沒有托派組織關係，不應
該將他們視爲托派，然而這一錯判並非「有意與否」能解釋的，文學界肅清
托派分子的行爲有著更爲深層的動因。

　　胡秋原、魯迅、王實味所涉及的三件事中都存在同一個規律，即沿著從
政治到文學的軌跡發展。文藝自由論辯、「兩個口號」的論爭和新的文學體制
萌芽的背後分別存在一個政治領域內的事件，其中都有托洛茨基本人或者托
派成員針對斯大林、第三國際或中國共產黨的不同意見，爲了保證政策實施，
第三國際和中國共產黨都不得不頻繁下達命令嚴防並肅清托洛茨基派的反對
活動，比如 1931 年《共產國際執行委員會主席團關於中國共產黨的任務的決
議》關於「中國革命高潮論」問題指出：「共產黨對於日益高漲的工人鬥爭、
對於蓬勃發展和繼續擴大的農民運動的影響在不斷增長，……事態的發展徹
底粉碎了陳獨秀分子和托洛茨基分子的全部反革命觀點，」「同時，黨應當加
強反對現已糾集在一起的托洛茨基派和陳獨秀派的鬥爭。最近以來，黨放鬆
了在思想上和組織上反對這些反革命集團的鬥爭，而它們在這個時期卻顯然
的加緊了活動。中國共產黨應當針對它們瓦解黨的隊伍和紅軍的新手法，在
出版物上、在組織內部，以及在工農群眾中，堅決同這些國民黨和中國反革

〔註37〕《展開社宣言》，《展開》1930 年第 1、2 期。

命派的僕從進行鬥爭。」〔註38〕1937年中國共產黨關於建立抗日民族統一戰線問題指出:「我們的敵人,日本帝國主義者,中國的漢奸,與托洛茨基派的匪徒們,顯然是完全懂得這一點的。所以他們利用各種陰謀詭計,來進行挑撥離間,來企圖達到分裂國共兩黨合作的目的。而我們兩黨內部,還有一些頑固的與幼稚的分子,還抱著過去十年來的對立所造成的一些成見與仇恨,不肯互相推心置腹的親密合作。以至造成相互間一些不必要的懷疑與摩擦。而這種懷疑與摩擦,正好為日本帝國主義者,中國的漢奸與托匪所利用。」「對於日寇、漢奸、托匪這類挑撥的活動,我們兩黨的人,應該共同給以致命的打擊。」〔註39〕1938年王明關於托派對中國共產黨的詆毀、對抗日民族統一戰線的反對而發表的一篇文章中,尤其能反映中共中央肅清托派的原因和決心:「至於中國,托洛茨基匪徒們,在一九二五～二七年中國革命國共合作時,盡力主張國共分裂,實際上幫助帝國主義反對中國革命;但在國共分裂後,共產黨不得已而領導工農組織蘇維埃政權和紅軍時,托洛茨基及其匪徒們卻又罵紅軍蘇維埃為『土匪』同時主張工農去參加國民會議而不要擁護蘇維埃;而現在當國共合作重新建立成抗日民族統一戰線的基礎時,托洛茨基及其匪徒們便又秉承日寇的意旨,盡力破壞抗日救國的事業。例如日寇希望中國在抗戰時在國際上孤立,托匪等高呼『打倒一切帝國主義』,日寇企圖用『以華制華』毒計來滅亡中國,托匪等便高呼『國內戰爭必須與對外戰爭同時並行,各階級絕對不能合作』;日寇盡力企圖首先破壞國共合作並消滅國共兩黨,托匪等便盡力挑撥國共關係,並在理論上和實際上反對國共兩黨;日寇非常痛恨中國有統一的國民政府,托匪等便宣佈必須打倒國民政府;日寇最恨中國統一的國民革命軍,托匪等便痛罵中國現有軍官都是軍閥和現有軍隊都是軍閥軍隊,而主張必須全部瓦解和潰散中國現有軍隊;……日寇最害怕和最痛恨共產黨和八路軍,托匪便特別反對和污蔑共產黨和八路軍;日寇盡力想破壞救國會和反對救國會領袖,托匪便也特別侮蔑和攻擊救國會及其領導人。西安事變時,托匪張慕陶唆使暴徒打死主張和平統一團結抗日的王以哲將軍,西安事變和平解決後,托匪曾謀刺為國共合作而努力的共產黨領導人周

〔註38〕《共產國際執行委員會主席團關於中國共產黨的任務的決議》,載《共產國際有關中國革命的文獻資料1929～1936》,中國社會科學出版社1982年版,第145、151頁。

〔註39〕洛甫:《鞏固國共合作,爭取抗戰勝利》,載《中共中央抗日民族統一戰線文件選編(下)》,檔案出版社1986年版,第65～66、68～69頁。

恩來，廣西出兵抗日時，托匪王公度等公然搗亂抗日的後方；現在河南泌陽
縣長的托匪賈綠雲，在全國團結抗日的情形下，還公然勾結土匪，進攻新編
第四軍的周俊明部隊；並殺戮愛國學生青年。所有這一切，證明托匪不但是
共產黨的敵人，而同時是國民黨和一切抗日黨派團體軍隊以及全國民族的敵
人，是全世界先進人類的敵人。」〔註40〕

　　在這樣的命令和決心之下，凡是與托派成員有一點關係的人，對共產黨
的方針政策發表了與托派觀點相似的主張，就很有可能會被視爲「托派」。將
胡秋原、魯迅、王實味和王獨清的情況綜合起來考察，胡秋原反對「文藝與
政治結合」即被左聯敏感的認爲是反對中共與國民黨正面對抗、是取消主義，
魯迅主張文學口號應該有「鮮明的階級立場」即被周揚等人認爲是反對「聯
蔣抗日」、反對抗日民族統一戰線，王實味在散文中暴露了一些延安社會中的
負面現象即被認爲是托派分子對中共中央的污蔑和詆毀，加入托派組織之前
的王獨清在演講中談到了「左傾幼稚病」即招來了「無中生有」的「一大堆
的謠言」，可見，這些事雖然發生在文學領域內，但它們的根卻在政治領域內。

　　對於第三國際、蘇聯共產黨和中國共產黨來說，除了來自法西斯、帝國主
義等敵人陣營的威脅之外，第四國際和托派形成了自己陣營內部一個強大的反
對勢力，這就造成了整個國際共產主義運動的分裂現象，儘管以斯大林爲核心
的第三國際及下轄各國共產黨極力指責托派是「法西斯的走狗」，卻無法以十
足的證據否認托派所奉行的是馬克思主義，無法推倒托派也在使用的「共產國
際」的招牌，進而無法根除托派對各國共產黨員的影響，尤其是托洛茨基本人
早年在蘇聯所享有的崇高地位、托派始終高喊的「民主」口號的強大吸引力、
中國共產黨創始人陳獨秀轉向托洛茨基主義所造成的巨大影響，使這一貌似弱
小的政治派別成爲第三國際及各國共產黨中央很多重要決策的最大阻力，因
此，時刻警惕托派的言論和影響逐漸成了共產國際和各國共產黨的「習慣」，
這種「警惕性」是造成胡秋原、魯迅、王實味等被錯判的根源，這三人所涉及
的事件可以被視爲政治鬥爭在文學領域內的餘波。而王獨清作爲一名眞正的托
派分子卻沒有受到整肅，從另一個方面證明了這種「警惕性」的存在，他雖然
獲得了「托派」的政治身份，但是並沒有表達任何與這一身份相匹配的觀點，
他對革命問題基本不發表意見，只是在自己的刊物《展開》上登載了一篇托洛

〔註40〕陳紹禹：《托洛斯基派罪惡的根源》，載《法西斯的走狗托洛茨基匪徒》，戰時
　　　　出版社1938年版，第36～37頁。

茨基文章的譯文和一封別人所作的《致托洛茨基的信》，在文學領域內，他的觀點與左聯的主張並無二致，也主張應該以文學創作為武器進行階級鬥爭，他沒有受到整肅，說明中共及其領導下的左聯對他的這些情況和觀點是非常清楚的，並不是因「托派」之名而盲目展開肅清活動。

關於這一「警惕性」，還可以從一個方面進行證明，即文藝界內反托派鬥爭的領導者存在一個「從文學領域向政治領域的回歸」現象。20 年代末，托洛茨基已經在政治鬥爭中失勢，第三國際已經向中共中央下達了嚴防托洛茨基派分子的命令，然而在文學界內，只是知道「托羅茲基雖然已經『沒落』」〔註 41〕，並沒有人對「托洛茨基」、「托派」一類的詞懷有敵意，相反，魯迅、蔣光慈、錢杏邨等很多文論家還在引用托洛茨基的觀點，郭沫若等人的一些觀點與托洛茨基《文學與革命》一書中的內容也高度相似。30 年代初，左聯才開始按照共產國際和中國共產黨的要求，進行「反對取消派理論的鬥爭」〔註 42〕，與胡秋原的論辯、對王獨清的排擠就在這個時期展開，左聯解散後，周揚等原左聯成員依然保持著對托派分子的警惕性，當他們發現了魯迅的言論與托派觀點的相似性後，立即著手準備肅清。總得來說，30 年代文學界肅清托派的領導者始終局限於左聯內部，屬於文學界自行處理，共產國際和中共中央僅作出命令和指導。進入 40 年代，中共中央的領導人之一康生就親自插手文學界內的肅托事件了，對王實味的整肅就是由他一手操辦，而不是由延安的文藝界團體自行處理，這一文藝界肅托領導權「收歸中央」的現象所反映的正是對托派「警惕性」的不斷提高。

第二節　遠方的「背景」與左聯的「自我危機感」
——胡秋原「托派」之名與文藝自由論辯

從 1930 年代初發生的文藝自由論辯開始，胡秋原長期未能擺脫掉「托派」的帽子，對於這一問題，胡秋原本人曾多次加以否認〔註 43〕，他的否認也已

〔註 41〕　魯迅：《我的態度氣量和年紀》，載《魯迅全集・第四卷》，人民文學出版社 2005
　　　　　年版，第 113 頁。
〔註 42〕　《左翼作家聯盟的兩次大會記略》，《新地月刊》1930 年第 6 期。
〔註 43〕　胡秋原：《關於一九三二年文藝自由論辯》，《魯迅研究動態》1988 年第 12 期。
　　　　　另可參見古遠清：《胡秋原回應〈紅旗〉雜誌的誹謗》，《鍾山風雨》2010 年第
　　　　　5 期。

被當下研究者普遍接受，然而，這個似乎已經得到圓滿解決的問題卻充滿了疑點，比如，胡秋原沒有任何托派組織關係，為什麼左聯要把「托派」這頂帽子送給他？因為他對普羅文學提出了質疑嗎？對普羅文學提出質疑的人很多，為什麼只有他被認為是「托派」？左聯成員在論辯文章中總是側面影射胡秋原是「托派」，很少直接點明，而且在論爭的最後左聯成員承認了自己的錯誤，這一現象如何解釋？在論辯剛剛開始的時候，左聯沒有非常激烈的反駁胡秋原的觀點，這一情況持續了近半年，自從馮雪峰把胡秋原與托派直接扯上關係之後，左聯才開始大張旗鼓的對他進行批判，這一現象又如何解釋？這種種疑點共同說明了關於胡秋原「托派」之名的研究遠沒有達到應有的深度。以「托派」為切入點研究文藝自由論辯，我們所能看到的不是兩種文學觀點的交鋒，也不是左聯的「誤讀」和「宗派情緒」，而是可以將眼光伸向遠方的蘇聯，看到托洛茨基與「崗位」派的文學觀點論辯，以及托洛茨基與斯大林在中國革命問題上的根本分歧，在這一大背景下重新考察文藝自由論辯過程中左聯成員的心態，他們感到胡秋原觀點的傳播既取消了左聯文學理論主張的合法性，又取消了左聯組織機構存在的合法性，於是在一種「自我危機感」的驅使之下與胡秋原進行論爭，並非單純為了捍衛自己所主張的「文學階級性」。

一、從「脫棄『五四』的衣衫」到「注意胡秋原的狡猾」

對於左聯與胡秋原之間的論爭過程，有必要進行一番重新梳理，以看清其中發生的一次劇變，在此，僅將一些重要文章簡單列一個清單，且將蘇汶的文章省略，為了方便觀察，作者均使用目前常用的名字：

1、文化評論社：《真理之檄》，《文化評論》1931 年 12 月 25 日創刊號。

2、胡秋原：《阿狗文藝論》，《文化評論》1931 年 12 月 25 日創刊號。

3、譚四海：《「自由知識階級」的「文化」理論》，《中國與世界》1932 年第 7 期。

4、文藝新聞社：《請脫棄「五四」的衣衫》，《文藝新聞》1932 年 1 月 18 日第 45 號。

5、胡秋原：《錢杏邨理論之清算與民族文學理論之批評》，《讀書雜誌》1932 年 1 月 30 日第 2 卷第 1 期。

6、胡秋原：《勿侵略文藝》，《文化評論》1932 年 4 月 20 日第 4 期。

7、胡秋原：《是誰爲虎作倀？——答譚四海君》，《文化評論》1932 年 4 月 20 日第 4 期。

8、胡秋原：《文化運動問題——關於「五四」答文藝新聞記者》，《文化評論》1932 年 4 月 20 日第 4 期。

9、文藝新聞社：《「自由人」的文化運動——答覆胡秋原和〈文化評論〉》，《文藝新聞》1932 年 5 月 23 日第 56 號。

10、馮雪峰：《「阿狗文藝」論者的醜臉譜》，《文藝新聞》1932 年 6 月 6 日第 58 號。

11、瞿秋白：《文藝的自由和文學家的不自由》，《現代》1932 年 10 月第 1 卷第 6 期。

12、周揚：《到底是誰不要眞理，不要文藝？——讀〈關於《文新》與胡秋原的文藝論辯〉》，《現代》1932 年 10 月第 1 卷第 6 期。

13、魯迅：《論「第三種人」》，《現代》1932 年 11 月第 2 卷第 1 期。

14、胡秋原：《浪費的論爭——對於批評者的若干答辯》，《現代》1932 年 12 月第 2 卷第 2 期。

15、周揚：《自由人文學理論檢討》，《文學月報》1932 年 12 月 15 日第 5、6 號合刊。

16、馮雪峰、瞿秋白：《並非浪費的論爭》，《現代》1933 年 1 月第 2 卷第 3 期。〔註 44〕

根據這個清單，結合所有文章的正文內容，可以看到，在馮雪峰發表《「阿狗文藝」論者的醜臉譜》之前，近半年的時間內幾乎都是胡秋原在發表意見，表現出「針鋒相對」的氣勢，80 年代胡秋原的回憶文章所言「不是我受左聯痛擊，而是左聯受到我的痛擊」〔註 45〕應該是指這一段時間的論爭情況。《「阿狗文藝」論者的醜臉譜》第一次指出了胡秋原的「托派」嫌疑：「胡秋原曾以『自由人』的立場，反對民族主義文學的名義，暗暗地實行了反普洛革命文學的任務，現在他是進一步的以『眞正馬克思主義者應當注意馬克思主義的贗品』的名義，以『清算在批判』的取消派的立場，公開地向普洛文學運動進攻，他的眞面目完全暴露了。……這眞正顯露了一切托洛斯基派和社會民

〔註 44〕《並非浪費的論爭》一文的署名是馮雪峰常用筆名洛揚，據《瞿秋白文集》的注釋，該文係瞿秋白與馮雪峰商量後由瞿秋白執筆寫就。

〔註 45〕胡秋原：《關於一九三二年文藝自由論辯》，《魯迅研究動態》1988 年第 12 期。

主主義派的眞面目！」〔註46〕在這篇文章發表之後的半年時間裏，左聯成員發表了大量文章，而胡秋原只發表了一篇《浪費的論爭》，該文發表後，立即引來了左聯方面針鋒相對的駁斥《並非浪費的論爭》。

進入文章內容中，還會看到一次「問題的中心」的轉變。在《「阿狗文藝」論者的醜臉譜》發表之前，左聯的態度一直是不溫不火，甚至在《請脫棄「五四」的衣衫》一文中沒有與胡秋原正面交鋒，他們此時認爲「問題的中心」是「《文化評論》和胡秋原先生認爲自己是所謂『自由人』，認爲現在要『自由人』的『智識階級，負起文化運動的特殊使命』，來『繼續完成「五四」之遺業』。而《文藝新聞》認爲『當前的文化運動是大眾的——是爲大眾的解放而鬥爭』，認爲脫離大眾而自由的『自由人』已經沒有什麼『「五四」未竟之遺業』；他們的道路只有兩條——或者來爲著大眾服務，或者去爲著大眾的仇敵服務；前一條路是『脫下「五四」的衣衫』，後一條路是把『五四』變成自己的連肉帶骨的皮」〔註47〕，這一段時期，左聯對胡秋原的要求是「請脫棄『五四』的衣衫」，理由在於「中國的文化運動，是跟從歷史的進展，被動於革命的需要，促逼它的演出者——智識階級及學生群眾，早早脫棄那曾光輝絢爛於一時的『五四』的衣衫！而現在，則是需要——應當——集合在反帝國主義的戰旗之下從事於反帝的文化鬥爭。狂飆之下，敗葉殘枝無其庸附，一切風前殘燭的『封建意識形態的殘骸與變種』，在大的動律中，我們要把它『行將入木』的速度，扭現在目前。然而我們的步武，卻斷斷乎不是『五四』的」，在這種要求之下，左聯「吶喊」的是「把火力集中起來」〔註48〕。然而，在要求胡秋原「脫棄『五四』的衣衫」的過程中，左聯逐漸發現了他「用『大家不准侵略文藝』的假面具，來實行攻擊無產階級的階級文藝」〔註49〕，於是迅速改變了「問題的中心」，指出：「而胡秋原的主義，是文學的自由，是反對文學的階級性的強調，是文學的階級的任務之取消。這是一切問題的中心！」〔註50〕此處所謂的「文學的階級的任務之取消」即「『清算再批判』的

〔註46〕洛揚：《「阿狗文藝」論者的醜臉譜》，《文藝新聞》1932 年第 58 號。

〔註47〕文藝新聞社：《「自由人」的文化運動——答覆胡秋原和〈文化評論〉》，《文藝新聞》1932 年第 56 號。

〔註48〕文藝新聞社：《請脫棄「五四」的衣衫》，《文藝新聞》1932 年第 45 號。

〔註49〕文藝新聞社：《「自由人」的文化運動——答覆胡秋原和〈文化評論〉》，《文藝新聞》1932 年第 56 號。

〔註50〕洛揚：《「阿狗文藝」論者的醜臉譜》，《文藝新聞》1932 年第 58 號。

取消派的立場」，「取消派」就是「托陳取消派」、中國「托派」的簡稱。在「問題的中心」轉變之後，左聯馬上顯現出一種「勢不兩立」的語氣，堅決認定胡秋原「所謂『自由人』的立場不容許他成爲眞正的馬克思主義者」，「他所擁護的，不是什麼馬克思主義的文藝理論」，〔註51〕並且給他冠以「社會民主黨」、「取消派」、「文學領域內的社會法西斯蒂」等等一連串「反動勢力」的名稱〔註52〕。

綜合以上現象來看，左聯對於胡秋原的自由主義立場及其相關文學理論觀點只是一般性的辯論，所不滿的是《文化評論》上提出的「現在正是需要我們來徹底重新估定一切價值的時代」〔註53〕，在左聯看來，「在一九三一年底，中國階級鬥爭緊張到了爭取政權的階段，『一切』已在無情的鬥爭中，付與『價值』，而文化評論社的主張則「是放棄現實任務，關門埋首窗下的書生方法」〔註54〕，但這並沒有引起左聯的激烈反應。可見，眞正讓左聯集中火力群起而攻之的，並將論爭矛盾激化的，是胡秋原的「托派」嫌疑。左聯成員們的批判聲，貌似理直氣壯、響亮有力，但是其中流露出來的是一種「自我危機感」，如果僅局限於文藝自由論辯範圍內，我們無法體會到這種感覺，但是，當我們將這場論辯放置在更大的背景之下，就可以明顯感受到左聯因自身理論和組織存在的合法性受到威脅而表現出的極力的自我辯護。

二、「普洛文化否定論本來是托洛茲基的有名的理論」

在蘇聯文壇上，托洛茨基、沃隆斯基及其追隨者曾與瓦爾金、列列維奇、阿維爾巴赫等「崗位」派成員進行了一次論辯，這次論辯從 1923 年開始，一直持續到1925 年蘇聯頒佈《關於黨在文學方面的政策》爲止。「崗位」派成員的核心觀點是「必須從純政治的角度來看待文藝問題」〔註55〕，「文學是階級鬥爭的強大武器。如果馬克思關於『統治階級的思想在每一時代都是占統治地位的思想』這個指示是正確的，那麼，無產階級的統治同非無產階級思想意識、因而也同非無產階級文學的統治不能並存，就是無可爭議的。

〔註51〕易嘉：《文藝的自由和文學家的不自由》，《現代》1932 年第 1 卷第 6 期。
〔註52〕綺影：《自由人文學理論檢討》，《文學月報》1932 年第 5、6 號合刊。
〔註53〕文化評論社：《眞理之檄》，《文化評論》1931 年創刊號。
〔註54〕譚四海：《「自由知識階級」的「文化」理論》，《中國與世界》1932 年第 7 期。
〔註55〕《關於俄共（布）的文藝政策問題——專題討論會速記稿》，載《「拉普」資料彙編》，中國社會科學出版社 1981 年版，第 162 頁。

如果無產階級在自己專政時期，不能逐漸佔領意識形態的全部陣地，它就將不再是統治階級。階級社會中的文藝不僅不可能是中立的，而且是積極地爲一定階級服務的」，「有關什麼在文學領域內不同的文學思想流派可以和平合作與和平競賽的談論是反動的空想。布爾什維主義一貫地與這種反動空想進行鬥爭。階級鬥爭規律在意識形態領域、文學領域，同在其他社會生活領域是一樣起作用的」〔註56〕，這種對「無產階級文學」、文學「階級性」的極力倡導的根本理由在於：「共產主義絕不是要創建全人類的國家，而只是要消滅國家。但是在過渡時期，我們要建設無產階級國家。這樣，馬克思主義、蘇維埃組織、我們的工會，這一切都同樣是無產階級文化的各個部分，而且恰恰是與過渡時期相適應的部分。怎麼能說在我們這裡不能產生作爲向共產主義藝術過渡的無產階級藝術呢？」〔註57〕並且他們還以現實的文學發展情況作爲依據：「無產階級文學現在不過是剛剛在誕生。它僅僅在幾個月的時間裏，就取得了很大的成就。因此不應當爲工人階級還沒有產生天才作家而感到驚訝，而應當爲在較短的時間裏從工農階級中出現了有才華的作家，爲能夠在工廠中、在工人通信員、工人大學生和共青團員等等當中組織起了廣大的文學研究會聯絡網而感到驚訝，這是具有更重要意義的事。在國內戰爭結束後的第四年便興起了工農階級的廣闊的文學運動，我們可以爲此而感到驚訝。」〔註58〕

　　對於「崗位」派的觀點，托洛茨基明確表示反對。首先，針對「崗位」派強調的文學「階級性」問題，托洛茨基認爲「不能像對待政治那樣來對待藝術」，「對待藝術就應當有像對待藝術的樣子，對待文學，就應當有像對待文學、對待人類創作的完全特殊的領域的樣子。當然，我們對待藝術也有階級立場，但是這個階級立場必須經過藝術的折射。也就是應當適應於要用我們的標準去衡量的創作的完全獨特的特性」〔註59〕，而且文學藝術的創造是不能被局限在某一政治群體或者階級範圍內的，「一定時代的藝術創作如同極

〔註56〕　《第一次全蘇無產階級作家會議決議》，載《「拉普」資料彙編》，中國社會科學出版社1981年版，第170頁。

〔註57〕　《關於俄共（布）的文藝政策問題——專題討論會速記稿》，載《「拉普」資料彙編》，中國社會科學出版社1981年版，第165～166頁。

〔註58〕　《關於俄共（布）的文藝政策問題——專題討論會速記稿》，載《「拉普」資料彙編》，中國社會科學出版社1981年版，第139～140頁。

〔註59〕　《關於俄共（布）的文藝政策問題——專題討論會速記稿》，載《「拉普」資料彙編》，中國社會科學出版社1981年版，第156～157頁。

其複雜的紡織品那樣，不是靠某個團體或專門研究會的方法自動造出來的，而是首先靠與同路人和各個團體的複雜的相互作用創造出來的」〔註60〕，另外，「藝術創作在本質上是比其他表現人的精神的方法更遲出現的，要表現一個階級的精神更不用說。理解某一事物，並邏輯地表達這一事物是一回事，但是有機地把握這個新事物，重新建立自己的感情境界，並為這個新境界找出藝術表現，是另一回事。這第二個過程更為有組織地、更為緩慢地、因而也更困難地跟從意識活動，其結果總是要落後」〔註61〕，「並不是因為藝術創作是神聖的、神秘的，而是因為藝術具有自己的手法和方法。這首先是由於在藝術創作中下意識的過程起著很大的作用。藝術創作要緩慢得多，懶散的多，更不聽從監督和指導，因為它是下意識的東西」〔註62〕。其次，對於「崗位」派所倡導的「無產階級文學」，托洛茨基認為根本不可能存在，因為「工人階級在文化上非常落後。大多數工人不大識字，甚至完全是文盲，僅此一點，就成了這條路上的最大障礙。況且只要無產階級還是個無產階級，它就被迫要把自己比較好的力量花費在政治鬥爭上，花費在恢復經濟和滿足最起碼的文化要求上，花費在同文盲、不衛生、梅毒等等的鬥爭上。當然也可以把無產階級的政治方法和革命風尚叫作它的文化，但這種文化，概括地說，是隨著新的真正的文化的發展，注定要滅亡的文化。而那種新文化，在無產階級愈來愈不再是無產階級的時候，即社會主義將愈來愈迅速而完備地得到發展的時候，將愈來愈成為文化的」〔註63〕。

托洛茨基的觀點得到了為數不少的一批人的贊成和支持，他們一致認為「崗位」派的「階級性」文學觀點是一種「糊塗觀念」，是「對『文學富農』的恐懼」〔註64〕，由於載有托洛茨基觀點的《文學與革命》曾一度作為蘇聯的文學理論教科書，其影響之廣泛可想而知。在「崗位」派眼中，「無產階級

〔註60〕 《關於俄共（布）的文藝政策問題——專題討論會速記稿》，載《「拉普」資料彙編》，中國社會科學出版社1981年版，第150頁。

〔註61〕 《關於俄共（布）的文藝政策問題——專題討論會速記稿》，載《「拉普」資料彙編》，中國社會科學出版社1981年版，第146頁。

〔註62〕 《關於俄共（布）的文藝政策問題——專題討論會速記稿》，載《「拉普」資料彙編》，中國社會科學出版社1981年版，第157頁。

〔註63〕 《關於俄共（布）的文藝政策問題——專題討論會速記稿》，載《「拉普」資料彙編》，中國社會科學出版社1981年版，第157～158頁。

〔註64〕 約諾夫：《論無產階級文化、崗位派的糊塗觀念及其對「文學富農」的恐懼》，載《「拉普」資料彙編》，中國社會科學出版社1981年版，第259頁。

文化和文學的最頑固的敵人是托洛茨基和沃隆斯基同志」，並將這一看法寫入了《第一次全蘇無產階級作家會議決議》，以五分之一的篇幅進行充分闡述。

中國的左聯成員對托洛茨基與「崗位」派的論爭情況以及雙方觀點非常熟悉。在左聯成立以前，魯迅、馮雪峰、瞿秋白、郭沫若、李初梨、茅盾等一大批革命文學倡導者的思想就已經受到了托洛茨基與「崗位」派論爭的影響，這一影響之大，已經有學者進行了深入系統的梳理〔註65〕，在此不再贅述。「崗位」派後來經過一系列分化重組，逐漸演變成「俄羅斯無產階級作家聯合會」，即「拉普」，「『拉普』的前身崗位派的文學觀點曾經反映在中國『革命文學』論爭中，『拉普』1926年以後關於創作方法的探討也曾經由太陽社介紹藏原惟人的『新寫實主義』折射到中國。中國『左聯』與蘇聯『拉普』直接建立組織上和思想上的聯繫則是在1930年末。這年11月6日至14日，國際革命作家聯盟在蘇聯烏克蘭的哈爾科夫召開第二次國際革命作家代表會議，中國『左聯』在這次大會上被吸收，成為聯盟的一個支部。至此，『左聯』作為國際聯盟的一個組織，接受其指導，貫徹會議精神。從這時至1932年4月，國際聯盟中主要是『拉普』在起領導作用。聯盟的刊物《國際革命文學》也發行到中國，『左聯』刊物上有不少文章是從這個刊物上譯出的」〔註66〕。

根據以上種種思想影響情況和組織關係可以確定，左聯在1930年代之初就已經非常清楚托洛茨基觀點對文學「階級性」觀點、「無產階級文學」觀點的強大衝擊力和威脅，這在左聯的一些重要文件資料中有所流露，在1930年4月29日的左翼作家聯盟大會上，「反對取消理論的鬥爭」被列為10個決議案的第6位〔註67〕，在1930年8月4日左聯執行委員會通過的《無產階級文學運動新的情勢及我們的任務》中多次表示要嚴格防範「傳達資產階級對工人影響的托羅茨基主義的秘密輸入」〔註68〕，在1931年11月中國左翼作家聯盟執行委員會的決議中進一步明確將「反對民族主義，法西斯主義，取消派，以及一切反革命的思想和文學」列入6項「新的任務」之中〔註69〕。

〔註65〕 參見艾曉明：《中國左翼文學思潮探源》，北京大學出版社2007年版，第一章。

〔註66〕 艾曉明：《三十年代蘇聯「拉普」的演變與中國「左聯」》，《中國現代文學研究叢刊》1991年第1期。

〔註67〕 《左翼作家聯盟的兩次大會紀略》，《新地月刊》1930年第6期。

〔註68〕 《無產階級文學運動新的情勢及我們的任務》，《文化鬥爭》1930年第1卷第1期。

〔註69〕 《中國無產階級革命文學的新任務》，《文學導報》1931年第1卷第8期。

三、胡秋原：托洛茨基「說得很正確貼切」

在梳理完「遠方」的背景之後，回到胡秋原與左聯的論爭，首先需要明確一個問題，即胡秋原在多大程度上表現出了與托洛茨基一致的觀點，換句話說，當時的梁實秋、蘇汶等人都表達了對文學「階級性」觀點的反對意見，為什麼只有胡秋原被戴上了「托派」的帽子。

1928 年，胡秋原在《革命文學問題——對於革命文學的一點商榷》一文中引述了托洛茨基的一些話，其中有一個觀點值得注意：「托洛斯基在他的《文學與革命》裏也說，『單據馬克思主義的原則以批評藝術的創作，反對或贊成藝術的創作，我相信不很妥當的。藝術品第一要由它的固有的法則，即藝術的法則而批評的。但只有馬克思主義可以說明一定時代所發生的一定傾向的起源及原因。……』」這正是托洛茨基在與「崗位」派論爭時表達的主要觀點，胡秋原在引述這句話之後，立即表示：「這也是說得很正確貼切的話。」綜觀全文，胡秋原正是結合托洛茨基與「崗位」派的論爭來理解和接受這一觀點的，他針對當時中國革命文學界普遍流行的「文學是階級的武器」的觀念，指出「這也不是我們革命文學批評家的創見；俄羅斯文壇中『納巴斯徒』Na pastu 派早就斬釘截鐵的肯定，『文藝作品無論是涉及什麼的，不是為勞動階級的武器，就是反勞動階級的利刃』，並且肯定，『從前的文學，都充滿特權階級的精神』」，這裡的「『納巴斯徒』Na pastu 派」就是「崗位」派的音譯，接下來，胡秋原根據托洛茨基評價詩《十二個》的觀點以及托洛茨基、沃隆斯基與「崗位」派論爭時表達的觀點，以舉例說明的方式認為「如果文學都是階級鬥爭的工具，我們不知道莎士比亞的戲曲，歌德的《浮士德》與《維特之煩惱》，雪萊，渥特渥斯，勃朗寧的詩，以及其他許多作家的作品，如果我們不便下一句『毫無價值』的批判，實在是不容易說他們做了那一階級的武器。就是宣傳『愛的福音』的托爾斯泰，宣傳『新英雄主義』的羅曼羅蘭，最沉摯的人道主義作家陀斯妥夫斯基，如謂他們是那一階級的工具或武器，也實在不免冤枉。就是涉及革命的作品罷，在屠介涅夫的《荒地》，路卜洵的《灰色馬》，阿爾志跋綏夫的《工人綏惠略夫》與《沙寧》，其中所流露的思想，恐怕無論送給那一個『階級的武器』，也沒有人要；然而他們確實做到了『藝術的真實』，永遠地感動我們」。就是安特列夫的作品，是『革命』所棄絕的，然而安特列夫的《疑問》與《絕望》，亦處處激動著我們的

心；他們的作品的藝術的價值，永遠爲我們所珍視」。〔註 70〕

可見，對於托洛茨基與「崗位」派的論爭，胡秋原與當時中國革命文學界的主要倡導者不同，他明顯是贊成托洛茨基的觀點、站在托洛茨基的立場上的。這種姿態在 1930 年代文藝自由論辯過程中依然被保持著，他爲反駁譚四海而作的《是誰爲虎作倀？》一文中又一次提到托洛茨基與「崗位」派的論爭，雖然他聲稱「我並不打算援引托洛茲基，瓦浪斯基的主張爲自己辯護」，但是仍然表示「請四海君翻翻中譯《蘇俄文藝論戰》，《文學與革命》，但譯文我不能保險，後者有英日譯」，《文學與革命》即托洛茨基的著名文學理論著作，此外，還引述了來自沃隆斯基的觀點「藝術是生活之表現，認識，與批評」。〔註 71〕沃隆斯基的這一觀點還被胡秋原在其他文章中引述過，比如在《阿狗文藝論》中直接作爲自己的觀點提出：「因爲藝術只有一個目的，那就是生活之表現、認識與批評。偉大的藝術，盡了表現批評之能事，那就爲了藝術，同時也爲了人生。」〔註 72〕

實際上，胡秋原在文藝自由論辯的多篇文章中經常表達出與托洛茨基一致的觀點，且全部針對「無產階級文學」、文學「階級性」、以政治的眼光看待文學一類的觀點，在此僅列舉幾個例子以觀其大概。「藝術者，是思想感情之形象的表現，而藝術之價值，則視其所含蓄的思想感情之高下而定。所以，偉大的藝術，都具有偉大的情思。而偉大藝術家，常是被壓迫者，苦難者的朋友。自然，這並不是說藝術家都不是統治階級的代言人，然而，他（如果夠得上說是一個藝術家）即令表現上層階級之理想與意識，常是無意識的，如果有意識爲特權階級辯護，那藝術沒有不失敗的。」「藝術雖然不是『至上』，然而決不是『至下』的東西。將藝術墮落到一種政治的留聲機，那是藝術的叛徒。」「將文藝與政治混爲一物，已經表示他們沒有談文藝的資格。……那就是說，文藝是政治的走狗，文藝又是政治的忠臣。嗚呼，這是阿狗文藝的肺腑！」〔註 73〕「有某種政治主張的人，每喜歡將他的政見與文藝結婚，於是乎有 A 主義文藝，X 主義文藝，以至 Z 主義文藝，五光十色，熱鬧得很。……我們固然不否認文藝與政治意識之結合，但是：1.那種政治

〔註 70〕 冰禪：《革命文學問題——對於革命文學的一點商榷》，《北新》1928 年第 2 卷第 12 期。

〔註 71〕 胡秋原：《是誰爲虎作倀？——答譚四海君》，《文化評論》1932 年第 4 期。

〔註 72〕 胡秋原：《阿狗文藝論》，《文化評論》1931 年創刊號。

〔註 73〕 胡秋原：《阿狗文藝論》，《文化評論》1931 年創刊號。

主張，應該是高尚的，合乎時代最大多數民眾之需要的；如樸列汗諾夫所說，『藝術之任務，其描寫使社會人起興味，使社會人昂奮的一切東西。』2.那種政治主張不可主觀地過剩，破壞了藝術之形式；因為藝術不是宣傳，描寫不是議論。不然，都是使人煩厭的。」〔註74〕「因為，青野氏之目的意識論，雖然結局在實踐上是有力的文學理論，但是算不得真實文藝理論的。因為，這不過是以關於文藝的文字堆集起來的單純政治理論。以這個問題為中心，引起日本無產者文藝理論之混亂，原因亦在於此，一將這『目的意識』應用到藝術作品上，遂成為『政治暴露』及『進軍喇叭』之理論，遂至抹殺藝術之條件及其機能，事實上達到藝術之否定。」〔註75〕

　　雖然胡秋原在 1932 年底做出了一些理論調整，表示了：「在 1932 年還要來證明文藝階級性，那無異於來證明地球是圓形一樣了。」「在今日的理論界，或許問題不在忽視文藝之階級性，而在誤解文藝之階級性。」〔註76〕但是，他已經在大量文章中表達了與托洛茨基一致的觀點，長期以來在種種迹象上顯現出與托洛茨基一致的立場，對文學「階級性」、「無產階級文學」一類的觀點進行了強烈批評，事後的理論微調已經無濟於事了。

四、左聯：「現在非要加緊暴露和鬥爭不可」

　　當馮雪峰意識到胡秋原表現出來的托洛茨基文論觀點和立場的時候，立即發表了《「阿狗文藝」論者的醜臉譜》，左聯一批主要成員也立即表現出一種「危機感」，因為托洛茨基與「崗位」派的論爭是當時中國文學界非常熟悉的一次文學事件，胡秋原對這場論爭的態度以及由此引申出的觀點的不斷發表，總能讓人聯想到「崗位」派「無產階級文化和文學的最頑固的敵人」托洛茨基，這對左聯文學主張存在的合法性構成了直接的和根本的威脅。

　　在 1930 年 3 月 2 日左聯成立大會上通過的《中國左翼作家聯盟底理論綱領》中，旗幟鮮明的提出：「帝國主義的資本主義制度已經變成人類進化的桎梏，而其『掘墓人』的無產階級負起其歷史的使命，在這『必然的王國』中作人類最後的同胞戰爭——階級鬥爭，以求人類徹底的解放。那麼，我們不能不站在無產階級的解放鬥爭的戰線上，攻破一切反動的保守的要素，而發展被壓

〔註74〕H.C.Y：《勿侵略文藝》，《文化評論》1932 年第 4 期。
〔註75〕胡秋原：《錢杏邨理論之清算與民族文學理論之批評》，《讀書雜誌》1932 年第 2 卷第 1 期。
〔註76〕胡秋原：《關於文藝之階級性》，《讀書月刊》1932 年第 3 卷第 5 期。

迫的進步的要素，這是當然的結論。我們的藝術不能不呈現給『勝利不然就死』的血腥的鬥爭。……因此，我們的藝術是反封建階級的，反資產階級的，又反對『失掉社會地位』的小資階級的傾向。我們不能不援助而且從事無產階級藝術的產生。」〔註77〕堅持文學的「階級性」、倡導「無產階級文學」、以文學的方式為階級鬥爭服務是左聯基本的理論主張，這一點無需做過多的論證。

面對胡秋原的觀點，左聯的反應就像是一次有組織、有計劃的「自衛反擊戰」，他們出於對自我理論主張的維護而進行辯論，但辯論文章明顯表現出理論探討欠缺、攻擊性言辭過盛的特點，從這一角度來看，與其說這是一次理論探討、爭辯，不如說這更像是一次與敵人之間「你死我活」的鬥爭。

一方面，左聯所耿耿於懷的「不在反不反對為革命，而在承不承認革命普洛藝術」、「胡秋原雖然口頭上承認普洛文學的存在，但實際上是等於不承認的」〔註78〕，而「普洛文化否定論本來是托洛茲基的有名的理論」〔註79〕，因此，「這真正顯露了一切托洛斯基派和社會民主主義派的真面目」〔註80〕。這種來自胡秋原的「猖狂」理論進攻，使左聯成員深深感受到形勢已經萬分危急，這在他們的文章中表現得非常明顯，比如「胡秋原在這裡不是為了正確的馬克思主義的批評而批判了錢杏邨，卻是為了反普洛革命文學而攻擊了錢杏邨；他不是攻擊杏邨個人，而是進攻整個普洛革命文學運動。胡秋原曾以『自由人』的立場，反對民族主義文學的名義，暗暗地實行了反普洛革命文學的任務，現在他是進一步的以『真正馬克思主義者應當注意馬克思主義的贗品』的名義，以『清算再批判』的取消派的立場，公開地向普羅文學運動進攻，他的真面目完全暴露了」〔註81〕，「胡秋原先生的文藝理論，其實是反對階級文學的理論。……然而胡先生的確說過了文學的最高目的在於消滅人類間的一切借機隔閡；而且胡先生的確沒有一次肯定文藝的階級性，而只申明永遠相信『文藝的高尚情思』。以前錢杏邨的錯誤是只看見所謂時代文藝，而不看見階級文藝。而現在胡秋原是看見了階級文藝而認為這算不了文藝，而只是『政治的留聲機』，這是『藝術的叛徒』」〔註82〕，「這位理論家是

〔註77〕《左翼作家聯盟底成立》，《萌芽月刊》1930 年第 1 卷第 4 期。
〔註78〕綺影：《自由人文學理論檢討》，《文學月報》1932 年第 5、6 號合刊。
〔註79〕綺影：《自由人文學理論檢討》，《文學月報》1932 年第 5、6 號合刊。
〔註80〕洛揚：《「阿狗文藝」論者的醜臉譜》，《文藝新聞》1932 年第 58 號。
〔註81〕洛揚：《「阿狗文藝」論者的醜臉譜》，《文藝新聞》1932 年第 58 號。
〔註82〕易嘉：《文藝的自由和文學家的不自由》，《現代》1932 年第 1 卷第 6 期。

以口頭上擁護馬克思主義甚至藍寧主義，來曲解，強姦，閹割馬克思藍寧主義，以口頭上同情中國普洛革命文學，來巧妙地破壞中國普洛革命文學的」，「他對於藍寧主義的黨派性是取了怎樣輕蔑的態度，他對於藍寧的『不屬於黨的文學家滾開罷』這句話投來了怎樣可憐的阿Q式的嘲笑，這是誰都可以看得出來的」，「胡秋原的這種文藝消極論，實際上，是否定文學的積極的，實踐的任務——即文學的政治的意義，換言之，就是取消文學的武器作用。……胡秋原之抹殺文學的階級性，文學的積極作用，其目的也正就是在取消文學上的階級鬥爭」〔註 83〕。從「進攻整個普洛革命文學運動」、「公開地向普羅文學運動進攻」、「巧妙地破壞中國普洛革命文學」、「抹殺文學的階級性」、「取消文學上的階級鬥爭」等等關鍵性的語句來看，這一系列言語都是大而化之的闡述胡秋原對左聯文學理論主張的威脅，並沒有說明具體表現在哪些方面，對於這種表述，我們可以做出另一種理解，即這些語言不是為了說明胡秋原理論的錯誤、不是為了表達左聯的某種具體觀點，而是為了表達左聯的一種心情，這種心情可以概括為「中國普洛革命文學運動已經到了最危險的時候」。

　　另一方面，面對嚴峻的形勢，左聯迫不及待地表示「對於他及其一派，現在非要加緊暴露和鬥爭不可」，「現在就必須趕快比較有系統的更詳細的給他批駁」，甚至不無懊悔的表示「在這裡，我們還非在你和一切讀者面前承認又一個錯誤不可，就是對於胡秋原的理論，我們太不及早的給以暴露了，否則，他的反動性可以早些暴露」。〔註 84〕但是左聯的「暴露和鬥爭」明顯表現出「簡單粗暴」的特點，瞿秋白、周揚、馮雪峰等左聯成員匆忙上陣，所寫的文章基本沒有對胡秋原的主張做認真細緻的分析並予以逐條批駁，實際上，他們也沒有必要做任何分析，因為這本身不是一個理論的「對錯」問題，他們所需要的只是將這一威脅自身文學主張的觀點掛靠到「普洛文化否定論」、托洛茨基主義等等「反革命」理論上面，將它與馬克思主義文藝理論劃清界限，以保證自己主張的合法性和革命性。因此，他們可以粗線條地勾勒：「他就認為藝術是獨立的，藝術有尊嚴，有宮殿，有人格，他勸告一些政治派別說：『勿侵略文藝』。他一再的宣言：藝術絕不是至下的東西。胡秋原先生如果不承認自己是藝術至上論派，那麼，至少他的理論可以叫做藝術高尚

〔註83〕綺影：《自由人文學理論檢討》，《文學月報》1932 年第 5、6 號合刊。
〔註84〕洛揚：《「阿狗文藝」論者的醜臉譜》，《文藝新聞》1932 年第 58 號。

論。他所擁護的，不是什麼馬克思主義的文藝理論……」〔註 85〕也可以武斷地宣稱：「總括起來說：以一面在藝術的根本認識上，抹殺藝術的階級性，黨派性，抹殺藝術的積極作用和對於藝術的政治的優位性，來破壞普洛文學的能動性，革命性，一面以普洛文化否定論作理論基礎，來根本否認普洛文學的存在，在意識形態領域的文學上解除普洛列塔利亞特的武裝，這就是胡秋原，這位自由主義的馬克思主義文學理論家的任務。」〔註 86〕甚至可以直接給他冠以一系列「莫須有」的罪名：「跟著目前中國革命危機的深入，和政治上的社會民主黨，取消派相應，文學領域內的社會法西斯蒂也穿起『自由人』的衣裳，高揭『馬克思主義文學理論之擁護』的旗幟，昂然闊步地登上中國的文壇了。」〔註 87〕並以略帶威脅的語氣要求他必須放棄原有的文學觀點：「例如胡秋原先生最氣我曾說過他是社會民主主義派托羅茨基派的文藝理論家，但如果胡秋原先生不改正自己的錯誤，不真的從反動派別裏面脫離出來，則雖更氣些他也還是這樣的一個理論家，因為首先第一他的去過勢的馬克思主義的文藝理論，恰正形成我所指說的反革命派別的政治主張之在文藝理論上的反映；其次胡秋原先生自己無論怎樣愛潔，高尚，同時我們相信他本人和那些反革命派人也確有多少的不同，但事實上他至少被他們利用著，並且他也彷彿甘心被利用，在群眾面前他已經是敵人的衝鋒裏面的一個了。事實上是如此，客觀上是如此。」〔註 88〕

五、共產國際：「嚴防托派對革命高潮所採取的取消主義立場」

研究胡秋原與左聯的論辯，還應該注意一個隱含的背景，即斯大林與托洛茨基關於中國革命的意見分歧，以及這一分歧對中共中央的影響。

面對 1927 年後中國共產黨在國民革命運動中的遭遇，斯大林和托洛茨基分別形成了兩種截然相反的意見，斯大林認為中國革命已經到了高潮，中國共產黨已經掌握了自己的軍隊，應該在白色恐怖之下進行武裝起義，公開進行反對國民黨的鬥爭，直至奪取政權，在這一意見之下，中共中央進行了南昌起義、廣州起義等武裝行動，然而，最終均告失敗，另外，還應該著力解決農民的土地問題，在工人階級的領導下，以雇農和貧農為主力，同時聯合

〔註 85〕易嘉：《文藝的自由和文學家的不自由》，《現代》1932 年第 1 卷第 6 期。
〔註 86〕綺影：《自由人文學理論檢討》，《文學月報》1932 年第 5、6 號合刊。
〔註 87〕綺影：《自由人文學理論檢討》，《文學月報》1932 年第 5、6 號合刊。
〔註 88〕洛揚：《並非浪費的論爭》，《現代》1933 年第 2 卷第 3 期。

中農，進行土地革命，並把土地國有化作爲中心口號來宣傳，並要把實際實現這個口號同掀起全國革命高潮和爭取工農革命民主專政的勝利聯繫起來。托洛茨基認爲：「在上海和武漢的反革命政變之後，我們左派共產黨人再三警告，第二次中國革命已經結束，反革命的暫時勝利已經來臨，在群眾消沉和疲憊的情況下，讓先進工人起義的企圖必然意味著進一步罪惡地消滅革命力量。我們要求轉入防禦，鞏固黨的地下組織，參加無產階級的經濟鬥爭，在民主口號——中國的獨立、它的各民族的自決權、國民會議、沒收土地、八小時工作制——下動員群眾。這樣的政策應該爲共產黨先鋒隊提供逐漸擺脫遭受的失敗、恢復與工會和城鄉無組織群眾聯繫的機會，以便今後全副武裝地迎接新的革命高潮。」「當斯大林分子說農民在中國的大部分地區建立的蘇維埃政權時，他們不但是在暴露他們的輕信和輕浮，而且是在模糊、歪曲中國革命的基本問題。」〔註 89〕托洛茨基的主張被陳獨秀及其領導的中國托派組織所接受，在共產國際和中國共產黨的文件中，被稱爲「取消主義」、「托洛茨基主義」、「托陳取消派的主張」等等。

　　在 20 年代末 30 年代初，托洛茨基已經在與斯大林的政治鬥爭中失勢，並被開除出黨、驅逐出國，因此，他的「中國革命低潮論」無法對共產國際的決策產生任何影響，而斯大林的「中國革命高潮論」則成爲共產國際的主要論調，並通過各種會議決議和政策文件直接影響著中共中央，在這些決議和政策文件中，始終貫穿著與托洛茨基主張的鬥爭，並經常專門以較大篇幅來闡述。就左聯成立前後一段時間來看，1929 年，共產國際就以「工人運動高漲起來，它是革命高潮到來的前奏」爲前提，致信告誡中共中央要警惕「在共產黨內，對黨的策略和政策的基本問題，還存在著嚴重的搖擺不定的情況（陳獨秀的取消派同『改組派』和黃色工會官僚聯合的趨向，否定支持和領導農民戰爭的必要性的趨向），這就阻礙了黨在革命高潮日益發展的新形勢下去領導群眾的獨立鬥爭」，並要求「現在，黨應當比任何時候都更保持思想上的布爾什維克的一致性。黨應當同陳獨秀的取消主義綱領進行無情的鬥爭，因爲這個綱領否定正在發展中的革命高潮，甚至否定革命高潮必然到來的客觀前提。必須繼續加緊揭露托洛茨基主義的反革命本質，同時要指明，托洛茨基分子的『社會主義』革命的觀點，實質上是右傾取消主義分子的論點的

〔註 89〕《致中國和全世界共產黨員——論中國革命的任務和前景》，載《托洛茨基論中國革命》，陝西人民出版社 2011 年版，第 363、364 頁。

補充。黨應當把自己隊伍中的那些隱蔽的托洛茨基分子和取消主義分子清洗掉。」〔註90〕1930 年，又通過共產國際第六次代表大會形成決議，並在此影響下使中國共產黨第六次代表大會形成了具有相同意見的決議，認爲「中國將不可避免地出現新的革命高潮。……同右傾機會主義的投降派、托派、陳獨秀分子以及其他取消主義者的預言相反，中國革命運動的新高漲，已成爲無可爭辯的事實」，「黨應當揭露陳獨秀分子和托洛茨基分子的反革命工賊作用，使他們打算聯絡群眾組織的圖謀不能得逞。黨應當揭穿托派理論的反革命實質，這種理論實際上是要掩蓋托派對新的革命高潮所採取的明顯的取消主義立場；他們提出召開立憲會議的口號，表現了他們十分輕視不斷發展的群眾性的農民革命鬥爭，而對國民黨和帝國主義則極力阿諛逢迎，這種理論也是爲了掩飾他們的這種態度」〔註91〕。這一系列要求是與共產國際對各國共產黨的要求相一致的：「可以肯定，托派叛徒和右派叛徒在一切基本的政策和策略問題上，觀點是完全一致的，他們都是以社會民主派直接代理人的身份力圖協調一致地從事瓦解共產黨的活動，從而達到公開結盟的地步（漢堡和中國）。各國共產黨堅決反對社會民主派的鬥爭，是同爭取群眾轉向共產主義方面的任務密切相關，因而必須無情地揭露那些打著共產黨旗號的、以右派叛徒和托派叛徒爲代表的社會民主派代理人，必須進一步清除那些企圖在黨內起同樣作用的分子，必須克服共產黨隊伍中的一切機會主義傾向，既要克服作爲主要危險的右傾，又要克服『左傾』」〔註92〕，

六、左聯對自身存在意義的捍衛

根據共產國際和中共中央對「革命高潮」的認定，左聯這個組織存在的意義就是在中共領導下參與革命鬥爭，以領導無產階級文學運動的方式公開與國民黨爭奪輿論宣傳陣地，它不僅是一個作家聯盟，而且是一個在革命高潮時期配合中共武裝反抗、進行階級鬥爭的組織。對於這一點，左聯有清醒的認識，在它的各種文件中，諸如「中國的革命工農勢力，一天澎漲一天，

〔註90〕 《共產國際執行委員會給中國共產黨中央委員會的信》，載《共產國際有關中國革命的文獻資料 1929～1936》，中國社會科學出版社 1982 年版，第 81、85、87～88 頁。

〔註91〕 《共產國際執行委員會關於中國問題的決議》，載《共產國際有關中國革命的文獻資料 1929～1936》，中國社會科學出版社 1982 年版，第 92、97 頁。

〔註92〕 《世界經濟危機和日益迫近的殖民地革命高潮》，載《共產國際有關中國革命的文獻資料 1929～1936》，中國社會科學出版社 1982 年版，第 90～91 頁。

任何統治階級已都顯出手忙腳亂的情勢；所以事實上只能放棄鄉村，把持城市。近來農村土地革命的迅速蔓延，和城市工人鬥爭的慘遭高壓，都可以說明革命高潮的快要到來」〔註93〕，「整個世界都在革命的前夜，特別是中國革命快要到高潮的時期。我們知道中國革命一定會碰到和帝國主義者最殘酷的鬥爭，同時也會掀起全世界革命的高潮」〔註94〕一類的觀點均與共產國際和中共中央對當時革命情況的認定保持一致，在這種認定之下，左聯非常明確的表示：「革命的文學家在這個革命高潮到來的前夜，應該不遲疑地加入這艱苦的行動中去，即使把文學家的工作地位拋去，也是毫不足惜的。」〔註95〕「無產階級文學運動應該爲蘇維埃政權作拼死活的鬥爭。蘇維埃文學運動應該從這個血腥的時期開始。」〔註96〕並將「在文學的領域內，加緊反帝國主義的工作；加緊反對帝國主義戰爭，特別是進攻蘇聯與瓜分中國的帝國主義戰爭的工作」、「在文學的領域內，加緊反對豪紳地主資產階級軍閥國民黨的政權；反對軍閥混戰，特別是進攻蘇維埃紅軍的戰爭」、「在文學的領域內，宣傳蘇維埃革命以及煽動與組織爲蘇維埃政權的一切鬥爭」〔註97〕等戰鬥要求列爲左聯的主要任務。

根據對自身存在意義的認識，以及共產國際與中共中央關於反托派鬥爭的要求，面對中國托派組織的各類宣傳活動，左聯明確表示：「只有取消派和文學上的法西斯蒂組織民族主義文學派的小嘍囉才不能夠從中國無產階級文學運動之歷史的發展來注解『左聯』產生的意義。」〔註98〕因此，在發現胡秋原的托派嫌疑之後，他們對胡秋原反對「將文藝與政治混爲一物」的主張非常敏感，並將之與「文學的階級的任務之取消」聯繫起來，在左聯成員眼中，胡秋原否認了文學作爲階級鬥爭的工具，也就抹殺了左聯在當時存在的意義。從這一角度出發，我們可以對左聯論辯文章中經常出現的偏離文學探討、進入階級鬥爭探討的內容提出新的認識，即這些內容是左聯對自身存在

〔註93〕《左翼作家聯盟的兩次大會記略》，《新地月刊》1930 年第 6 期。
〔註94〕《無產階級文學運動新的情勢及我們的任務》，《文化鬥爭》1930 年第 1 卷第 1 期。
〔註95〕《左翼作家聯盟的兩次大會記略》，《新地月刊》1930 年第 6 期。
〔註96〕《無產階級文學運動新的情勢及我們的任務》，《文化鬥爭》1930 年第 1 卷第 1 期。
〔註97〕《中國無產階級革命文學的新任務》，《文學導報》1931 年第 1 卷第 8 期。
〔註98〕《無產階級文學運動新的情勢及我們的任務》，《文化鬥爭》1930 年第 1 卷第 1 期。

意義的強調和捍衛。

左聯針對胡秋原「否認藝術的積極作用，否認藝術能夠影響生活」、「要文學脫離無產階級而自由，脫離廣大的群眾而自由」，經常以較大篇幅予以詳細反駁：「一切階級的文藝卻不但反映著生活，並且還在影響著生活；文藝現象是和一切社會現象聯繫著的，它雖然是所謂意識形態的表現，是上層建築之中最高的一層，它雖然不能夠決定社會制度的變更，他雖然結算起來始終也是被生產力的狀態和階級關係所規定的，——可是，藝術能夠回轉去影響社會生活，在相當的程度之內促進或者阻礙階級鬥爭的發展，稍微變動這種鬥爭的形勢，加強或者削弱某一階級的力量。」「而事實上，著作家和批評家，有意的無意的反映著某一階級的生活，因此，也就讚助著某一階級的鬥爭。有階級的社會裏，沒有真正的實在的自由。當無產階級公開的要求文藝的鬥爭工具的時候，誰要出來大叫『勿侵略文藝』，誰就無意之中做了僞善的資產階級的藝術至上派的『留聲機』。」〔註99〕這一類反駁無不圍繞著論述文學作爲階級鬥爭工具的意義展開。

除了以反駁胡秋原的觀點進行自我捍衛之外，左聯還經常在文中直接展開討論，認爲「新興階級的鬥爭，就是在文藝戰線上也要勇敢的克服一切困難，排斥一切錯誤，鍛鍊自己的力量」〔註100〕，提出「革命爲著人類的最大多數的解放（自由）而鬥爭，爲著消滅階級制度而鬥爭。這是『最終目的』的問題，普羅的和革命的文藝就是參加著這鬥爭的。然而因爲要消滅階級制度，達到『最終目的』，普羅革命文學站在一定的階級——無產階級的立場上去反對別些階級，並不是用什麼『消滅人間的一切階級隔閡』的作品去『感化』人類」〔註101〕，要求「我們要用文學這個武器在群眾中向反動意識開火，揭穿一切假面具，肅清對於現實的錯誤的觀念，以獲得對於現實的正確的認識，而在這個認識的基礎上去革命地改變現實。無產階級文學是無產階級鬥爭中的有力的武器。無產階級作家就是用這個武器來服務於革命的目的的戰士。」〔註102〕

這些內容看似與文藝自由論辯的關係並不密切，甚至有時候在文中顯得突兀和多餘，但是，聯繫共產國際和中共中央對托派「革命低潮論」和取消

〔註99〕 易嘉：《文藝的自由和文學家的不自由》，《現代》1932 年第 1 卷第 6 期。
〔註100〕 易嘉：《文藝的自由和文學家的不自由》，《現代》1932 年第 1 卷第 6 期。
〔註101〕 洛揚：《並非浪費的論爭》，《現代》1933 年第 2 卷第 3 期。
〔註102〕 周起應：《到底是誰不要真理，不要文藝？——讀〈關於《文新》與胡秋原的文藝論辯〉》，《現代》1932 年第 1 卷第 6 期。

主義的高度警惕，並結合左聯的使命，可以感受到其中對於自身組織機構存在的合法性的危機感，這已經超出了一般的文學主張論辯的範圍，說明作爲論辯的雙方，各自所關注的問題並不在同一個點上，這可以進一步看左聯直接引用國際革命作家同盟第二次國際大會的決議爲自己進行的辯護：「國際革命作家同盟第二次國際大會的決議上就分明地寫著：『他（指普洛藝術家）是階級鬥爭的戰士和參加者。他的藝術是徹頭徹尾地能動的，活動的。普洛藝術作家必須對於現實有客觀的深刻的認識，而且必須影響現實以促進革命的變革。』照胡秋原看來，這自然是『不通』之論了！」〔註103〕從這段引述中能更加清晰的看到，左聯在這次論辯中，所最終要維護的不是一種文學主張，而是「階級鬥爭的戰士和參加者」身份，這是這個組織能夠存在的根本。

第三節　王實味的「托派」問題與新的文學體制萌芽

王實味案是延安整風運動初期的重要事件，由於王實味通過《政治家·藝術家》、《野百合花》等文章對當時延安社會的陰暗面以及黨的一些不良作風進行了激烈抨擊而遭到批判，隨著批判的不斷升級，王實味被逮捕，最終被殺。在整個過程中，「反革命托派奸細分子」是強加給王實味的主要罪名，從而使「托派」成爲王實味事件的關鍵詞，但這一關鍵詞並沒有得到應有的重視，目前已有的研究成果都對它點到爲止或者語焉不詳，主要表現爲對這段史實進行客觀上的梳理和對王實味其人表示主觀上的同情，缺乏對這一罪名的內涵及其所帶來的影響的深入挖掘。對於這一事件，有一點是確定無疑的：王實味本人並不是中國共產黨左派反對派（即中國的「托派」）成員。這是公安部在 1991 年 2 月 7 日做出的《關於對王實味同志托派問題的覆查決定》中公開宣佈的，不僅如此，根據現有的各類回憶錄和其他資料來看，早在 1942 年給王實味確定「反革命托派奸細分子」的罪名時，主要當事人就都知道證據不足、這一罪名根本不成立〔註104〕，那麼，爲什麼明知是冤枉他還要給他定下這樣一個罪名？爲什麼明知是冤枉他卻長期無人站出來予以糾正？由此看來，這兩個問題就成爲王實味事件的基本問題，當然，這兩個問題的解答

〔註103〕綺影：《自由人文學理論檢討》，《文學月報》1932 年第 5、6 號合刊。

〔註104〕關於這一點，主要參見《王實味冤案平反紀實》，群眾出版社 1993 年 10 月版，另外，李維漢、溫濟澤、雪葦等人的相關回憶錄以及蕭軍《延安日記》中都有涉及。

還不能使我們滿足,在此基礎上,我們還要追問,這一罪名本身是個政治定性,整個王實味事件也基本與文學無關,卻對延安文學乃至 1949 年以後的共和國文學的發展走向產生了極大的影響,在目前的文學史書中也留下了一筆,這一影響具體是怎樣的?又是如何實現的?要解決這一系列問題,就必須把王實味事件放在中共自 30 年代初以來從未停止過的「肅托」活動的大背景下來考察,先將這一罪名的內涵和嚴重程度闡述清楚,才能進一步研究這一事件對現代文學的影響。

一、「托派」罪名的來源

根據種種迹象可以推斷,把王實味定爲「反革命托派奸細分子」的起因並不是有人在 1942 年 6 月 1 日鬥爭會上揭發他的托派言論,而是早已有意爲之。在《解放日報》上可以看到,除了整風和批判王實味之外,另一項活動——凸顯托派的罪惡——在同時進行。從創刊以來一直沒有涉及過有關「托派」內容的《解放日報》,在批判王實味、將其定爲「托派」前夕的 5 月 8 日以第三版的較大篇幅刊登了《斥陳獨秀的投降理論》,提到了「托洛斯基陳獨秀派的漢奸本質」〔註 105〕;在延安文藝界舉行座談會痛斥王實味反動思想的時候〔註 106〕,以 6 月 18 日第四版整版和 6 月 19 日第四版近半版的篇幅進行「高爾基逝世六週年祭」,借用高爾基的話對王實味進行批判:「王實味加入了托派,一貫作托派的勾當,在延安一次,二次,三次發揮著他托派的主張,利用延安、邊區、華北、八路軍、共產黨底困難和這些中間某些人的弱點,幹他那挑撥、破壞、偵探、奸細的勾當——這是法西斯蒂、日本帝國主義的忠臣,中華民族、人民、革命蟊賊、叛徒!『叛徒,——高爾基說,這是……一種特別可憎惡而令人作嘔的東西,簡直沒有什麼可以拿來比喻叛徒的。』」〔註 107〕結合最早進行「高爾基逝世兩週年」祭奠的 1938 年 6 月 18 日《新華日報》相關內容來看,這本身就是一個「反托派鬥爭」主題下的活動,其起源在於蘇聯破獲的「右派與托洛斯基派同盟」叛國案〔註 108〕;在延安文藝界

〔註 105〕李心清:《斥陳獨秀的投降理論》,《解放日報》1942 年 5 月 8 日。

〔註 106〕《延安文藝界舉行座談會痛斥王實味反動思想,建議文抗開除其會籍》,《解放日報》1942 年 6 月 19 日。

〔註 107〕蕭三:《高爾基——無產階級的人道主義者、社會主義的美學家、反對法西主義、托派的戰士》,《解放日報》1942 年 6 月 19 日。

〔註 108〕參見《新華日報》自 1938 年 3 月 1 日至 3 月 17 日關於這次叛國案的連續報導。案犯供述托派謀殺高爾基的過程是這次連續報導的主要內容,由此,紀

座談會通過關於托派王實味事件的決議之後，又有一則題爲《日本底托派分子在幹些什麼勾當》的消息，報導了日本托派分子作爲「直接供作軍部底御用工具」如何對共產主義運動進行破壞〔註 109〕，這則消息之後，《解放日報》上就再也沒出現過有關托派的任何內容。在這樣一個時間段加強對托派罪惡的宣傳，甚至在一些文章中直接與王實味聯繫起來，不能不說是在爲把王實味定爲托派並大加批判而人爲造勢。

　　進一步來看，這一切應該是康生有意爲之的，是統一於他長期以來的肅托工作的。1937 年以後，中國共產黨的肅托運動主要是由康生領導，「他在 1937 年從蘇聯回到延安以後，就常以『反托洛茨基英雄』自居」〔註 110〕，「1938年 8 月，康生擔任了中共中央情報部和中央社會部部長，獨攬『肅托』大權。在康生的強力推動下，全國各個抗日根據地迅即開展了規模不等的『肅托運動』。」〔註 111〕 師哲曾經回憶：「1942 年五六月間他又親自策劃了批判王實味。……4 月下旬，康生在中央社會部的幹部會議上說：王實味的文章在香港報紙上發表了，責成中央研究院組織批判。5 月 27 日～6 月 1 日在中央研究院召開了揭發和批判王實味的鬥爭會，康生多次出席，並給王實味戴上『托派分子』的帽子。」〔註 112〕 溫濟澤也回憶，在有人揭發王實味的托派問題之前，李言就曾向他轉達了康生的話，「說『王實味是托派分子，又是國民黨藍衣社特務』，叫我們『不要麻痺』」〔註 113〕，另外，在鬥爭會上進行揭發的人也都是事先按照康生的要求安排好的〔註 114〕。解決完王實味的問題之後，康生又進一步追查了其他人，「成全、王里夫婦二人過去認識王實味，到延安後有所接觸，潘芳、宗正二人同王實味是鄰居，來往較多，康生便把他們與王實味的關係定爲『托派關係』」〔註 115〕，最終又將他們五人定爲「反黨集團」。

　　將王實味事件放在肅托活動的背景下之後，值得探討的問題就浮現出來了。雖然當時都知道「對王實味問題的處理尤其不對。首先把王實味定成托

　　念高爾基逝世成爲控訴托派罪惡的主要方式之一。
〔註 109〕《日本底托派分子在幹些什麼勾當》，《解放日報》1942 年 6 月 21 日。
〔註 110〕溫濟澤等：《王實味冤案平反紀實》，群眾出版社 1993 年版，第 7 頁。
〔註 111〕趙學法：《泰山肅托案》，《炎黃春秋》2014 年第 7 期。
〔註 112〕師哲：《我所知道的康生》，《炎黃春秋》1992 年第 2 期。
〔註 113〕溫濟澤：《第一個平凡的『右派』：溫濟澤自述》，中國青年出版社 1999 年版，第 146 頁。
〔註 114〕溫濟澤等：《王實味冤案平反紀實》，群眾出版社 1993 年版，第 12 頁。
〔註 115〕師哲：《我所知道的康生》，《炎黃春秋》1992 年第 2 期。

派，結果沒有證據」〔註116〕，但是面對鬥爭會上很多人「從思想、政治、組織上斷定他是『托派』思想、肯定他是托派。用各種證據想證明他是有計劃有陰謀來進行破壞黨，侮辱黨的托派流浪分子」〔註117〕的現象，不僅不加以制止，反而有意引導和助長這一趨勢，如果沒有更高領導層的允許，僅憑康生一人是很難做到的，當然，這可以說是領導層為了將整風運動的思想鬥爭集中到一個目標上而選擇的一種鬥爭方式，那麼，為什麼一定要讓這個鬥爭目標以「托派」的面目出現？李維漢回憶說：「第一，當時我們正處在黎明前的黑暗時期，經歷著抗戰中的空前困難，又面對著新的反共高潮，特別需要全黨團結一致，戰勝困難。此時此地，王實味卻借黨內整風機會，污蔑黨和咒罵黨，造謠惑眾，挑撥離間，製造分裂，破壞團結，不給予堅決回擊，就不能團結內部，一致對敵。第二，王實味慣於使用『左』的詞句掩蓋反動實質，利用和迎合青年中未改造的小資產階級思想，自封為青年的『代表』，利用黨在實際工作中的個別缺點錯誤，加以曲解、誇大，造謠中傷，耍兩面派，鑽空子，被揭露後又抵賴頑抗等。對他這一切，不給予徹底批判，就不能肅清影響，教育青年。……這是一場有著重大政治意義和教育意義的不可避免的鬥爭。」〔註118〕這段話反映了在當時社會環境下整風運動領導者對王實味的態度：必須下狠手整治。而把他定為托派分子則是為「下狠手」提供一個理由，因為「托派」這個罪名是將事件性質由思想鬥爭上升為政治鬥爭的橋梁、是將每個參與者與王實味之間的關係由同志關係改變為敵我關係的轉折點。

　　王實味的經歷和一些言論恰好為此提供了一些支撐，首先，王凡西是他在大學時期的好友〔註119〕，陳其昌對他入黨起了很重要的作用〔註120〕，而這兩個人後來成為中國托派組織的重要領導人；其次，他在鬥爭會上公開表達了對托派的同情〔註121〕；第三，如果將王實味的《野百合花》、《政治家・藝術家》等文章與《鬥爭》、《火花》、《熱潮》等等中國托派組織機關刊上批判中國共產黨的文章相對比，會發現他們的語氣非常相似；第四，王實味文章

〔註116〕胡喬木：《胡喬木回憶毛澤東》，人民出版社1994年版，第55頁。

〔註117〕蕭軍：《延安日記1940～1945上卷》，牛津大學出版社2013年版，第490頁。

〔註118〕李維漢：《回憶與研究（下）》，中共黨史出版社2013年版，第377頁。

〔註119〕王凡西：《雙山回憶錄》，東方出版社2004年版，第18頁。

〔註120〕李家林，陳絲雨：《泣血丹心王實味》，河南大學出版社2012年版，第63頁。

〔註121〕溫濟澤：《鬥爭日記》，《解放日報》1942年6月29日。

中所主張的「平均」和「民主」，與中國托派所提出的「徹底民主的口號及其政綱」〔註122〕如出一轍。顯然，這四點嫌疑並不能證明王實味就是托派分子，然而，只要有嫌疑就夠了，因爲對王實味的鬥爭運動並不是爲了糾正他的錯誤思想，也不是爲了批鬥一個確確實實的托派分子，而是殺一儆百，剎住一股不正之風。

二、「威懾力」及其覆蓋的禁區

可見，「托派」這一罪名使王實味事件具備了一種「威懾力」，這一「威懾力」影響到了文學界。鬥爭王實味大會在時間上緊隨延安文藝座談會之後，可以說，這兩件事「從正反兩方面給了大家生動、深刻的教育」〔註123〕，如果說延安文藝座談會爲新的文學體制指明了方向，那麼，「托派」賦予王實味事件的「威懾力」則爲這一體制順利開始建立提供了保障，它劃定了一個禁區，讓文學界絲毫不敢進入，只能按照新的文學體制的要求前進。

這一「威懾力」的力量有多大？可以從一系列史實中感受到。1929 年 11 月 15 日，中國共產黨的創始人之一陳獨秀被開除黨籍，原因是他公開稱托洛茨基爲「同志」、公開擁護托洛茨基主義；〔註124〕1938 年，托派主要成員張慕陶被逮捕後，延安發起了「反托匪怒潮」，要求處死他〔註125〕，此事在全國範圍內也引起了極大反響，「國人皆曰可殺」〔註126〕；1939～1940 年，湖西抗日革命根據地發生了大規模肅托活動，凡被懷疑爲托派分子以及與托派分子有接觸的人，無論是否屬實，均受到嚴厲懲處，「在這次事件中，我黨政軍幹部約五六百人被捕受審，大批好幹部（其中絕大多數是區級以上的領導骨幹、當地抗日武裝的創始人和各級指揮員，在人民群眾中享有很高的威信）慘遭殺害。……由於『肅托』，亂捕亂殺，在人民群眾中造成恐怖氣氛，……『肅托』前我黨領導的各級群眾組織已發展到 40 萬人的隊伍，而經過 3 個月的『肅托』則一無所存」〔註127〕，「湖西『肅托』中被殺害的幹

〔註122〕《給中國共產主義者的一封公開信》，《鬥爭》1936 年 1 月 15 日。
〔註123〕溫濟澤，李言，金紫光，翟定一：《延安中央研究院回憶錄》，湖南人民出版社 1984 年版，第 109 頁。
〔註124〕姚金果：《解密檔案中的陳獨秀》，東方出版社 2011 年版，第 401～403 頁。
〔註125〕烈群：《延安的反托匪怒潮》，《新華日報》1938 年 3 月 13 日。
〔註126〕任天馬，袁白，的之：《托匪漢奸張慕陶就縛前後》，載《托派在中國》，新中國出版社 1939 年版，第 87 頁，
〔註127〕中共濟寧市委黨史資料徵集研究委員會：《湖西『肅托事件』》，載《中共黨史

部有三百多人，受到審查和被牽連的幹部則不計其數。受害者家破人亡，家屬悲憤難平」〔註 128〕；1940～1942 年，中共泰山地委發起了大規模肅托活動，與湖西肅托活動一樣，大批黨員遇害〔註 129〕。以上列舉的只是幾個典型事件，類似的肅托活動還有很多，這些事件一個接一個的出現之後，1942 年，中央研究院中國文藝研究室的王實味又被定為托派分子，延安文學界的恐慌程度可想而知。丁玲參加批判王實味的座談會本來不打算講話，後來感覺「但事情發展到今天，卻應該站出來說一點意見」，於是開始痛罵王實味、不斷地說自己的《三八節有感》「不是好文章」；〔註 130〕王實味去找蕭軍談話，蕭軍拒絕後，王實味問「避免嫌疑麼」，當蕭軍同意談話後，王實味又問「你不怕砍腦袋嗎」；〔註 131〕類似這些的歷史細節都折射出這種恐慌心情。無論是否同情王實味，每個人都必須堅決地與他劃清界限；無論是否同意王實味的觀點，每個人都必須堅決地抵制「王實味錯誤思想」。否則，就會面臨生命危險。由此，「托派」罪名的威懾力覆蓋了一片思想禁區，不許任何人踏足，也沒有人願意踏足。

這片禁區的範圍首先包括文章內容抹殺光明、暴露黑暗。王實味在其文章中用比較極端的語言對延安的一些社會現象進行了抨擊，在當時批判王實味的文章中，這些內容被認為是「把延安及我黨的情況描寫得更加漆黑一團」〔註 132〕，「一個多麼黑暗醜惡病態的『延安』出現於讀者之前，足以使人憤懣！刻繪出這樣『醜陋的延安』，真是惡意的污蔑！無端的曲解！罪過！可惡！」〔註 133〕並認為這是在宣揚「蛻化論」，「王實味這一蛻化論是他最毒辣最帶有危險性的政治思想，……這一思想武器也是他從托派過去反黨的武器庫中搬來的，托派過去在蘇聯也曾經卑鄙地污蔑過聯共黨，說『黨蛻化了』」〔註 134〕。

資料（32）》，中共黨史資料出版社 1989 年版，第 243～244 頁。
〔註 128〕郭影秋，王俊義：《往事漫憶——郭影秋回憶錄》，中國人民大學出版社 2009 年版，第 100 頁。
〔註 129〕趙學法：《泰山肅托案》，《炎黃春秋》2014 年第 7 期。
〔註 130〕丁玲：《文藝界對王實味應有的態度及反省》，《解放日報》1942 年 6 月 16 日。
〔註 131〕蕭軍：《延安日記 1940～1945 上卷》，牛津大學出版社 2013 年版，第 598～599 頁。
〔註 132〕張如心：《徹底粉碎王實味的托派理論及其反黨活動——在中央研究院鬥爭會上的發言》，《解放日報》1942 年 6 月 17 日。
〔註 133〕伯釗：《繼〈讀《野百合花》有感〉之後》，《解放日報》1942 年 6 月 9 日、10 日。
〔註 134〕張如心：《徹底粉碎王實味的托派理論及其反黨活動——在中央研究院鬥爭會

除了從字面上發現「抹殺光明、暴露黑暗」與托派思想的關係之外，這些批判文章還指出，之所以王實味會這樣寫，是因為「他的思想意識卻集合了小資產階級一切劣根性之大成」〔註135〕，他是站在小資產階級立場上來看待延安及我黨的，歸根結底，這是立場錯誤，「一個共產黨員在任何事變的面前，首先要求自己站穩立場，立場不對，就是根本不對，立場錯了，就是根本錯了」〔註136〕，根據這一錯誤，王實味的反黨思想被挖掘出來：「因為王實味同志有著這樣頑強的小資產階級的立場，所以從他的言語行動中實際上處處表現反黨的動機。例如我們黨要求整頓三風，他卻實際上要求發揚邪氣；我們黨要求全黨團結，他卻實際上要求全黨分裂；我們黨要求服從紀律，他卻實際上要求破壞紀律；我們黨要求民主的集中，他卻實際上要求極端民主化；我們黨要求黨員互信互助，他卻實際上要求互相仇視；我們黨要求表現革命光明，他卻要求實際上誇大個別缺點，指為全面黑暗；我們黨要求坦白誠實，大公無私，他卻實際上要求玩弄陰謀，離間挑撥；我們黨要求嚴正的自我批評，他卻實際上要求狡詐的自我掩飾。……王實味同志的頭腦中，徹頭徹尾盤踞著一個濃厚得可驚的反黨意識，因此，一切言論行動的動機都是惡劣的，含有毒素的。」〔註137〕結合《聯共黨史》和劉少奇《論共產黨員的修養》來看，「發揚邪氣」、「製造黨內分裂」、「破壞紀律」、「極端民主化」、「放大缺點以達到破壞我黨的目的」、「挑撥離間」等等行為正是托派分子慣用的手段。

由此，通過批判王實味，一套非常清晰的邏輯關係呈現出來：在作品中「抹殺光明、暴露黑暗」，這種寫法本身是在宣揚「蛻化論」，是一種托派思想，進一步來說，這是立場錯誤，其中包含了反黨動機，而這正是托派分子的特點。這一邏輯不僅向延安文學界指明了禁區，同時也闡明了應該怎麼做，即站穩立場。「延安不是不需要批評」，「但是，批評必須要有立場。批評延安，必須站在中國人民大眾的立場上，站在抗日的，革命的立場上，卻不是站在與他們對立的立場上。……那種把革命的最富有朝氣的區域，污蔑為『骯髒和黑暗』的地方的人，客觀上是在幫助敵人的人」〔註138〕，從這一立場出發，「當前藝術家同志們應當捐負起的主要任務，並不在於揭露自己陣營內的黑暗來『改造』

上的發言》，《解放日報》1942 年 6 月 17 日。
〔註135〕范文瀾：《論王實味同志的思想意識》，《解放日報》1942 年 6 月 9 日。
〔註136〕羅邁：《動機與立場》，《解放日報》1942 年 5 月 24 日。
〔註137〕范文瀾：《論王實味同志的思想意識》，《解放日報》1942 年 6 月 9 日。
〔註138〕艾青：《現實不容許歪曲》，《解放日報》1942 年 6 月 24 日。

我們的靈魂，……首先要『槍口向外』，其次才能『向內』（姑且用這個名詞，革命隊伍中的自我批評，是要與人為善、援人以手，並不是為了打人），而在『向內』的時候，也不應該強調黑暗，抹煞光明。在革命陣營內，光明要大過黑暗不知若干倍，增強團結，指出前進道路，是一切革命分子（藝術家當然在內）的首要任務」〔註 139〕，要認清「整個的延安是光明的園地，即使在光明中隱藏著污點，卻也會被逐漸沒滅掉的，有這樣自信」〔註 140〕。

　　「托派」罪名的威懾力所覆蓋的禁區還包括將藝術與政治截然分開的思想。王實味在《政治家・藝術家》一文裏集中表達了他對「政治家」和「藝術家」的理解，認為這兩類人的革命分工和所要達到的目的是完全不同的，這一觀點遭到反對：「這種把革命事業截然分為兩方面，把政治家與藝術家的工作用『偏重』兩個字來機械地劃開底理論是不對的。……在階級社會裏階級鬥爭當中──民族鬥爭實質上也是階級鬥爭──藝術不可避免的成為階級鬥爭武器之一，這是毫無置辯的事實，因此，藝術便不能拒絕為階級鬥爭，為政治──政治是階級鬥爭集中底表現──底目的而服務。」「忽視藝術底階級性，因此對於藝術家的工作任務發生錯誤瞭解。」〔註 141〕所有批判王實味的文章一致指出，「藝術家，必須站在現實的研究上，受黨的政策的指導，……而藝術須服從於政治，同時作為一定的環境和時代的藝術家，不管它的意志和條件怎樣，必須是服務於他自己的時代和階級，超越一定的時代和階級的藝術家是根本不存在的。所以無疑地，藝術家是需要政治家來領導的」〔註 142〕，「只有站穩正確立場的『政治家』和『藝術家』的結合才是革命勝利的保證」〔註 143〕，「在這神聖的革命時代，藝術家必須追隨在偉大的政治家一起，好完成共同的事業，並肩作戰。今天，藝術家必須從屬於政治」〔註 144〕。根據這種共識來考察王實味的觀點，可以發現，他是在離開政治、離開階級談藝術，「他把

〔註 139〕金燦然：《讀實味同志的〈政治家・藝術家〉後》，《解放日報》1942 年 5 月26 日。

〔註 140〕伯釗：《繼〈讀《野百合花》有感〉之後》，《解放日報》1942 年 6 月 9 日、10 日。

〔註 141〕蔡天心：《政治家與藝術家──對於實味同志〈政治家・藝術家〉一文之意見》，《解放日報》1942 年 6 月 10 日。

〔註 142〕楊維哲：《從〈政治家・藝術家〉說到文藝──與王實味同志商榷》，《解放日報》1942 年 5 月 19 日。

〔註 143〕陳道：《「藝術家」的〈野百合花〉》，《解放日報》1942 年 6 月 9 日。

〔註 144〕艾青：《現實不容許歪曲》，《解放日報》1942 年 6 月 24 日。

精神與物質、人與事機械地分開，把政治與藝術描寫成爲毫不聯繫的東西，並且究竟政治家與藝術家是屬於何種階級也沒有具體的說明，這也是人性論的發揮」，「王實味這種人性論實質上是反動的托洛茨基主義的思想，按照托洛茨基派過去一貫的見解，革命並不是階級鬥爭的表現，而是超階級的人性的解放與發揚。……托派過去在蘇聯正是拿著這一人性論去進行反黨和污蔑斯大林同志。王實味這一托洛茨基主義者也如他們的老祖宗一樣，在研究院宣傳托匪人性如何優良（？），並無恥地污蔑我黨『人性腐化』（？），進行反黨的活動」〔註145〕。

由此，第二套清晰的邏輯關係又通過批判王實味而呈現出來：將藝術與政治截然分開的思想就是離開政治、離開階級談藝術，這是托派所宣揚的人性論，是托洛茨基主義者進行反黨活動的工具。

另外，還有第三個邏輯關係：自由主義傾向是很容易被托派分子利用的傾向，犯了自由主義的錯誤，就是爲托派分子進行反黨活動提供機會。因此，自由主義傾向也在這個禁區範圍內。這一點是在1942年6月11日總結大會上提出來的，在將王實味定性爲托派分子、將他發表《野百合花》、《政治家·藝術家》等文章定性爲反黨活動後，進一步指出，「王實味的反黨活動是在托洛茨基主義思想旗幟之下進行的，而托洛茨基主義就往往利用我們思想上工作上的弱點散佈它的影響。……例如自由主義、個人英雄主義、主觀感性衝動，缺乏理解，對組織與紀律鍛鍊不足，及由此產生的極端民主主義與自由主義傾向等等。……他的《野百合花》在延安許多青年中間得以散佈它的影響，其主要根源也就在於此」〔註146〕，具體來說，就是「由於我們自由主義的氣氛太濃厚，所以聽到王實味反黨侮辱黨甚至破壞黨的言論，也不及時報告組織，不和他做鬥爭。對他的《野百合花》表示同情，而對批評《野百合花》的文章不滿，認爲是打落水狗」〔註147〕，「王實味利用了這種腐朽的自由主義。所以他的托洛茨基分子的言論的宣傳，背地裏進行了相當久的日子，所以他能夠搜集許多捕風捉影的材料，所以他能夠有計劃地去利用某些個別

〔註145〕張如心：《徹底粉碎王實味的托派理論及其反黨活動——在中央研究院鬥爭會上的發言》，《解放日報》1942年6月17日。

〔註146〕張如心：《徹底粉碎王實味的托派理論及其反黨活動——在中央研究院鬥爭會上的發言》，《解放日報》1942年6月17日。

〔註147〕范文瀾：《在中央研究院六月十一日座談會上的發言》，《解放日報》1942年6月29日。

同志的弱點」〔註148〕，因此，「這種自由主義是嚴重的，危險的，這是值得我們警惕，尤其是值得犯過這種自由主義的同志警惕的」〔註149〕，「對這樣自由主義的態度，我們一定要深惡痛絕，下最大的決心改正它」〔註150〕。

根據以上的分析可知，「托派」這一罪名賦予王實味事件的「威懾力」覆蓋的禁區包括三個方面：「抹殺光明、暴露黑暗」、「將藝術與政治截然分開」和「自由主義傾向」。而在當時剛剛結束的延安文藝座談會上，「是歌頌光明還是暴露黑暗」、「文藝與政治的關係」這兩個問題屬於重點討論內容，毛澤東《在延安文藝座談會上的講話》專門列舉和分析了幾種「糊塗觀念」：「人性論」、「文藝的基本出發點是愛，是人類之愛」、「從來的文藝作品都是寫光明與黑暗並重，一半對一半」、「從來文藝的任務就在於暴露」、「我是不歌功頌德的，歌頌光明者其作品未必偉大，刻畫黑暗者其作品未必渺小」等等。明確指出，「在現在世界上，一切文化或文藝都是屬於一定的階級，一定的黨，即一定的政治路線的。爲藝術的藝術，超階級超黨的藝術，與政治並行或互相獨立的藝術，實際上是不存在的。在有階級有黨的社會裏，藝術既然服從階級，服從黨，當然就要服從階級與黨的政治要求，服從一定革命時期的革命任務，……無產階級的文學藝術是無產階級整個革命事業的一部分，……文藝是從屬於政治的」，「從來的文藝並不單在於暴露，……對於革命的文藝家，暴露的對象，只能是侵略者剝削者壓迫者，而不能是人民大眾」，「蘇聯在社會主義建設時期的文學就是以寫光明爲主，他們也寫些工作中的缺點，但是這種缺點只能成爲整個光明的陪襯」〔註151〕，從而對這兩個被著重討論的文學問題做出了明確的解答，同時也是在爲文學將來的發展指明方向、制定準則。由於「王實味的思想是包含一個反民眾的、反民族的、反革命的、反馬克思主義的、替統治階級服務的、替日本帝國主義和國際法西斯服務的托洛茨基主義」〔註152〕，延安文藝座談會上所著重討論的這些問題又進一步

〔註148〕羅邁：《論中央研究院的思想論戰——從動員大會到座談會》，《解放日報》1942年6月28日。

〔註149〕羅邁：《論中央研究院的思想論戰——從動員大會到座談會》，《解放日報》1942年6月28日。

〔註150〕范文瀾：《在中央研究院六月十一日座談會上的發言》，《解放日報》1942年6月29日。

〔註151〕毛澤東：《在延安文藝座談會上的講話》，《解放日報》1943年10月19日。

〔註152〕陳伯達：《關於王實味——在中央研究院座談會上的發言》，《解放日報》1942年6月15日。

與「托派」掛鉤，並被冠以一連串的反革命辭語，使作家們從此不敢不按照
延安文藝座談會規定的方向前進，由此，爲新的文學體制建立的順利開始提
供了保障。

三、「反省」

文學界完成了對王實味的批判之後，「不敢」很快轉變成了「自律」，這
一轉變是通過「反省」實現的，而文學界的「反省」，是在「托派」罪名威懾
力的驅使下開始的。

在批判王實味前後的時間段內，「反省」一直是整風運動的關鍵詞，1942
年 5 月 23 日，《解放日報》頭版發表社論《一定要反省自己》號召廣大黨員
「反省自己，改造自己」，指出「許多同志在學習文件中反省自己的工作，是
作得很不夠的。……只有經過反省自己，才能眞正瞭解文件，實行穩健中所
包含的道理」，「反省是學習過程中的一個重要部分」，還給出了具體方法：「反
省自己，就是把文件與自己聯繫起來，就是用文件中所說的道理，來審查自
己的歷史，思想和工作，就是把文件中的道理當做尺碼，來量一量自己，當
作天秤，來稱一稱自己。從這裡可以審查出自己的思想和作風，那些是好的，
那些是不好的。好的要發揚，不好的要改正。」〔註153〕8 月 16 日，《解放日
報》又在頭版發表社論《反省》，更加明確的提出「文件是理論，反省是實際，
『二者生動地聯繫起來』，才能把文件變爲我所有」，並列舉了幾類錯誤觀點，
在此基礎上指出「『戰戰兢兢，如履薄冰』，是我們反省的態度」。〔註154〕除了
不斷有社論要求反省之外，邊區政府秘書處學委會也發出號召：「深入反省！
必須深入反省！」〔註155〕

延安文學界的普遍「反省」是從批判王實味開始的。范文瀾《在中央研
究院六月十一日座談會上的發言》最後提出「要切實反省」，他認爲「這次座
談會，我們對偏向已經一般的反省了，這是一個進步。這是這次座談會的很
好的收穫。……要每個同志都能夠有很好的收穫，每個同志就必須根據這次
座談會的精神，去切實反省自己，並清算自己是否或多或少受了王實味的影
響，應該切實把它揭發出來，決心把它肅清」。〔註156〕這些「反省」普遍與痛

〔註153〕《一定要反省自己》，《解放日報》1942 年 5 月 23 日。
〔註154〕《反省》，《解放日報》1942 年 8 月 16 日。
〔註155〕《深入反省！必須深入反省！》，《解放日報》1942 年 8 月 22 日。
〔註156〕范文瀾：《在中央研究院六月十一日座談會上的發言》，《解放日報》1942 年 6

斥王實味托派思想聯繫起來，從中反映出一種急於劃清界限的心理，他們對自身的反省始終籠罩在對王實味托派思想表明立場的情緒之下。從整體來看，在 6 月 11 日批判王實味的大會結束後，文藝界馬上「舉行空前未有之座談會，到會文藝作家四十餘人」，討論王實味思想問題，在此次會議上，「所有作家並由此事件對自己作嚴格的反省」是一個重要內容，而這「嚴格的反省」的出發點值得注意。「在會議上，作家們一致表示了對於托派王實味之憤恨」，「一致認爲托派王實味是政治上的敵人」，即使是對王實味文章和文學觀點的批判，也立足於「揭發了托派王實味之政治陰謀，並列舉國際托洛斯基匪徒之一貫的政治陰謀事件，一致認爲托派王實味是政治上的敵人，同時也是文藝界的敵人」，「在會議的第一天，作了托派王實味思想上之分析，並揭露出其政治陰謀；接著聯繫到作家自己的反省」。〔註157〕可見，文學界並不是把王實味的文章和文學思想作爲自己的一面鏡子以糾正自己的錯誤，他們所批判的是王實味托派思想和托派政治陰謀，並以此爲出發點來反省自己，從而決定了這種反省在很大程度上是在畏懼的心態下與王實味的托派政治立場撇清關係。

爲了與王實味的托派政治立場撇清關係，就要檢查自己是否與王實味犯有同樣的錯誤、自覺接受正確的文學思想。

丁玲在 6 月 11 日座談會上作出了題爲《文藝界對王實味應有的態度及反省》的發言，篇幅不長，但最早提出了「文藝界對王實味所應有的態度」、「文藝界卻應該有反省」以及應該怎樣改正錯誤。她首先站穩了自己的立場：「王實味的思想問題，……是一個動機的問題，是反黨的思想和反黨的行爲，已經是政治的問題。因此文藝界比對一切事都更須要有明確而肯定的態度，不是贊成便是反對，不准許有含糊或中立的態度。那麼應該有一種什麼樣的態度呢？我說是揭發他的掩藏在馬克思主義招牌下的托派思想，和他的反黨的反階級的活動，粉碎這種思想，打擊王實味這人。」接著代表文藝界進行反省，在反省中指出了文藝界需要糾正哪些錯誤：「應該在思想上來一次仔細的檢查，是否完全站在無產階級的立場來看問題，來看延安的一些小的還不能使人滿足的現象，是否只靠一些片面的觀察就去做結論，對自由論爭，對藝

月 29 日。

〔註157〕《延安文藝界舉行座談會，痛斥托派王實味反動思想，建議文抗開除其會籍》，《解放日報》1942 年 6 月 19 日。

術與政治的關係到底弄清了沒有。……清除那些個人英雄主義的虛誇的自高
自傲,掃除漫不經心,不負責任的自由主義……」這段話所指出的錯誤實際
就是在王實味事件中被「托派」罪名覆蓋的「抹殺光明、暴露黑暗」、「將藝
術與政治截然分開」和「自由主義傾向」三種思想問題。把這些問題「想明
白了」之後,丁玲「大有回頭是岸的感覺」,於是,她開始「向著做一個名符
其實的共產黨員的目標走去」。〔註158〕

　　周揚的《王實味的文藝觀與我們的文藝觀》也是一篇有代表性的反省文
章。從文中四個部分的標題——「王實味提出的問題」、「文藝與政治」、「文
藝上的人性論」和「寫光明呢,還是寫黑暗」——來看,這篇文章緊緊圍繞
批判王實味的「托派思想」進行自我教育,「不但是批判王實味的,而且也是
研究當前文藝上的具體問題的」,周揚把王實味的每個錯誤思想都與托洛茨基
文論掛鈎,尋找二者的承襲關係,從而在理論上指出了他的錯誤和反動。在
二、三、四部分的末尾,都各有一個結論:「把藝術和政治結合得更直接,更
緊密,這是擺在每一個革命的作家藝術家面前的任務……我們正確地解決藝
術與政治,普及與提高等問題,就是致命地打擊王實味及其托派思想與活動
最好的辦法。」「文藝是表現階級性,還是表現超階級的人性;文藝創作應當
從客觀實際發出呢,還是從主觀願望發出;藝術家應當面向廣大群眾的世界
呢,還是徘徊於個人內心的世界,這就是我們和一般資產階級的文藝理論的
分別,文藝上的現實主義和人性主義的分別,也就是我們和王實味的分別。」
「我要確定而且堅決地說:寫光明比寫黑暗重要,……王實味大聲疾呼要求
藝術家寫革命的骯髒黑暗,他是白費了他的嗓子了!……只要我們沒有這樣
的主張,我們就和王實味區別起來了。」從中可以看到兩個現象:一、明確
表示與王實味「托派思想」的對立;二、這些結論與毛澤東《在延安文藝座
談會上的講話》所闡述的觀點完全一樣。在全文的結論部分,周揚認為「我
們和王實味在文藝問題上的一切分歧,都可以歸結為一個問題,即藝術應不
應當為大眾,這就是問題的中心」,而這個問題正是毛澤東《在延安文藝座談
會上的講話》所提出的首要問題:「我們的文藝是為什麼人的?」〔註159〕周揚
在此明確使用了毛澤東的答案:「毛澤東同志也在文藝座談會上已經號召了我

<hr>

〔註158〕丁玲:《文藝界對王實味應有的態度及反省》,《解放日報》1942 年 6 月 16
　　　　日。
〔註159〕毛澤東:《在延安文藝座談會上的講話》,《解放日報》1943 年 10 月 19 日。

們：文藝應當爲大衆。」〔註160〕可見，周揚也已經自覺接受了新的文學體制對作家的要求。

　　從這些反省文章中可以看到，出於對「托派」罪名的畏懼，延安文學界以「反省」的形式紛紛表明了自己的無產階級立場，從而自覺將新的文學體制指明的方向內化爲自身所要追求的目標，將各種準則內化爲自律，開始成爲革命事業的「齒輪和螺絲釘」。

〔註160〕周揚：《王實味的文藝觀與我們的文藝觀》，《解放日報》1942 年 7 月 28、29 日。

第四章　魯迅與托洛茨基：素未謀面的
　　　　　知己

魯迅的思想受托洛茨基文論影響很大，這在其文章中多有表現，他總是結合自己對問題的思考，以贊許的態度引用托洛茨基的觀點進行闡述，或者將托洛茨基的觀點、邏輯等等化用，以表達自己的思想，這些現象說明，魯迅之所以會深受到托洛茨基文論的影響，是因為二者的思想多有不謀而合之處，並非單純地學習和借鑒。

第一節　「革命人做出東西來，才是革命文學」
——托洛茨基文論對魯迅文學思想的影響

探討托洛茨基文論對魯迅文學思想的影響，學界目前普遍集中於魯迅對「同路人」、「革命人」等等幾個名詞概念的接受和運用情況，這些研究固然有其意義和價值，但是也存在一定的局限性，以日本學者長堀祐造的論文《魯迅「革命人」的提出——魯迅接受托洛茨基文藝理論之一》為例，文中討論了魯迅對托洛茨基「革命人」思想的接受，但是，且不論他所採用的簡單的「數學公式」式的等價替換論述方法是否可信，也不論其出發點是否偏離了文學領域，單就其結論來看，就與魯迅文學思想有較大距離。他的結論是：魯迅從托洛茨基文論中借用了「革命人」術語，結合自己對國民革命運動的現實思考，得出了「革命者寫的東西不管主題如何都是革命文學」的認識，該認識換用他文中的另一句話解釋，即「『革命人』如寫東西，什麼都是『革

命文學』」〔註1〕，這就既沒有看到魯迅在托洛茨基文論影響下對作品藝術價值的要求，也沒有看到他在這一影響下對作為創作主體的「革命人」應有特徵的思考。托洛茨基和魯迅要求「革命文學」的作者是革命人，但並非認為所有革命人都可以成為創作主體，而且他們更要求作品是藝術品，並非長堀祐造所說的「什麼都是『革命文學』」。長堀祐造對魯迅接受「革命人」思想的論述，實際與學界普遍關注的魯迅對「同路人」思想的接受存在同一個問題：只在字面上尋找詞源，而沒有對兩個文學思想體系進行宏觀把握和細緻辨析。這就導致不僅沒有進入魯迅文學思想的核心和「托洛茨基文論對魯迅文學思想的影響」這一問題的核心，而且偏離了魯迅文學思想，從而更不會看到魯迅在托洛茨基文論影響下形成的文學思想如何影響了他對當時文壇的批評。從這一角度來看，我們可以換一種方式對這一話題進行討論，即視二者的主張為兩個完整體系，進而分析雙方核心觀念的影響關係，這是一個立足於細緻辨析的整體性比較，而不是僅僅尋找魯迅使用過的文論術語的詞源。

就托洛茨基文論體系整體而言，「只有革命的藝術家才能創作革命文學」是其核心觀念，綜合魯迅關於「革命文學」的全部論述和相關文獻來看，他在此影響下，形成了「革命人做出東西來，才是革命文學」的認識，並主導了他的「革命文學」觀，這可以從兩方面進行討論，即創作主體必須是「革命人」和「革命文學」必須堅持藝術應有的獨立審美品格。本節選取的托洛茨基文論作品只有 1928 年未名社出版的《文學與革命》、《十二個》漢譯本前言和 1930 年水沫書店出版的《文藝政策》裏收錄的托洛茨基講話，這是基於以下考慮：魯迅雖然接觸過多種《文學與革命》版本，但是從筆者閱讀能力和行文方便等等各方面考慮，只能選擇漢譯本，在魯迅接觸過的兩種漢譯本中，1928 年未名社出版的《文學與革命》根據俄文原文本翻譯出來，是與魯迅最熟悉的人——李霽野和韋素園——翻譯的，也是魯迅親自指導翻譯的，從這些方面來考慮，應該比傅東華的譯本更貼近魯迅；《十二個》漢譯本前言和 1930 年水沫書店出版的《文藝政策》裏收錄的托洛茨基講話都是魯迅親自翻譯的，必然深受影響；目前來看，魯迅只接觸過這三種托洛茨基文論資料。

〔註 1〕長堀祐造：《魯迅「革命人」的提出——魯迅接受托洛茨基文藝理論之一》，《魯迅研究月刊》2002 年第 10 期。

一、「只有革命的藝術家才能創作革命文學」：托洛茨基文論的核心觀點

關於「同路人」的論述是《文學與革命》一書中的重要內容之一，托洛茨基以大量篇幅對克留耶夫、葉遂寧、「舍拉皮翁兄弟」派和皮涅克等等「十月革命底文學『同路人』」逐一進行點評，通過分析他們作品中透露出來的思想，指出他們對「革命」的理解有何偏差，在此基礎上說明爲什麼稱他們爲「同路人」。然而，如果這部分內容只有這麼簡單，就沒必要以接近全書三分之一的筆墨來寫作，托洛茨基之所以要這麼做，是因爲在對「同路人」的論述中隱含著對一個觀念的闡釋——「只有革命的藝術家才能創作革命文學」，這是其「革命文學」創作論的核心觀點，也是其整個文學思想體系的主幹。

所謂「革命的藝術家」，就是指能「沉沒在革命中」、「溶解在革命中以領悟革命」、「不僅拿革命當一種元素的力，也當作一種有目的的進程去領悟它」〔註 2〕的人。這個觀念無法以具體的作家作品來正面論述，因爲在托洛茨基看來，革命的藝術家和革命文學都尚未誕生，當時僅有一種「介於在反覆或沉默中消逝的資產階級的藝術，與尚未誕生的新藝術之間」的「過渡的藝術」，也就是「同路人」的藝術，「它多少和革命有機地相連，但同時又不是革命地藝術」〔註 3〕，因此可以從這一差異之處入手採取側面論述的策略。從書中的內容來看，所有關於「同路人」的論述都間接或直接指向了「只有革命的藝術家才能創作革命文學」這一觀念。比如「克留耶夫接受革命，因爲他解放了農民，他並且對它吟詠了他底許多歌。但是他底革命既沒有政治的動力，也沒有歷史的觀念。對於克留耶夫，革命好像是一個市場或華麗的婚禮，人從各處來到那裏聚集，以酒與歌，擁抱與跳舞沉醉，於是各自回到自己家裏……他允著經過革命的天國，但這個天國不過是誇大的，修飾的，農民的王國，一個小麥與蜂蜜的天國而已。」〔註 4〕又如「時常皮涅克恭敬地從共產黨旁過去，有一點冷然，有時甚至帶著同情，但是他從他旁邊過去了。你不大在皮涅克中找到一個革命的勞動者，更重要的是，作者不用並且也不能用後者底眼睛，去看發生著的事情。……紅軍對於 1918～1921 年的這個藝術家是不存在的。……都會的革命的赤衛隊在 1917 年末與 1918 年

〔註 2〕托洛茨基：《文學與革命》，未名社出版部 1928 年版，第 117 頁。
〔註 3〕托洛茨基：《文學與革命》，未名社出版部 1928 年版，第 67 頁。
〔註 4〕托洛茨基：《文學與革命》，未名社出版部 1928 年版，第 77～78 頁。

初，在謀自存的戰爭中，成隊成營的出發到前線上去，皮涅克對這不加注意。對於他，紅軍是不存在的。此其所以 1919 年對於他是空光的。」〔註5〕當然，以上兩例還不太明顯，需要仔細體會，以下兩例則表達得更加直接：「不可見的中樞應當是革命底自身，繞著它旋轉的，應當是全盤不安穩的，混亂的，在重行建造著的生活。但是要想叫讀者覺得這中樞，作者自己必得曾經覺得過，同時並必得把它思索過。」〔註6〕「只有學著從全部中理會革命，把它底後退看爲走向勝利的步驟，透入到後退底策略中的人，和能在退潮時代的積極的勢力預備中，見到革命底不死的至情與詩的人，才能夠變成革命底詩人。十月革命是澈底地民族的。但它並不僅是一種民族的元素——它是一個民族的學院。革命底藝術一定要經過這個學院。而且這是一種很難的課程。」〔註7〕

托洛茨基闡述的文論，實際是作爲政治家面對文學的發言，這必然決定了其文學思想受其政治主張的制約，是其政治主張的外延。「不斷革命論」是托洛茨基的根本政治主張，他認爲，無產階級必須掌握革命的領導權，領導和幫助軟弱的資產階級達到資產階級革命的目的，然後繼續革命以最終實現共產主義，中間不能有停頓和間歇，這是一場偉大的革命，它將在全世界範圍內實現一個無階級、無壓迫的共產主義社會，基於此，他認爲十月革命具有劃時代的意義，它應該而且「已經開始在文學中申述自己，指揮文學而且管理文學，並且不僅在行政的意義上，在較深的意義上也是如此」〔註8〕，文學只有正面面對並充分表現十月革命及其開啓的無產階級革命時代才有價值，因爲這是一場由無產階級掌握領導權的革命，所以只有無產階級革命的藝術家才能自覺的「沉沒在革命中」、「溶解在革命中」以「領悟革命」〔註9〕，進而創作出符合「十月底觀點」的作品，托洛茨基由此出發，進一步對「同路人」進行了分析和批評，指出了他們在文學領域的過渡性質。另外，托洛茨基認爲正是由於無產階級革命者全身心投入到革命中，並對革命進程和意義有深刻理解，要實現一個無階級、每個人自由發展的共產主義社會，他們將忙於革命，無產階級文學將不會出現，只會出現一種從革命中走出的「革

〔註5〕托洛茨基：《文學與革命》，未名社出版部 1928 年版，第 105～106 頁。
〔註6〕托洛茨基：《文學與革命》，未名社出版部 1928 年版，第 100 頁。
〔註7〕托洛茨基：《文學與革命》，未名社出版部 1928 年版，第 133 頁。
〔註8〕托洛茨基：《文學與革命》，未名社出版部 1928 年版，第 21 頁。
〔註9〕托洛茨基：《文學與革命》，未名社出版部 1928 年版，第 117 頁。

命文學」，同時，革命的藝術家會「擺脫掉卑下的黨派的惡意」〔註 10〕，「對
於各種正眞誠地努力行近革命，並且這樣助成革命底藝術的造成的藝術團
體，能夠而且必須另加以信任」〔註 11〕，由此實現一個以「革命文學」爲主
導方向的自由多元的藝術領域，進而推動「革命文學」的大發展，這些都是
非「革命藝術家」們無法做到的。可見，整個托洛茨基文論，無論是文學的
階級分析論還是自由多元的藝術觀，都是以「只有革命的藝術家才能創作革
命文學」這一觀念爲中心的。

　　對於這一托洛茨基文學思想體系的主幹，魯迅肯定非常熟悉，首先因爲
他曾接觸過多種版本的《文學與革命》，根據目前能看到的魯迅日記、書信以
及其他相關材料進行統計可知，1925 年 8 月 26 日，他買到了這本書的日譯本，
1927 年 3 月到 4 月之間在《中央副刊》上讀到了傅東華的漢譯本，1927 年 9
月 11 日買到了英譯本，1928 年 2 月 23 日又買了一次日譯本，1928 年 3 月 16
日收到韋素園、李霽野合譯本，另外，韋素園爲了翻譯這本書，曾從蘇聯人
鐵捷克那裏得到了俄文原文本〔註 12〕，這個版本或許也被魯迅見到過。其次，
魯迅對托洛茨基的文論瞭如指掌。魯迅文章中關於「革命文學」的內容幾乎
都能找到《文學與革命》的影子，比如《革命時代的文學》對「大革命與文
學有什麼影響」這一問題的論述，以及《文藝與政治的歧途》中對「做文學
的人總得閒定一點」的論述，主要觀點幾乎全部脫胎於《文學與革命》第一
章「十月革命以前的文學」和第六章「無產階級的文化與無產階級的藝術」；
在《現今的新文學的概觀》中對「近似帶革命性的文學作品」的簡短論述中，
也能看到托洛茨基評論「同路人」文學時的一些觀點；在《〈豎琴〉前記》中
表達的對「同路人」文學的理解和評價也基本符合《文學與革命》的內容；
魯迅還把《文學與革命》的第三章完整翻譯過來作爲勃洛克《十二個》漢譯
本的序言。魯迅曾在《馬上日記之二》、《中山先生逝世後一週年》等多篇文
章中對托洛茨基的一些文學觀點表示讚同，在他看來，托洛茨基是一位「深
解文藝的批評者」〔註 13〕。

　　在托洛茨基「只有革命的藝術家才能創作革命文學」觀點的影響下，魯

〔註 10〕托洛茨基：《文學與革命》，未名社出版部 1928 年版，第 292 頁。
〔註 11〕托洛茨基：《文學與革命》，未名社出版部 1928 年版，第 288 頁。
〔註 12〕李霽野：《魯迅先生與未明社》，人民文學出版社 1984 年版，第 29 頁。
〔註 13〕魯迅：《後記》，載《十二個》，北新書局 1926 年版，第 73 頁。

迅形成了「革命人做出東西來，才是革命文學」的認識，他關於革命文學創
作主體的思考、對革命文學作品應達到的藝術高度的要求以及對當時文壇的
批評，幾乎都是圍繞這一認識展開的，可以說，這一認識成爲了魯迅的「革
命文學」觀的主導思想。

二、革命文學家：「必須和革命共同著生命」

　　魯迅對托洛茨基的一個觀點非常讚同：「托洛斯基曾經說明過什麼是革命
藝術。是：即使主題不談革命，而有從革命所發生的新事物藏在裏面的意識
一貫著者是；否則，即使以革命爲主題，也不是革命藝術。」〔註14〕在托洛
茨基本人看來，要「有從革命所發生的新事物藏在裏面的意識一貫著」，作者
本人就必須全身心投入到革命之中，「假如人不在革命底全部中，即作爲革命
主力底標的的那種客觀的歷史的工作中去看革命，那是不能夠瞭解革命，也
不能接受或繪畫革命的，甚至就連部分地也不能夠。假如這個弄錯了，那麼
中樞與革命就都吹了。革命就分裂成枝葉與奇譚，這些既不是英雄的，也不
是罪惡的。要是如此，畫一點兒怪乖巧的圖畫還可能，重新創造革命是不可
能的，和革命和諧一致自然是不可能的了。」〔註15〕對此，魯迅也表達了類
似的看法：「所以革命文學家，至少是必須和革命共同著生命，或深切地感受
著革命的脈搏的。」〔註16〕只要作家是這樣的「革命人」，「則無論寫的是什
麼事件，用的是什麼材料，即都是『革命文學』。」〔註17〕然而在魯迅看來，
「以革命文學自命的，一定不是革命文學」〔註18〕，「革命文學家風起雲湧的
所在，其實是並沒有革命的」〔註19〕，因此，這樣的「革命人」應該是「希
有」的，他們必須具備兩個特質。

　　第一，必須主動接觸實際的社會鬥爭，對革命的實際情形有深刻的瞭解。

〔註14〕　魯迅：《中山先生逝世後一週年》，載《魯迅全集·第七卷》，人民文學出版社
　　　　2005 年版，第 306 頁。

〔註15〕　托洛茨基：《文學與革命》，未名社出版部 1928 年版，第 116 頁。

〔註16〕　魯迅：《上海文藝之一瞥》，載《魯迅全集·第四卷》，人民文學出版社 2005
　　　　年版，第 307 頁。

〔註17〕　魯迅：《革命文學》，載《魯迅全集·第三卷》，人民文學出版社 2005 年版，
　　　　第 568 頁。

〔註18〕　魯迅：《文藝與政治的歧途》，載《魯迅全集·第七卷》，人民文學出版社 2005
　　　　年版，第 121 頁。

〔註19〕　魯迅：《革命文學》，載《魯迅全集·第三卷》，人民文學出版社 2005 年版，
　　　　第 568 頁。

魯迅經常以葉遂寧爲例，說明「對於革命抱著浪漫諦克的幻想的人，一和革命接近，一到革命進行，便容易失望」〔註20〕，他們不是「革命人」，只是革命的「同路人」，這正是《革命與文學》一書中對葉遂寧的評價，魯迅還用托洛茨基的觀點說明什麼是「同路人」：「托羅茨基也是支持者之一，稱之爲『同路人』。同路人者，謂因革命中所含有的英雄主義而接受革命，一同前行，但並無徹底爲革命而鬥爭，雖死不惜的信念，僅是一時同道的伴侶罷了。」〔註21〕由此可見，魯迅接受了托洛茨基的看法，認爲「同路人」對於革命的嚮往，並不是建立在一種理性認識的基礎上，而是基於英雄主義的浪漫幻想，他們也曾對革命表示過呼喚與支持，但對革命過程中血與火的殘酷現實並不清楚，也並不關心，因此，當革命眞正到來之後，他們的行爲無法與歷史進程合拍，最終被歷史所淘汰，他們的作品雖然可能因其較高的藝術水平不會被淘汰，但終究無法做到「有從革命所發生的新事物藏在裏面的意識一貫著」，不能作爲革命文學流傳於世。魯迅常常從俄國的葉遂寧等「同路人」聯想到中國的「南社」，作爲「希望革命的文人，革命一到，反而沉默下去的例子」〔註22〕，進而聯想到中國革命與革命文學，根據上述認識，他提出，作爲「革命人」的革命文學家必須主動接觸實際的社會鬥爭，對革命的實際情形有深刻的瞭解，這在《對於左翼作家聯盟的意見》中有集中闡釋：「倘若不和實際的社會鬥爭接觸，單關在玻璃窗內做文章，研究問題，那是無論怎樣的激烈，『左』，都是容易辦到的；然而一碰到實際，便即刻要撞碎了。關在房子裏，最容易高談徹底的主義，……這種社會主義者，毫不足靠。」「倘不明白革命的實際情形，也容易變成『右翼』。革命是痛苦，其中也必然混有污穢和血，決不是如詩人所想像的那般有趣，那般完美；革命尤其是現實的事，需要各種卑賤的，麻煩的工作，決不如詩人所想像的那般浪漫；革命當然有破壞，然而更需要建設，破壞是痛快的，但建設卻是麻煩的事。」〔註23〕

　　第二，作爲「革命人」的革命文學家在接觸和深刻瞭解革命實際情形的

〔註20〕 魯迅：《對於左翼作家聯盟的意見》，載《魯迅全集・第四卷》，人民文學出版社2005年版，第239頁。

〔註21〕 魯迅：《〈豎琴〉前記》，載《魯迅全集・第四卷》，人民文學出版社2005年版，第445頁。

〔註22〕 魯迅：《現今的新文學的概觀》，載《魯迅全集・第四卷》，人民文學出版社2005年版，第137頁。

〔註23〕 魯迅：《對於左翼作家聯盟的意見》，載《魯迅全集・第四卷》，人民文學出版社2005年版，第238～239頁。

基礎上，還必須是一位「戰鬥者」，他要認清整個革命局勢以有的放矢的去鬥爭，也就是「在瞭解革命和敵人上，倒是必須更多的去解剖當面的敵人的。要寫文學作品也一樣，不但應該知道革命的實際，也必須深知敵人的情形，現在的各方面的狀況，再去斷定革命的前途。惟有明白舊的，看到新的，瞭解過去，推斷將來，我們的文學的發展才有希望」〔註24〕，這正是托洛茨基所謂的「每個大時代，不論是宗教改革也罷，文藝復興也罷，革命也罷，必得整個地被接受，不是成段地或分爲小部地。」〔註25〕更重要的是，還要具備一位「戰鬥者」應有的「韌」的精神，「所謂韌，就是不要像前清做八股文的『敲門磚』似的辦法。……門一敲進，磚就可拋棄了，不必再將它帶在身邊」〔註26〕，就是「對於舊社會和舊勢力的鬥爭，必須堅決，持久不斷」〔註27〕，這也與《文學與革命》中的一個重要觀點極爲相似：「革命底至情與詩。是在於下面的事實中：一個新的革命的階級，變成了這一切戰具底主人，而且以去充實人並造成新人的新理想底名，它繼續著與舊世界的鬥爭，興起衰落，直到最後的勝利的瞬間。」〔註28〕

但是，魯迅並不認爲這種作爲「革命人」的革命文學家應該馬上出現，他在黃埔軍官學校演講中直陳：「諸君是實際的戰爭者，是革命的戰士，我以爲現在還是不要佩服文學的好。」這不僅因爲「中國現在的社會情狀，止有實地的革命戰爭，一首詩嚇不走孫傳芳，一炮就把孫傳芳轟走了」，而且因爲他始終堅持「文學總是一種餘裕的產物」〔註29〕，「做文學的人總得閒定一點，正在革命中，那有工夫做文學」〔註30〕。這實際就是托洛茨基在演講中所說的：「一直先前，就有老話的：劍戟一發聲，詩人便沉默。要文學的復活，休

〔註24〕 魯迅：《上海文藝之一瞥》，載《魯迅全集·第四卷》，人民文學出版社 2005 年版，第 308 頁。

〔註25〕 托洛茨基：《文學與革命》，未名社出版部 1928 年版，第 100 頁。

〔註26〕 魯迅：《對於左翼作家聯盟的意見》，載《魯迅全集·第四卷》，人民文學出版社 2005 年版，第 242 頁。

〔註27〕 魯迅：《對於左翼作家聯盟的意見》，載《魯迅全集·第四卷》，人民文學出版社 2005 年版，第 240 頁。

〔註28〕 托洛茨基：《文學與革命》，未名社出版部 1928 年版，第 127 頁。

〔註29〕 魯迅：《革命時代的文學》，載《魯迅全集·第三卷》，人民文學出版社 2005 年版，第 441～442 頁。

〔註30〕 魯迅：《文藝與政治的歧途》，載《魯迅全集·第七卷》，人民文學出版社 2005 年版，第 119 頁。

息是必要的。」〔註31〕

三、「當先求內容的充實和技巧的上達」

在文學創作方面，托洛茨基始終堅持藝術應該具有自身獨立的審美品格，並認爲「麻疤的藝術不是藝術」〔註32〕，魯迅也有同樣的觀點，他說：「如果是戰鬥的無產者，只要所寫的是可以成爲藝術品的東西，那就無論他所描寫的是什麼事情，所使用的是什麼材料，對於現代以及將來一定是有貢獻的意義的。」〔註33〕從這句話中可以看出，魯迅認爲在具備了作者是「革命人」這一條件的基礎上，還必須滿足另一個條件，即革命人做出的東西必須是「藝術品」，才能稱爲「革命文學」。在托洛茨基看來，革命文學作品要成爲藝術品，具有藝術價值，必須在內容中展現出言說革命的強烈欲望，有革命意識渾融的充斥其間，而不是簡單的拼湊革命辭語，同時還要學習運用藝術技巧，這可以用魯迅的一句話進行概括：「當先求內容的充實和技巧的上達，不必忙於掛招牌。」〔註34〕

托洛茨基在《文學與革命》第三章對亞歷山大・勃洛克及其詩作《十二個》進行了評價，認爲「《十二個》也一毫不差不是一首革命詩」，原因在於，雖然「勃洛克抓住了革命底車輪」，但這首詩「是被革命佔有了的個人主義藝術底鴻鵠歌」，「他在革命底最粗俗的形式中，而且僅在粗俗的形式中，看取革命」，而所描寫的貌似革命的事實其實都與革命無關，詩中出現的基督「無論如何不是屬於革命，不過是屬於勃洛克底過去的」。〔註35〕魯迅將這一章翻譯過來作爲《十二個》漢譯本序言之後，又寫了一篇後記，對托洛茨基的判斷表示認可：「如托羅茲基言，因爲他『向著我們這邊突進了。突進而受傷了。』」接下來還根據自己的理解對這句引文進行了闡釋：「人多是『生命之川』之中的一滴，承著過去，向著未來，倘不是眞的特出到異乎尋常的，便都不免並含著向前和反顧。詩《十二個》裏就可以看見這樣的心：他向前，所以向革

〔註31〕　《關於對文藝的黨的政策——關於文藝政策的評議會的議事速記錄》，載《文藝政策》，水沫書店1930年版，第123頁。

〔註32〕　托洛茨基：《文學與革命》，未名社出版部1928年版，第270頁。

〔註33〕　魯迅：《關於小說題材的通信》，載《魯迅全集・第四卷》，人民文學出版社2005年版，第376頁。

〔註34〕　魯迅：《文藝與革命》，載《魯迅全集・第四卷》，人民文學出版社2005年版，第84頁。

〔註35〕　托洛茨基：《文學與革命》，未名社出版部1928年版，第155～161頁。

命突進了,然而反顧,於是受傷。」在這種理解的基礎上,魯迅得出結論:「呼喚血和火的,詠歎酒和女人的,賞味幽林和秋月的,都要眞的神往的心,否則一樣是空洞。」〔註36〕這裡所謂的「眞的神往的心」,用托洛茨基的話來說,就是「說革命的大欲望」〔註37〕,沒有這種欲望,作品內容就是空洞的,即使主題反映革命,也不成其爲「革命文學」,而只要具備這種「眞的神往的心」,即使主題並不與革命相連,其內容也會「澈底地爲革命所煊染」、「被由革命而生的新意識著了色」〔註38〕,這樣的作品就是內容充實的革命文學作品。由此出發,魯迅進一步認識到:「世間往往誤以兩種文學爲革命文學:一是在一方的指揮刀的掩護之下,斥罵他的敵手的;一是紙面上寫著許多『打,打』,『殺,殺』,或『血,血』的。」〔註39〕因爲這兩類作品「並非對於強暴者的革命,而是對於失敗者的革命」,對於失敗者的革命並不是革命,因此其中並沒有對革命眞的神往的心貫穿著,「『打,打』,『殺,殺』,聽去誠然是英勇的,但不過是一面鼓。即使是鼚鼓,倘若前面無敵軍,後面無我軍,終於不過是一面鼓而已」,作品內容仍然是空洞的,魯迅還以唐朝人做富貴詩進行類比,眞會寫富貴景象的,根本不用「金」「玉」「錦」「綺」等字眼,但作品內容卻是被富貴著了色的、更加充實的。〔註40〕

做到了「內容的充實」還不夠,「技巧的上達」也是必須的。托洛茨基認爲:「光是文學技術底研究就是一種必需的層序,……對於許多年青的無產階級作家,人可以十分公道地說,不是他們是技術底主人,確實技術是他們底主人。對於更有天才者,這不過是一種生長病。但是拒絕學習技術者,將要成爲『不自然的』,模仿的,甚至小丑似的。」〔註41〕魯迅也重視「技巧」的學習,他在《文藝與革命》一文中對這一點進行了簡短闡述,其行文邏輯與托洛茨基非常接近,托洛茨基在說明學習「文學技術」很重要後,就批評了「拒絕學習技術者」,指出他們的作品「將要成爲『不自然的』,模仿的,甚至小丑似的」,魯迅同樣在說明「技巧」的重要性後批評了「革命文

〔註36〕魯迅:《後記》,載《十二個》,北新書局1926年版,第70~71頁。
〔註37〕托洛茨基:《文學與革命》,未名社出版部1928年版,第302頁。
〔註38〕托洛茨基:《文學與革命》,未名社出版部1928年版,第301頁。
〔註39〕魯迅:《革命文學》,載《魯迅全集·第三卷》,人民文學出版社2005年版,第567頁。
〔註40〕魯迅:《革命文學》,載《魯迅全集·第三卷》,人民文學出版社2005年版,第567~568頁。
〔註41〕托洛茨基:《文學與革命》,未名社出版部1928年版,第270頁。

學家是又要討厭的」，指出他們的作品將會流於非文藝的宣傳品。不僅如此，他們這種主張的動因也是一樣的，也就是將文學作爲一門獨立的藝術，不把它視爲某種東西的附庸。比如，魯迅在《文藝與革命》中闡述技巧重要性的一段最後一句話說道：「革命之所以於口號，標語，布告，電報，教科書……之外，要用文藝者，就因爲它是文藝。」〔註42〕從此處可知，魯迅視文藝爲革命過程中區別於口號、標語、布告等等的一種獨立的宣傳形式，獨特之處就在於它是一種需要運用藝術技巧創造出來的藝術品；又如，在《文學的階級性》一文中，魯迅根據「脫羅茲基曾以對於『死之恐怖』爲古今人所共同，來說明文學中有不帶階級性的分子」，表達了自己對文學的階級性的看法：「在我自己，是以爲若據性格感情等，都受『支配於經濟』之說，則這些就一定都帶著階級性。但是『都帶』，而非『只有』。」〔註43〕這同樣也是認同了托洛茨基的觀點，主張文學應該具有自己獨立的地位，不能因爲革命而成爲階級的附庸。總而言之，無論是把文藝看作區別於口號、標語等等的一種獨特宣傳形式，還是反對文學成爲階級的附庸，魯迅的這兩個觀點都可以用托洛茨基的一句話予以概括：「藝術必須開闢自己的道路，並且用自己的方法。」〔註44〕

四、「空洞」的革命文壇

　　「革命人做出東西來，才是革命文學」的認識影響了魯迅對當時文壇的看法。1928 年，創造社、太陽社的部分成員與魯迅就「革命文學」問題展開論爭，從這一年開始，他經常在雜文中對一些革命文學家和革命文學口號提出批評，很重要的一個原因是：在他看來，這些革命文學家並不是眞正的「革命人」，他們所討論和創作的作品也並不是眞正意義上的革命文學作品。

　　魯迅認爲，之所以「上海的文界今年是恭迎無產階級文學使者，沸沸揚揚」，是因爲很多人覺得「文藝家的眼光要超時代，所以到否雖不可知，也須先行擁篲清道，或者傴僂奉迎」，並不是眞的基於對革命的體驗和關懷，於是對於無產階級文學使者，他們「在大屋子裏尋，在客店裏尋，在洋人家裏尋，

〔註42〕魯迅：《文藝與革命》，載《魯迅全集·第四卷》，人民文學出版社 2005 年版，第 85 頁。
〔註43〕魯迅：《文學的階級性》，載《魯迅全集·第四卷》，人民文學出版社 2005 年版，第 128 頁。
〔註44〕托洛茨基：《文學與革命》，未名社出版部 1928 年版，第 288 頁。

在書鋪子裏尋，在咖啡館裏尋⋯⋯」〔註45〕魯迅這樣寫明顯是在諷刺他們，因為「大屋子」、「洋人家」、「咖啡館」等等場所一般來說是與革命、無產階級無關的，另外，魯迅對「超時代」也有定義：「超時代其實就是逃避，倘自己沒有正視現實的勇氣，又要掛革命的招牌，便自覺地或不自覺地必然地要走入那一條路的。」〔註46〕也就是說，他認為在革命風潮即將到來的現實狀況之下，上海文學界的普遍風氣只不過是在忙著掛招牌，其目的是為自己尋找一個出路：「於是做人便難起來，口頭不說『無產』便是『非革命』，還好；『非革命』即是『反革命』，可就險了。這真要沒有出路。」〔註47〕而對於需要革命的社會現實以及馬上到來的革命風潮，沒有人瞭解實際情況，更沒有人表示熱切的渴望並去主動迎接，「招牌是掛了，卻只是吹噓同夥的文章，而對於目前的暴力和黑暗不敢正視」〔註48〕。不僅如此，魯迅後來更發現了葉靈鳳、向培良等等很多所謂的「革命文學者」缺乏「韌」的戰鬥精神，他在《上海文藝之一瞥》中寫道：「但有些『革命文學者』的本身裏，還藏著容易犯到的病根。『革命』和『文學』，若斷若續，好像兩隻靠近的船，一隻是『革命』，一隻是『文學』，而作者的每一隻腳就站在每一隻船上面。當環境較好的時候，作者就在革命這一隻船上踏得重一分，分明是革命者，待到革命一被壓迫，則在文學的船上踏得重一點，他變了不過是文學家了。」〔註49〕這種腳踩兩隻船的做法絕不是一位堅韌的戰鬥者所為，因此，無論他們講「革命文學」還是後來更「徹底」的「無產階級文學」，都是含混的，加之毫無革命生活體驗，他們根本不是魯迅所謂的「革命人」，在魯迅看來，這最終導致他們「要有革命者的名聲，卻不肯吃一點革命者往往難免的辛苦，於是不但笑啼俱偽，並且左右不同，連葉靈鳳所抄襲來的『陰陽臉』，也還不足以淋漓盡致地為他們自己寫照」〔註50〕。

〔註45〕魯迅：《路》，載《魯迅全集·第四卷》，人民文學出版社2005年版，第90頁。

〔註46〕魯迅：《文藝與革命》，載《魯迅全集·第四卷》，人民文學出版社2005年版，第84頁。

〔註47〕魯迅：《路》，載《魯迅全集·第四卷》，人民文學出版社2005年版，第90頁。

〔註48〕魯迅：《文藝與革命》，載《魯迅全集·第四卷》，人民文學出版社2005年版，第85頁。

〔註49〕魯迅：《上海文藝之一瞥》，載《魯迅全集·第四卷》，人民文學出版社2005年版，第305頁。

〔註50〕魯迅：《文壇的掌故》，載《魯迅全集·第四卷》，人民文學出版社2005年版，第123～124頁。

　　既然不是「革命人」，就無法在作品中融入「真的神往的心」，作品內容便不免「空洞」，魯迅認為「創造社所提倡的，更徹底的革命文學——無產階級文學，自然更不過是一個題目」〔註51〕，是將文學變成「階級性」的附庸和某種鬥爭工具：「索性主張無產階級文學，但無須無產者自己來寫；無論出身是什麼階級，無論所處是什麼環境，只要『以無產階級的意識，產生出來的一種的鬥爭的文學』就是，直截爽快得多了。」〔註52〕這裡的「無產階級的意識」就是指「階級性」，魯迅在《文學的階級性》一文中就諷刺了這種「住洋房，喝咖啡，卻道『唯我把握住了無產階級意識，所以我是真的無產者』的革命文學者」〔註53〕；這裡的「一種的鬥爭的文學」就是把文學視為鬥爭工具，也就是李初梨所謂的「由藝術的武器到武器的藝術」、成仿吾的「十萬兩無煙火藥」。無論是把文學視為「階級性」的附庸還是某種鬥爭工具，其著眼點都不在文學本身，沒有把革命文學作為一種藝術品來看待，這就無法成為「被說革命的大欲望所充滿的藝術」〔註54〕，也就與魯迅所主張的「內容的充實」相去甚遠了。內容尚且不充實，藝術技巧就更無從談起了，魯迅對於「現在的廣東，是非革命文學不能算做文學的，是非『打打打，殺殺殺，革革革，命命命』，不能算做革命文學的」〔註55〕現象非常不滿，認為這些字眼「不過是一面鼓」，「『賦得革命，五言八韻』，是只能騙騙盲試官的」〔註56〕，「作品雖然也有些發表了，但往往是拙劣到連報章記事都不如」〔註57〕。

　　綜上所述，「革命人做出東西來，才是革命文學」思想的形成是托洛茨基文論對魯迅文學思想的主要影響。魯迅根據自己所讀的《文學與革命》、自己所翻譯的這本書的第三章和《文藝政策》等資料，在對托洛茨基文論有全面、

〔註51〕魯迅：《現今的新文學的概觀》，載《魯迅全集·第四卷》，人民文學出版社 2005 年版，第 138 頁。

〔註52〕魯迅：《「醉眼」中的朦朧》，載《魯迅全集·第四卷》，人民文學出版社 2005 年版，第 63 頁。

〔註53〕魯迅：《文學的階級性》，載《魯迅全集·第四卷》，人民文學出版社 2005 年版，第 128 頁。

〔註54〕托洛茨基：《文學與革命》，未名社出版部 1928 年版，第 302 頁。

〔註55〕魯迅：《文藝與政治的歧途》，載《魯迅全集·第七卷》，人民文學出版社 2005 年版，第 119 頁。

〔註56〕魯迅：《革命文學》，載《魯迅全集·第三卷》，人民文學出版社 2005 年版，第 568 頁。

〔註57〕魯迅：《文藝與革命》，載《魯迅全集·第四卷》，人民文學出版社 2005 年版，第 85 頁。

深入的理解的基礎上，抓住了托洛茨基文學思想體系的主幹，認識到革命文學的作者必須是一位「革命人」，要主動接觸並深刻瞭解實際的社會鬥爭情況，並具有「韌」的戰鬥精神，是一位戰鬥者，另一方面，革命文學作品必須是一件藝術品，具有較高的藝術價值，內容要充實，技巧要上達。這些思想直接影響了魯迅對於當時中國文壇的看法，成爲其「革命文學」觀的主導，他認爲文藝界缺乏眞正的「革命人」，故而不會有對革命「眞的神往的心」，這使不斷出現的作品在內容方面並不充實，更談不上藝術技巧，因此，不能算作眞正的革命文學作品。

第二節　魯迅與托洛茨基的思想「相遇」

魯迅對托洛茨基文論接受的思想基礎值得深入探討。從 1925 年第一次買到《文學與革命》開始，魯迅就對托洛茨基讚佩有加，甚至在托洛茨基與托派已經成了人人喊打的「法西斯的走狗」之後，魯迅仍然對托洛茨基懷有崇敬之意，是什麼原因讓魯迅產生了這種至死不渝的感情？要回答這一問題，必須首先突破一個界限，目前學界普遍將托洛茨基文論對魯迅思想的影響歸入「魯迅後期思想」範圍內，這一劃分方式固然有其道理，但同時也造成了局限和斷裂，它將我們的目光聚焦於「後期」這樣一個時間範圍內，就很容易忽視其「前期思想」。在托洛茨基文論對魯迅思想的影響研究方面，存在一個基本的現象，即魯迅從來沒有在自己的文章中直接使用托洛茨基文論的譯文，而是將之與自己的感悟、觀點、意見、經驗等等摻在一起，在領會了托洛茨基的總體觀點後進行概括並寫入文章，根據這一現象，我們可以得出這樣一個推測：魯迅自身很可能本來就已經形成了某些思想的雛形，在托洛茨基文論的影響之下，催生出了具體的觀點，因此，托洛茨基文論對魯迅思想的影響並非觀點移植，而是思想「相遇」，它使魯迅在面對 20 年代末至 30 年代的革命鬥爭情況及其影響下產生的革命文學思潮這種具體時代語境，開始了獨立思考卻尙未形成相應有效的話語方式的情況下，找到了一個可資借鑒的話語資源，他們兩個從未謀面的人所持有的兩套獨立思想體系中，或許存在著重要的契合點，這是魯迅能對托洛茨基產生至死不渝的感情的根源，因此，研究托洛茨基文論對魯迅思想的影響，可以跳出「魯迅後期思想」這一範圍的束縛，將「前期」與「後期」連貫在一起，進而尋找兩人思想的重要

契合點在哪裏。

一、偶然「相遇」

　　這一研究可以從一系列表面現象入手。魯迅在 1925 年 8 月 26 日的日記中記錄：「往東亞公司買《革命と文學》一本，一元六角。」〔註58〕《革命と文學》是茂森唯士所翻譯的日文版《文學與革命》，這應該是魯迅第一次接觸托洛茨基的文論著作，此前，魯迅有可能聽說過托洛茨基這個名字，但是一定不知道此人的文學理論觀點，這可以從他的一句讚歎中得到印證：「在中國人的心目中，大概還以爲托羅茲基是一個喑嗚叱吒的革命家和武人，但看他這篇，便知道他也是一個深解文藝的批評者。他在俄國，所得的俸錢，還是稿費多。」〔註59〕從這個角度來看，魯迅購買《文學與革命》的行爲，不是有目的有計劃的，而是一次偶然事件。這次偶然「相遇」，讓魯迅發現了一個可以與自己已有知識儲備相呼應、與自己觀點主張基本一致的外來文學理論資源，造成了一次思想「相遇」。

　　魯迅對托洛茨基關於文藝政策、無產階級文化等方面的觀點似乎毫無興趣，在他的所有文章中，幾乎找不到任何這些方面的痕跡，這或許意味著魯迅對托洛茨基文論觀點的接受是有選擇的，他只關心托洛茨基關於「同路人」、「革命人」和文學作品獨立審美價值的論述，這在他的文章中表現得非常明顯，不僅經常出現托洛茨基在這些方面的相關觀點，而且經常借用《文學與革命》中的具體例證，然而，這些內容與魯迅自己的言論完全融合在一起，如果不進行仔細對照和辨別，甚至很難發現它們來自於托洛茨基的文論觀點，這種融合大致分爲兩類。

　　第一類是魯迅將自己所久已熟知的事實例證與來自《文學與革命》的「同路人」現象放在一起進行討論。自從接觸到《文學與革命》一書之後，在魯迅的文章中就開始經常出現勃洛克、葉遂寧、梭波里、畢力涅克等等名字，這些都是托洛茨基所謂的「同路人」，尤其是勃洛克，在他所作《十二個》中譯本出版時，魯迅親自翻譯了《文學與革命》中的相關章節作爲序言，並寫了後記，另外，魯迅在《馬上日記之二》中談到勃洛克時，也表達了對托洛

〔註58〕魯迅：《日記十四》，載《魯迅全集‧第十五卷》，人民文學出版社 2005 年版，第 578 頁。

〔註59〕魯迅：《後記》，載《十二個》，未名社出版部 1926 年版，第 73 頁。

茨基觀點的認可：「然而他眼見，身歷了革命了，知道這裡面有破壞，有流血，有矛盾，但也並非無創造，所以他決沒有絕望之心。這正是革命時代的活著的人的心。詩人勃洛克（Alexander Block）也如此。他們自然是蘇聯的詩人，但若用了純馬克思流的眼光來批評，當然也還是很有可議的處所。不過我覺得托羅茲基（Trotsky）的文藝批評，到還不至於如此森嚴。」〔註60〕對於這些「同路人」例子，魯迅在列舉的時候都是與中國的南社等等並列。在《現今的新文學的概觀》中，首先談到「希望革命的文人，革命一到，反而沉默下去的例子，在中國便曾有過的。即如清末的南社，便是鼓吹革命的文學團體，他們歎漢族的被壓制，憤滿人的兇橫，渴望著『光復舊物』。但民國成立以後，倒寂然無聲了。我想，這是因為他們的理想，是在革命以後，『重見漢官威儀』，峨冠博帶。而事實並不這樣，所以反而索然無味，不想執筆了」，然後聯想到「俄國的例子尤為明顯，十月革命開初，也曾有許多革命文學家非常驚喜，歡迎這暴風雨的襲來，願受風雷的試煉。但後來，詩人葉遂寧，小說家索波里自殺了……這是什麼緣故呢？就因為四面襲來的並不是暴風雨，來試煉的也並非風雷，卻是老老實實的『革命』。空想被擊碎了，人也就活不下去」。〔註61〕《對於左翼作家聯盟的意見》中同樣如此，先談到「所以對於革命抱著浪漫諦克的幻想的人，一和革命接近，一到革命進行，便容易失望。聽說俄國的詩人葉遂寧，當初也非常歡迎十月革命，當時他叫道，『萬歲，天上和地上的革命！』又說『我是一個布爾塞維克了！』然而一到革命後，實際上的情形，完全不是他所想像的那麼一回事，終於失望，頹廢。葉遂寧後來是自殺了的，聽說這失望是他的自殺的原因之一。又如畢力涅克和愛倫堡，也都是例子」，然後又聯想到了「在我們辛亥革命時也有同樣的例，那時有許多文人，例如屬於『南社』的人們，開初大抵是很革命的，但他們抱著一種幻想，以為只要將滿洲人趕出去，便一切都恢復了『漢官威儀』，人們都穿大袖的衣服，峨冠博帶，大步地在街上走。誰知趕走滿清皇帝以後，民國成立，情形卻全不同，所以他們便失望，以後有些人甚至成為新的運動的反動者。但是，我們如果不明白革命的實際情形，也容易和他們一樣的」。

〔註60〕 魯迅：《馬上日記之二》，載《魯迅全集·第三卷》，人民文學出版社 2005 年版，第 361～362 頁。

〔註61〕 魯迅：《現今的新文學的概觀》，載《魯迅全集·第四卷》，人民文學出版社 2005 年版，第 137～138 頁。

〔註 62〕在爲《十二個》所寫的後記中，魯迅對托洛茨基關於勃洛克的觀點深表認可，並贊許他「是一個深解文藝的批評者」，也是以賞析評論中國文學的眼光爲基礎的：「呼喚血和火的，詠歎酒和女人的，賞味幽林和秋月的，都要眞的神往的心，否則一樣是空洞。人多是『生命之川』之中的一滴，承著過去，向著未來，倘不是眞的特出到異乎尋常的，便都不免並含著向前和反顧。」〔註 63〕這些現象說明魯迅是根據自己已有的知識積累和人生閱歷來接受托洛茨基文論的，《文學與革命》中對很多俄國文學現象的分析和判斷，恰好與魯迅對中國某些重要現象的認識相一致。

　　第二類是魯迅化用托洛茨基的觀點表達自己想說卻不知該如何說的話，這以 1926 年所作《中山先生逝世後一週年》一文最爲典型。魯迅在這篇文章中表達了對孫中山先生的敬意，在文章末尾高度評價其革命精神時，卻出現了一個奇怪的現象，本來與文學藝術無關的一篇文章，卻以托洛茨基對革命藝術的定義作爲對孫中山革命精神的全部評語：「他是一個全體，永遠的革命者。無論所做的那一件，全都是革命。無論後人如何吹求他，冷落他，他終於全都是革命。爲什麼呢？托洛斯基曾經說明過什麼是革命藝術。是：即使主題不談革命，而有從革命所發生的新事物藏在裏面的意識一貫著者是；否則，即使以革命爲主題，也不是革命藝術。」對於這一現象，我們或許可以這樣理解：魯迅想表達的意思是讚頌「矢志不渝追求革命的領袖」，這可以從托洛茨基的定義中體會出來，但是他在當時尚未有充分的話語準備，還不知道該如何組織語言，這可以從語句的略顯凌亂現象中得到印證，魯迅想使用的不是這個定義，而是定義中隱含的意思，另外，這個定義在《文學與革命》一書中是無法找到的，托洛茨基沒有對它進行準確精鍊的概括，而是通過大量舉例分析傳達出來的，因此，魯迅是意會了托洛茨基的觀點，並在詞窮之時發現恰好可以將之用做替代。這一類的例子還有很多，比如《文藝與革命》中，魯迅提出「但我以爲當先求內容的充實和技巧的上達，不必忙於掛招牌。『稻香村』『陸稿薦』，已經不能打動人心了，『皇太后鞋店』的顧客，我看見也並不比『皇后鞋店』裏的多。一說『技巧』，革命文學家是又要討厭的。但我以爲一切文藝固是宣傳，而一切宣傳卻並非全是文藝，這正如一切花皆有

〔註 62〕魯迅：《對於左翼作家聯盟的意見》，載《魯迅全集·第四卷》，人民文學出版社 2005 年版，第 239 頁。
〔註 63〕魯迅：《後記》，載《十二個》，未名社出版部 1926 年版，第 71 頁。

色（我將白也算作色），而凡顏色未必都是花一樣。革命之所以於口號，標語，布告，電報，教科書……之外，要用文藝者，就因爲它是文藝」，如果與托洛茨基《文學與革命》的內容對照，可以看到「當先求內容的充實和技巧的上達……一說『技巧』，革命文學家是又要討厭的……革命之所以於口號，標語，布告，電報，教科書……之外，要用文藝者，就因爲它是文藝」〔註 64〕這個觀點以及行文邏輯與《文學與革命》第六章中的一段內容基本一致〔註 65〕，但魯迅是以「我以爲」的角度進行表達的，且論述這個觀點時所用的證據是「稻香村」、「陸稿薦」、「皇太后鞋店」、「皇后鞋店」等等魯迅所熟知的中國事物，並加入了對辛克萊「一切文藝是宣傳」觀點的討論，綜合這些方面來看，魯迅對於「當先求內容的充實和技巧的上達」應該是已經形成了自己的思考和看法，而在形諸文字時，爲了進行有效表達，他借用了《文學與革命》中的話語資源，這一借用過程並非原封不動的照搬語句，而是選取了托洛茨基文論觀點中與自己思想相一致的方面，予以概括使用。在《文學的階級性》中，魯迅對「脫羅茲基曾以對於『死之恐怖』爲古今人所共同，來說明文學中有不帶階級性的分子」表示肯定，這也是以自己的深入獨立思考爲基礎的：「在我自己，是以爲若據性格感情等，都受『支配於經濟』（也可以說根據於經濟組織或依存於經濟組織）之說，則這些就一定都帶著階級性。但是『都帶』，而非『只有』。所以不相信有一切超乎階級，文章如日月的永久的大文豪，也不相信住洋房，喝咖啡，卻道『唯我把握住了無產階級意識，所以我是眞的無產者』的革命文學者。」〔註 66〕

二、娜拉・呂緯甫・范愛農

　　從以上表面現象深入下去，「同路人」概念成爲需要深入具體探討的點。托洛茨基首次將「同路人」這一政治領域內的術語應用於文學批評，並在《文學與革命》中以占全書約三分之一的篇幅進行討論，其中的重要觀點和具體作家作品例證都對魯迅產生了很大影響，這在魯迅文章中表現得很明顯。魯迅根據自己的理解，對托洛茨基的「同路人」概念進行了概括：「托羅茨基也

〔註 64〕魯迅：《文藝與革命》，載《魯迅全集・第四卷》，人民文學出版社 2005 年版，第 84～85 頁。

〔註 65〕參見托洛茨基：《文學與革命》，未名社出版部 1928 年版，第 270 頁。

〔註 66〕魯迅：《文學的階級性》，載《魯迅全集・第四卷》，人民文學出版社 2005 年版，第 128 頁。

是支持者之一，稱之爲『同路人』。同路人者，謂因革命中所含有的英雄主義而接受革命，一同前行，但並無徹底爲革命而鬥爭，雖死不惜的信念，僅是一時同道的伴侶罷了。這名稱，由那時一直使用到現在。」〔註 67〕

　　類似這樣的認識在魯迅的很多早期文章中都曾出現過。《摩羅詩力說》中就注意到：「特生民之始，既以武健勇烈，抗拒戰鬥，漸進於文明矣，化定俗移，轉爲新懦，知前征之至險，則爽然思歸其雌，而戰場在前，復自知不可避，於是運其神思，創爲理想之邦，或托之人所莫至之區，或遲之不可計年以後。自柏拉圖（Platon）《邦國論》始，西方哲士，作此念者不知幾何人。」〔註 68〕雖然《摩羅詩力說》中討論的是人類文明伊始的情況，但是已經出現了類似「並無徹底鬥爭，雖死不惜的信念，僅是一時同道的伴侶」這樣的思考，這或許表明魯迅很早就關注到這一類現象了。在 1925 年所作《雜憶》中，就具體到革命過程中的這樣一批中國青年：「時當清的末年，在一部分中國青年的心中，革命思潮正盛，凡有叫喊復仇和反抗的，便容易惹起感應。……別有一部分人，則專意搜集明末遺民的著作，滿人殘暴的記錄，鑽在東京或其他的圖書館裏，抄寫出來，印了，輸入中國，希望使忘卻的舊恨復活，助革命成功。於是《揚州十日記》，《嘉定屠城記略》，《朱舜水集》，《張蒼水集》都翻印了，還有《黃蕭養回頭》及其他單篇的彙集，我現在已經舉不出那些名目來。別有一部分人，則改名『撲滿』『打清』之類，算是英雄。這些大號，自然和實際的革命不甚相關，但也可見那時對於光復的渴望之心，是怎樣的旺盛。不獨英雄式的名號而已，便是悲壯淋漓的詩文，也不過是紙片上的東西，於後來的武昌起義怕沒有什麼大關係。待到革命起來，就大體而言，復仇思想可是減退了。……但那時的所謂文明，卻確是洋文明，並不是國粹；所謂共和，也是美國法國式的共和，不是周召共和的共和。」〔註 69〕魯迅在這裡所關注的中國青年，以「叫喊復仇和反抗」、「撲滿」、「打清」爲「英雄式的名號」，可以說就是「因革命中所含有的英雄主義而接受革命」，但這些名號「自然和實際的革命不甚相關」，等革命興起後，他們發現與自己「對於

〔註 67〕魯迅：《〈豎琴〉前記》，載《魯迅全集·第四卷》，人民文學出版社 2005 年版，第 445 頁。

〔註 68〕魯迅：《摩羅詩力說》，載《魯迅全集·第一卷》，人民文學出版社 2005 年版，第 68～69 頁。

〔註 69〕魯迅：《雜憶》，載《魯迅全集·第一卷》，人民文學出版社 2005 年版，第 233～234 頁。

光復的渴望之心」相距甚遠，且革命後的文明「卻確是洋文明，並不是國粹」，共和「也是美國法國式的共和，不是周召共和的共和」，於是這批青年就消失了，這與來自《文學與革命》的勃洛克、葉遂寧的經歷和遭遇何其相似，根據《魯迅全集》中關於「南社」的註釋可以推測，後來魯迅經常與俄國「同路人」作家相提並論的「屬於『南社』的人們」〔註70〕大概就在這批青年的行列中。

魯迅早期對於這種現象和這一類青年的思考，以娜拉、呂緯甫和范愛農三個形象爲典型，與他在1925年後經常提及的四個「同路人」——皮涅克、勃洛克、葉遂寧和梭波里——相對照，會發現他們之間在某些重要方面上存在極大的相似之處，從這一角度來看，娜拉、呂緯甫和范愛農可以被視爲魯迅早期尚未接觸到托洛茨基「同路人」概念時，就已經產生的與之類似的思想雛形。

娜拉是易卜生作品《傀儡家庭》中的文學形象，這部作品譯介到中國後，產生了很大影響，魯迅在北京女子高等師範學校文藝會上以《娜拉走後怎樣》爲題做了一次演講，從「她竟覺悟了：自己是丈夫的傀儡，孩子們又是她的傀儡。她於是走了，只聽得關門聲，接著就是閉幕」開始，猜測娜拉走後會發生什麼事。魯迅認爲，「從事理上推想起來，娜拉或者也實在只有兩條路：不是墮落，就是回來。因爲如果是一匹小鳥，則籠子裏固然不自由，而一出籠門，外面便又有鷹，有貓，以及別的什麼東西之類；倘使已經關得麻痹了翅子，忘卻了飛翔，也誠然是無路可以走。還有一條，就是餓死了，但餓死已經離開了生活，更無所謂問題，所以也不是什麼路」，他在文末還補充了一種假設：「然而上文，是又將娜拉當作一個普通的人物而說的，假使她很特別，自己情願闖出去做犧牲，那就又另是一回事。我們無權去勸誘人做犧牲，也無權去阻止人做犧牲。況且世上也盡有樂於犧牲，樂於受苦的人物。……只是這犧牲的適意是屬於自己的，與志士們之所謂爲社會者無涉。」〔註71〕將「從事理上推想起來」的結果與文末的假設結合，魯迅的意思可以完整表述爲：娜拉雖然覺醒了，但是她在出走之後很可能沒有爲爭取自身自由而「情

〔註70〕魯迅：《對於左翼作家聯盟的意見》，載《魯迅全集·第四卷》，人民文學出版社2005年版，第239頁。

〔註71〕魯迅：《雜憶》，載《魯迅全集·第一卷》，人民文學出版社2005年版，第166、170頁。

願犧牲」的決心，所以其「覺悟」和「出走」只是一時的，其結果必然會「不是墮落，就是回來」。易卜生的作品所討論的是家庭中的婦女解放問題，魯迅的演講實際也是借娜拉形象繼續談論這一問題，但是這個問題在一定程度上也屬於一種革命，即婦女社會地位的革命，出走的娜拉便可視為參與了這次革命的典型人物，可見，魯迅在思考這樣一位典型人物的命運時，就已經產生了「並無徹底為革命而鬥爭，雖死不惜的信念」的擔憂。托洛茨基對皮涅克的論述與魯迅對娜拉的思考非常相似：「皮涅克也是每次在困難中就拿出他底羅曼主義的通行證。這在他必得十分顯然地，不是用曖昧雙關的名詞，顯示他接受革命的時候，尤其如此。於是他即刻又倒退幾步，並且以一種完全新的風調宣示：請莫忘記，我是一個羅曼主義者。……革命畢竟不是一雙破靴加上羅曼主義。」皮涅克是個嚮往革命的青年，但是在深入革命生活之後，遇到實際困難，並非矢志不移的克服困難，而是「逃出困難的情況」，「倒退幾步」，退回到參加革命以前的狀態中，再次「拿出他底羅曼主義的通行證」。〔註72〕這樣一個覺醒後主動追求革命、遇到實際困難就退回的現實例子，在一定程度上印證了魯迅關於「娜拉走後怎樣」的擔憂。

　　魯迅通過小說《在酒樓上》塑造了人物形象呂緯甫，這是一個因革命受挫而頹唐消沉、由戰鬥者變成苟活者的知識分子。呂緯甫年輕時對中國革命充滿了期待，但後來逐漸變得渾渾噩噩，他自己說：「你這樣的看我，你怪我何以和先前太不相同了麼？是的，我也還記得我們同到城隍廟裏去拔掉神像的鬍子的時候，連日議論些改革中國的方法以至於打起來的時候。但我現在就是這樣了，敷敷衍衍，模模糊胡。我有時自己也想到，倘若先前的朋友看見我，怕會不認我做朋友了。──然而我現在就是這樣。」之所以會有這樣的變化，是因為：「你看我們那時豫想的事可有一件如意？我現在什麼也不知道，連明天怎樣也不知道，連後一分……」〔註73〕關於呂緯甫「先前」朝氣蓬勃、對革命躍躍欲試的精神狀態，以及在革命中失意的情況，魯迅只寫了這很少的一部分內容，但是已經基本可以看到，呂緯甫的頹廢，很大程度上是因為他感到革命的實際過程與曾經設想中的情形存在很大差異，這讓他既失望又不知所措，魯迅以這個典型形象反映一批經歷了辛亥革命的青年知識

〔註72〕托洛茨基：《文學與革命》，未名社出版部1928年版，第112頁。
〔註73〕魯迅：《在酒樓上》，載《魯迅全集·第二卷》，人民文學出版社2005年版，第29、34頁。

分子對革命的不滿、迷茫和沮喪，也表達了對他們這一精神轉變的思考。關於這一類青年人，在《文學與革命》中有一個具體的「同路人」，即勃洛克，「勃洛克覺得兩次革命中的反動，是一種精神底空虛，而於時代底無目的性，他覺得是一種以莓汁替代了血的鬧戲場」，「像事實底石雨，大事件底地質學的崩土一般降到詩人身上的革命，駁責或寧說是掃蕩了革命前的勃洛克——他在苦悶與豫感中自己消磨著在。用咆哮著的，自胸腔迸出的破壞底音樂，革命壓滅了個人主義底溫存的，蚊子似的音調」。〔註74〕勃洛克因兩次革命中的反動而精神空虛苦悶，即如魯迅所概括的「他聽到黑夜白雪間的風，老女人的哀怨，教士和富翁和太太的徬徨，會議中的講嫖錢，復讎的歌和槍聲……」這些細節內容在塑造呂緯甫時沒有出現，然而，「我們那時豫想的事可有一件如意？」之問，在文學形象呂緯甫和真實人物勃洛克身上共同存在，因此，魯迅和托洛茨基發出了一致的慨歎「如托羅茲基所言，因為他『向著我們這邊突進了。突進而受傷了。』」「他向前，所以向革命突進了，然而反顧，於是受傷。」〔註75〕

如果說魯迅1923年對娜拉的思考尚未觸及「革命」，1924年對呂緯甫的塑造也只是初步、簡單地露出了與托洛茨基「同路人」概念相一致的思想端倪，那麼，1926年的《范愛農》則非常詳細的展現了一個「因革命中所含有的英雄主義而接受革命，一同前行，但並無徹底為革命而鬥爭，雖死不惜的信念」的知識分子。這篇文章發表於1926年，此時的魯迅剛剛接觸到托洛茨基文論思想，但是所記錄的人和事均發生於1912年以前，且根據魯迅日記中所言「悲夫悲夫，君子無終，越之不幸也，於是何幾仲輩為群大蠹」〔註76〕可知，范愛農的死對魯迅的觸動非常大，以致魯迅專門為此作詩三首，時隔十幾年，又寫了一篇文章記述范愛農的情況，可見，范愛農的遭遇給魯迅帶來了揮之不去的影響。在革命初起時，范愛農充滿了嚮往，聽說了武昌起義和紹興光復之後，「第二天愛農就上城來，戴著農夫常用的氈帽，那笑容是從來沒有見過的。『老迅，我們今天不喝酒了。我要去看看光復的紹興。我們同去。』」很快，他就獲得了師範學校校長的任用，「愛農做監學，還是那件布袍子，但

〔註74〕托洛茨基：《文學與革命》，未名社出版部1928年版，第154、156頁。
〔註75〕魯迅：《後記》，載《十二個》，未名社出版部1926年版，第70～71頁。
〔註76〕魯迅：《壬子日記》，載《魯迅全集·第十五卷》，人民文學出版社2005年版，第11頁。

不大喝酒了，也很少有工夫談閒天。他辦事，兼教書，實在勤快得可以。」從細節中可以看到，在這項具體的革命工作中，范愛農是盡職盡責、充滿熱情的，但是境遇並不順利，他遭到了多方面的排擠，按照文章《范愛農》中的記錄：「愛農的學監也被孔教會會長的校長設法去掉了。他又成了革命前的愛農。……他後來便到一個熟人的家裏去寄食，也時時給我信，景況愈困窮，言辭也愈淒苦。終於又非走出這熟人的家不可，便在各處飄浮。」〔註77〕按照魯迅所作詩《哀范君三章》中「白眼看雞蟲」語，以及魯迅日記所記錄的內容，是受到了中華自由黨紹興分部骨幹分子何幾仲的排擠。在挫折面前，他給魯迅信中寫道：「如此世界，實何生爲？蓋吾輩生成傲骨，未能隨波逐流，惟死而已，端無生理。」〔註78〕於是，他死了，魯迅認爲他是自殺。在托洛茨基的《文學與革命》中，也有因在革命過程中遭遇挫折而自殺身亡的「同路人」，即魯迅經常用來做例證的葉遂寧和梭波里。魯迅詳細描述了葉遂寧從興奮的走上革命道路到失望、頹廢而自殺的過程：「聽說俄國的詩人葉遂寧，當初也非常歡迎十月革命，當時他叫道，『萬歲，天上和地上的革命！』又說『我是一個布爾塞維克了！』然而一到革命後，實際上的情形，完全不是他所想像的那麼一回事，終於失望，頹廢。葉遂寧後來是自殺了的，聽說這失望是他的自殺的原因之一。」〔註79〕也描述了梭波里最後絕望的喊叫：「俄國十月革命時，確曾有許多文人願爲革命盡力。但事實的狂風，終於轉得他們手足無措。顯明的例是詩人葉遂寧的自殺，還有小說家梭波里，他最後的話是：『活不下去了！』」〔註80〕葉遂寧的經歷幾乎是范愛農的遭遇的翻版，梭波里說的「活不下去了」也與范愛農信中所言「蓋吾輩生成傲骨，未能隨波逐流，惟死而已，端無生理」一模一樣。

三、「猛士」

「革命人做出東西來，才是革命文學」是托洛茨基文論對魯迅思想產生

〔註77〕魯迅：《范愛農》，載《魯迅全集・第二卷》，人民文學出版社 2005 年版，第324、325、327 頁。

〔註78〕參見《魯迅全集・第二卷》中《范愛農》的注釋，人民文學出版社 2005 年版，第332 頁。

〔註79〕魯迅：《對於左翼作家聯盟的意見》，載《魯迅全集・第四卷》，人民文學出版社 2005 年版，第239 頁。

〔註80〕魯迅：《革命文學》，載《魯迅全集・第三卷》，人民文學出版社 2005 年版，第568 頁。

的基本影響。然而，在魯迅早期的文章中，存在著娜拉、呂緯甫、范愛農等具體的關於「同路人」的早起思想雛形，卻找不到一個具體的「革命人」雛形，其原因，或許如魯迅所言「而且還是準備『思想革命』的戰士，和目下的社會無關。待到戰士養成了，於是再決勝負。我這種迂遠而且渺茫的意見，自己也覺得是可歎的」〔註81〕，言外之意是魯迅所期望的戰士尚未出現，而且遠未達到戰士養成的時候，因此，只能通過分析娜拉、呂緯甫、范愛農一類的人來思考「革命人」、「戰鬥者」應具備的特質，雖然如此，但是並不意味著魯迅早期思想中在這一方面與托洛茨基文論沒有契合點。

　　基於對娜拉、呂緯甫、范愛農一類人的思考，對「革命人」「戰鬥者」提出設想和希冀，這一整體邏輯，就與托洛茨基批評「同路人」時的潛在邏輯基本一致。托洛茨基給「同路人」下的定義中，包含如下幾句話：「介於在反覆或沉默中消逝的資產階級的藝術，與尚未誕生的新藝術之間，創造出了一種過渡的藝術，它多少和革命有機地相連，但同時又不是革命地藝術。……他們沒有任何革命的過去，……就全體說，他們的文學的和精神的前線，是被革命，被革命的捉著了他們的那一角所造成，並且他們都接受了革命，各人以他自己的方法。但是在這些個人的接受中，有一種特徵把他們從共產主義截然分開，並且時常有使他們與之反對的形勢……」〔註82〕這正是要以全書三分之一左右篇幅對這一群體進行批評的前提，革命文學家尚未出現，只能以分析「同路人」為手段，側面闡述革命文學家應具備的兩大基本素質：第一，必須矢志不移的追求革命，不能如「同路人」一般，「意象主義者瑪林禾夫去下帽子，恭敬而且譏刺地向陷賣了他的革命說再會。並且尼克金在他底小說《皮拉》中以不如瑪林禾夫畏縮，但卻同樣藐世的內在惑疑的話終結：『你倦了，我也已經拋棄追逐了。……並且現在追求於我們是枉然的了。……』」，「他們的路，和疏遠革命並列。沒有什麼追求的人，是一個精神的亡命者的候補人」〔註83〕；第二，能夠用實際行動深入現實鬥爭，「沉沒在革命中」、「溶解在革命中以領悟革命」，「不僅拿革命當一種元素的力，也當作一種有目的的進程去領悟它」〔註84〕。

　　在魯迅早期思想中，有一類他所盼望出現的人完全符合這兩大基本素

〔註81〕魯迅：《通訊》，載《魯迅全集‧第三卷》，人民文學出版社 2005 年版，第 23頁。

〔註82〕托洛茨基：《文學與革命》，未名社出版部 1928 年版，第 68 頁。

〔註83〕托洛茨基：《文學與革命》，未名社出版部 1928 年版，第 94、95 頁。

〔註84〕托洛茨基：《文學與革命》，未名社出版部 1928 年版，第 117 頁。

質，這類人即「猛士」。在《摩羅詩力說》中，魯迅就已經「舉一切詩人中，凡立意在反抗，指歸在動作，而為世所不甚愉悅者悉入之，為傳其言行思惟，流別影響，始宗主裴倫，終以摩迦（匈加利）文士」，並十分推崇這類詩人百折不回的戰鬥精神：「則所遇常抗，所向必動，貴力而尚強，尊己而好戰，其戰復不如野獸，為獨立自由人道也，……瞻顧前後，素所不知；精神鬱勃，莫可制抑，力戰而斃，亦必自救其精神；不克厥敵，戰則不止。而復率真行誠，無所諱掩」〔註85〕。在《野草》中，魯迅更是以各種藝術手法表達了對「猛士」的崇拜和期盼，他所希望的是「叛逆的猛士出於人間。他屹立著，洞見一切已改和現有的廢墟和荒墳，記得一切深廣和久遠的苦痛，正視一切重疊淤積的凝血，深知一切已死，方生，將生和未生。他看透了造化的把戲。他將要起來使人類蘇生，或者使人類滅盡，這些造物主的良民們」〔註86〕，這類「猛士」將「走進無物之陣」，並「舉起了投槍」〔註87〕，其戰鬥的氣勢如同秋夜的棗樹，「默默地鐵似的直刺著奇怪而高的天空，使天空閃閃地鬼睒眼；直刺著天空中圓滿的月亮，使月亮窘得發白」，「默默地鐵似的直刺著奇怪而高的天空，一意要制他的死命，不管他各式各樣地睒著許多蠱惑的眼睛」〔註88〕，又如同「地火在地下運行，奔突；熔岩一旦噴出，將燒盡一切野草，以及喬木，於是並且無可朽腐」〔註89〕，「待我成塵時，你將見我的微笑！」〔註90〕表達了這類「猛士」誓死戰鬥的決心，明知前路是墳而毅然前進的「過客」〔註91〕是這類「猛士」的一個縮影。在魯迅看來，娜拉、呂緯甫、范愛農一類人遇到黑暗後就會頹廢、退縮、停止鬥爭，而「猛士」正相反，「即使

〔註85〕魯迅：《摩羅詩力說》，載《魯迅全集·第一卷》，人民文學出版社 2005 年版，第 68、84 頁。

〔註86〕魯迅：《淡淡的血痕中》，載《魯迅全集·第二卷》，人民文學出版社 2005 年版，第 226～227 頁。

〔註87〕魯迅：《這樣的戰士》，載《魯迅全集·第二卷》，人民文學出版社 2005 年版，第 219 頁。

〔註88〕魯迅：《秋夜》，載《魯迅全集·第二卷》，人民文學出版社 2005 年版，第 167 頁。

〔註89〕魯迅：《題辭》，載《魯迅全集·第二卷》，人民文學出版社 2005 年版，第 163 頁。

〔註90〕魯迅：《題辭》，載《魯迅全集·第二卷》，人民文學出版社 2005 年版，第 208 頁。

〔註91〕魯迅：《過客》，載《魯迅全集·第二卷》，人民文學出版社 2005 年版，第 193 ～199 頁。

所發見的不過完全黑暗，也可以和黑暗戰鬥的」〔註92〕，「真的猛士，敢於直面慘淡的人生，敢於正視淋漓的鮮血」，「苟活者在淡紅的血色中，會依稀看見微茫的希望；真的猛士，將更奮然而前行」〔註93〕。

然而，魯迅對「猛士」的呼喚與托洛茨基對「革命文學家」的期待是存在區別的。托洛茨基在《文學與革命》中是明確地面向文學領域發言，而魯迅心中的「猛士」並不局限於文學領域，他在《摩羅詩力說》中所推崇的「猛士」都是詩人，在反對「瞞和騙的文藝」時，提出的「我們的作家取下假面，真誠地、深入地、大膽地看取人生並且寫出他的血和肉來」，「早就應該有一片嶄新的文場，早就應該有幾個兇猛的闖將」，也是針對文學領域而言，但在更多的文章中，則是側重於社會革命，因此，魯迅是以社會革命為底色，將文學領域視為其中的一部分，來期待作家的「猛士」特質，其論述過程概略化、語言寫意化現象非常明顯，而且論證方法以舉例描述為主，沒有形成具有較強思辨性的語言，這一現象在魯迅接觸到托洛茨基文論後得到明顯改變。提出「革命人做出東西來，才是革命文學」觀點的《革命時代的文學》一文，對於革命與文學的關係進行了具有一定歷史高度的系統探討，其「大約可以分開三個時候來說」的整體結構明顯脫胎自《文學與革命》一書，「文學總是一種餘裕的產物」〔註94〕等等觀點也都脫胎自托洛茨基「要文學的復活，休息是必要的」〔註95〕觀點。對於文學家「不但應該知道革命的實際，也必須深知敵人的情形，現在的各方面的狀況，再去斷定革命的前途。惟有明白舊的，看到新的，瞭解過去，推斷將來」〔註96〕的要求，也明顯帶有托洛茨基「每個大時代必得整個地被接受」的思想〔註97〕。

通過對照可以明顯感受到，魯迅在接觸托洛茨基文論後，不僅將「猛士」

〔註92〕 魯迅：《忽然想到》，載《魯迅全集·第三卷》，人民文學出版社 2005 年版，第 99 頁。

〔註93〕 魯迅：《記念劉和珍君》，載《魯迅全集·第三卷》，人民文學出版社 2005 年版，第 290 頁。

〔註94〕 魯迅：《革命時代的文學》，載《魯迅全集·第三卷》，人民文學出版社 2005 年版，第 442 頁。

〔註95〕 《關於對文藝的黨的政策——關於文藝政策的評議會的議事速記錄》，載《文藝政策》，水沫書店 1930 年版，第 123 頁。

〔註96〕 魯迅：《上海文藝之一瞥》，載《魯迅全集·第四卷》，人民文學出版社 2005 年版，第 308 頁。

〔註97〕 托洛茨基：《文學與革命》，未名社出版部 1928 年版，第 100 頁

具體化爲「革命人」，將領域具體到文學方面，而且論述的思辨性和思想高度
明顯提高，從這一角度來說，托洛茨基文論之於魯迅的意義，是讓他在參與
革命文學思潮時找到了符合自己思想的有效的話語表達方式，這可以從兩個
方面來理解，首先，托洛茨基文論的主體內容，與魯迅已經形成的很多觀點
和正在思考的很多問題不謀而合，這使魯迅可以直接借助該理論資源，將自
己一直以來關於革命、文學、人等等方面的思想轉化成適應具體歷史語境的
表述；其次，在革命文學思潮發展過程中，馬克思主義文學理論始終佔據重
要地位，托洛茨基文論作爲馬克思主義文學理論的一部分，成爲魯迅的理論
資源之後，就使他具備了與其他革命文學家同等的話語能力，將自己的思考
深度有效表達出來，實現了進行平等對話和思想交鋒的可能。

第三節　樹欲靜而風不止──從 1936 年魯迅的處境與心態看《答托洛斯基派的信》事件

　　關於魯迅與托洛茨基的思想關係，《答托洛斯基派的信》事件是一個重要
的研究區域，對於該事件，目前有兩種觀點，第一種認爲這封信是完全按照
魯迅本人的意見，由馮雪峰筆錄而成，體現了魯迅堅決批判「托派漢奸」、擁
護黨的抗日民族統一戰線主張的態度，由於該信在 1949 年後長期收入高中語
文課本，這一觀點在很長一段時間內被廣爲接受；第二種觀點認爲魯迅並不
同意馮雪峰答信的內容，這一觀點是從胡風發表了《魯迅先生》一文後開始
出現的，並逐漸取代了第一種觀點成爲當下學界的共識。然而，無論是哪一
種觀點，實際上都不能成爲定論，只是根據已有史料所提出的合理猜測，歸
根結底是在猜測魯迅對該答信內容持同意還是不同意的觀點，兩種猜測的分
裂點在於胡風披露的一個細節：在該信發表後，「到病情好轉，恢復了常態生
活和工作的時候，我提了一句：『雪峰模仿周先生的語氣倒很像……』魯迅淡
淡地笑了一笑，說：『我看一點也不像。』」〔註98〕除這一細節外，在現有研
究成果中還可以歸納出三個支撐第二種觀點的理由，即不符合魯迅對托洛茨
基文藝思想一貫的推崇、不符合魯迅一直堅持的「辱罵和恐嚇不是戰鬥」的
原則、魯迅不擬將此文收入自己的文集。

　　可見，目前對該事件的研究基本可以概括爲以「此前」和「此後」來推

<hr>

〔註98〕胡風：《魯迅先生》，《新文學史料》1993 年第 1 期。

斷「此時」，這自然有一定的合理性，但終究是在推斷一般情況下魯迅應有的
反應，並沒有充分回到當時的信件本身，也沒有充分回到當時的魯迅本人。
1936 年對於魯迅來說是一個極特殊的年份，在這一年中，他承受著精神上和
身體上的雙重困境，可謂「身心俱疲」，他多次明確表示想要休息了，但外來
的瑣事、流言、批評乃至斥責卻不斷來加重他生理和心理上的負擔，他已經
不堪其擾，在這樣一種「樹欲靜而風不止」的特定處境和心態之中，「托派」
陳仲山來信了，然而，信中的內容明顯矮化和偏離了魯迅當時所思考的中心
問題。結合魯迅在 1936 年的處境和心態，再來重新審視這封來信以及整個事
件，就完全可以跳出「同意或不同意」的猜測，提出第三種可能，即魯迅的
本意是認爲根本不必要回信，回信這一行爲是多此一舉。魯迅「同意或者不
同意」馮雪峰答信的內容是一個觀點問題，而認爲「是否有必要回信」則是
一個心態問題。在這第三種可能性的照亮下，魯迅在該事件中表現出的很多
細節可以被重新闡釋，又由於陳仲山信出現於「兩個口號」論爭、魯迅精神
上越來越感到「獨戰」的疲倦和身體上病體沉重三個情況的交叉點上，這些
被重新闡釋的細節就可以從一個側面爲理解最後一年的魯迅帶來一些啓示。

一、托派對魯迅觀點的誤讀

回到事件的整個發展過程中來看，促使陳仲山給魯迅寫信的原因有兩
個，首先是對魯迅的崇拜，「其昌從北大時候起就熱烈崇拜魯迅，很敬重他的
骨氣，幻想發生，即由於此」〔註99〕，他在信中也直接表達了這種崇拜之情：
「先生的學識文章與品格，是我十餘年來所景仰的，在許多有思想的人都沉
溺到個人主義的坑中時，先生獨能本自己的見解奮鬥不息！」〔註100〕其次，
基於這種充滿幻想的感情，他誤讀了魯迅的觀點，這是他致信魯迅的直接原
因，也是讓魯迅感到沒必要回信的重要原因。有學者指出，這一誤讀主要在
於陳中山等「托派」成員看到了魯迅對中共新路線採取不合作的態度〔註101〕，
這其實並不準確，沒有觸及到魯迅的一些言行與「托派」根本政治主張的近
似之處，以及陳仲山的個人心理狀態，不能充分解釋在當時紛繁複雜的政治
鬥爭中爲什麼陳仲山要「拉攏」且只「拉攏」魯迅一人。在此，就需要對「兩

〔註99〕王凡西：《雙山回憶錄》，東方出版社 2004 年版，第 191 頁。
〔註100〕《答托洛斯基派的信》，《魯迅全集（第六卷）》，人民文學出版社 2005 年版，
　　　　第 608 頁。
〔註101〕王彬彬：《魯迅與中國托派的恩怨》，《南方文壇》2008 年第 5 期。

個口號」論爭過程中「托派」與魯迅的觀點進行簡單梳理和對比。「國防文學」口號的提出，是蘇聯和共產國際由「第三時期」理論轉向「人民陣線」理論，以及在此影響之下中國共產黨提出「抗日民族統一戰線」口號在中國文壇上的反映。在「托洛茨基派」看來，中國革命乃至整個世界共產主義運動必須始終堅持無產階級領導權，在這一前提下進行不間斷、無停歇的革命鬥爭，直至實現共產主義理想，這就是托洛茨基的根本政治主張——「不斷革命論」，然而，建立「人民陣線」和「抗日民族統一戰線」意味著放棄了階級鬥爭和無產階級的領導權，並且暫時中斷了革命進程，這在中國引發的結果必將是 20 年代末中國共產黨遭受的慘禍再一次上演，他們認為，「過去的歷史告訴我們，在外力壓迫最厲害的時候，國內的階級鬥爭不僅不會消滅，而且還會相反的加劇起來」，「總之在中國目前的局勢之下，我們認為只有靠無產階級堅決地以徹底民主的口號及其政綱，聯絡農民及一切勞苦群眾，另方面又取得蘇聯和日本無產階級的援助，無情地打倒資產階級國民黨，奪取政權，才能勝利地抵抗日本帝國主義進攻，保障國家的統一與獨立」〔註102〕，因此，他們堅決反對「國防政府」、「國防文學」等一切與抗日民族統一戰線有關的東西。魯迅的主張與「托派」根本政治主張有一點是相通的，即無產階級不能放棄階級立場和階級鬥爭，之所以認可「民族革命戰爭的大眾文學」口號，就是因為魯迅等人認為「國防文學」口號「沒有階級立場」〔註103〕，「在政治原則上的階級投降主義」是『『國防文學』口號的『缺陷』」〔註104〕，要提出一個「有明白立場的左翼文學的口號」〔註105〕。陳仲山正是瞭解到魯迅的這一觀點，就天真地認為他的思想接近「托洛茨基主義」，在強烈崇拜中發現了一個與自己偶像進行對話的機會，就在缺乏理性辨析的情況下不顧一切、激情洋溢地給魯迅寫了一封信，希望獲得偶像的回應和支持。與陳仲山同屬中國「托派」核心領導人的鄭超麟認為：「陳仲山的『愚蠢』就在於文學上崇拜魯迅，而不理解魯迅的政治思想。魯迅不會明白中國大革命的爭論是非，以

〔註102〕《給中國共產主義者的一封公開信》，《鬥爭》，1936 年 1 月 15 日。

〔註103〕馮雪峰：《有關一九三六年周揚等人的行動以及魯迅提出「民族革命戰爭的大眾文學」口號的經過》，載《雪峰文集（4）》，人民文學出版社 1985 年版，第 513 頁。

〔註104〕胡風：《胡風回憶錄》，人民文學出版社 1993 年版，第 56 頁。

〔註105〕馮雪峰：《有關一九三六年周揚等人的行動以及魯迅提出「民族革命戰爭的大眾文學」口號的經過》，載《雪峰文集（4）》，人民文學出版社 1985 年版，第 513 頁。

及國際共產主義戰略思想爭論的是非。」〔註106〕這句話雖然具有明顯的「托派」立場，但是在一定程度上觸及到了陳仲山對魯迅思想的誤讀。魯迅不滿意「國防文學」口號對於無產階級立場和階級鬥爭的忽視，但這並不等於魯迅反對「國防文學」以及與之相關的「抗日民族統一戰線」，他認可「民族革命戰爭的大眾文學」口號，意在「補救『國防文學』這口號在階級立場上的不明確性」〔註107〕，而不是「反對」或者「取消」「國防文學」口號，「魯迅從來沒有反對過國防文學。他詳細地評論了這一口號的優點，從而肯定了它存在的意義；也指出它的缺陷，認為應該用民族革命戰爭的大眾文學的口號來『補救』。同時，他又認為民族革命戰爭的大眾文學不能作為統一戰線的標準，也不是統一戰線的總口號，因此國防文學這樣具體應變口號的同時存在也有可觀的需要。兩個口號同時並存，相輔相成，適應統一戰線多層團結的需要，這是最恰當的關係」〔註108〕，他曾明確表態：「然而中國目前的革命的政黨向全國人民所提出的抗日統一戰線的政策，我是看見的，我是擁護的，我無條件地加入這戰線，那理由就因為我不但是一個作家，而且是一個中國人，所以這政策在我是認為非常正確的，……我贊成一切文學家，任何派別的文學家在抗日的口號之下統一起來的主張。」〔註109〕「組織文藝家抗日統一戰線的團體我贊成。」〔註110〕與魯迅一起商量並支持新口號的人也都沒有對「國防文學」口號表示反對，比如馮雪峰回憶說：「對於『國防文學』口號，我當時沒有提過要他們取消這口號的意見，我只提過這樣的意見：『國防文學』這口號本身含義就不明確，而像周揚那樣解釋，就更成為一個喪失階級立場的口號了。」〔註111〕

在魯迅看來，文藝界的統一戰線「是否需要建設」已經不是問題了，而「怎樣建設」則是應該思考的，陳仲山給魯迅的第一封信卻始終在圍繞統一戰線「是否需要建設」這個問題發表意見，並希望獲得魯迅的回應：「中國

〔註106〕鄭超麟：《讀胡風〈魯迅先生〉長文有感》，《魯迅研究月刊》1993 年第 10 期。
〔註107〕茅盾：《我走過的道路（中）》，人民文學出版社 1984 年版，第 321 頁。
〔註108〕黃修己：《魯迅的『並存』論最正確——再評一九三六年文藝界為建立抗日統一戰線的論爭》，《文學評論》1978 年第 5 期。
〔註109〕魯迅：《答徐懋庸並關於抗日統一戰線的問題》，載《魯迅全集（第六卷）》，人民文學出版社 2005 年版，第 549 頁。
〔註110〕茅盾：《我走過的道路（中）》，人民文學出版社 1984 年版，第 310 頁。
〔註111〕馮雪峰：《一九二八至一九三六年間上海左翼文藝運動兩條路線鬥爭的一些零碎參考材料》，載《雪峰文集（4）》，人民文學出版社 1985 年版，第 542 頁。

康繆尼斯脫又盲目地接受了莫斯科官僚的命令，轉向所謂『新政策』。他們一反過去的行為，放棄階級的立場，改換面目，發宣言，派代表交涉，要求與官僚，政客，軍閥，甚而與民眾的劊子手『聯合戰線』。……其結果必然是把革命民眾送交劊子手們，使再遭一次屠殺。……我們反對史太林黨的機會主義，盲動主義的政策與官僚黨制，現在我們又堅決打擊這叛背的『新政策』。」〔註112〕這實際上不僅提出了與魯迅相左的觀點，而且矮化了魯迅的想法。另外，陳仲山信的內容也偏離了魯迅關注的中心，信中所談的完全是政治話題，歷數了「一九二七年革命失敗後，中國康繆尼斯脫不採取退兵政策以預備再起，而乃轉向軍事投機」，到「七八年來，幾十萬勇敢有為的青年，被這種政策所犧牲掉」，一直到當下「又盲目地接受了莫斯科官僚的命令，轉向所謂『新政策』」這整個過程的錯誤與失敗，最後表達了「我們的政治意見，如能得到先生的批評，私心將引為光榮」的願望，絲毫不涉及文學領域的話題。魯迅支持「民族革命戰爭的大眾文學」口號，雖然直接意圖在於補救「國防文學」口號在階級立場和階級鬥爭方面的缺失，但不是完全探討一個政治話題，而是在當前政治形勢之下，探討左翼文學應該如何繼續發展，如何在抗日民族統一戰線之中發揮自身應有的作用，以及文藝界應該如何團結在統一戰線之中，其落腳點在文學領域。

　　既矮化了魯迅當時的想法，又偏離了魯迅所關注的重心，這種對魯迅思想嚴重的誤讀使陳仲山的來信注定不會引起魯迅的興趣，卻引起了馮雪峰的興趣。在 1936 年，「托派」已經被視為「法西斯蒂的新工具」、「日本帝國主義的走狗」、「漢奸」、「特務」，「兩個口號」論爭過程中，一部分主張「國防文學」口號的人提出「民族革命戰爭的大眾文學」是「托派」口號，這實際是將文學問題與政治問題混在一起，為魯迅準備了一個十惡不赦的「托派」罪名，馮雪峰出於保護魯迅、爭取魯迅合作完成黨中央安排的任務〔註113〕的目的，看到這封意在拉攏魯迅的「托派」成員的來信，必然要堅決予以回擊，

〔註112〕《答托洛斯基派的信》，《魯迅全集（第六卷）》，人民文學出版社 2005 年版，第 607～608 頁。

〔註113〕馮雪峰：《一九二八至一九三六年間上海左翼文藝運動兩條路線鬥爭的一些零碎參考材料》，載《雪峰文集（4）》，人民文學出版社 1985 年版，第 506 頁。這方面的內容已有很多研究成果，比如田剛：《關於「兩個口號」論爭的重新檢討》，《中國現代文學研究叢刊》2010 年第 1 期。趙歌東：《從馮雪峰的秘密使命看「兩個口號」論爭》，《東嶽論叢》2009 年第 9 期。所以在此不展開討論。

「馮雪峰擬的回信就是為了解消這一栽誣的」〔註114〕，另外，作為共產黨員，在當時反駁、回擊「托派」言論也是義不容辭的責任。然而，馮雪峰的這封答信並沒有體現出魯迅的思想，而是借魯迅之名以中共中央的語氣公開作答的，所談的「托洛斯基先生的被逐，飄泊，潦倒」、「你們高超的理論為日本所歡迎」等主要內容完全是政治攻擊，與陳仲山來信一樣，馮雪峰答信所圍繞的中心問題仍然是統一戰線「是否需要建設」。這樣來看，馮雪峰的答信實際是順著陳仲山的來信在偏離魯迅思想的軌道上走得更遠了。

以上這一來一答的兩封信都是在魯迅病重昏迷時發生的，當魯迅恢復了正常生活和工作狀態後，有兩個細節暗示出他的本意是認為沒必要回信。第一個細節是魯迅在 1936 年 7 月 7 日收到陳仲山寫的第二封信後沒有回信。陳仲山的第二封信，可謂言辭激烈，一股怒氣充斥於字裏行間，他毫不客氣的說「你拿辱罵與誣衊代替了政治問題的討論，而這恰是史大林黨官僚們的一脈相傳的法寶。你的回信的態度是『中國現代文豪』之思想與行為的最最無情的諷刺」，「你躲躲藏藏的造謠，說日本人拿錢叫我們辦報等等。真虧你會誣衊得這樣曲折周到」，甚至在信的結尾直接挑戰：「我在熱烈的企待著魯迅先生的雅量，革命者向來不迴避堂堂正正的論戰，你如願意再答，就請擺開明顯的陣勢，不要再躲躲藏藏的造謠誣衊。你的話在中國人中是有吸引力的，如出言不慎，那必將遺害青年，必損傷你的盛名，並有害革命。」〔註115〕與另一封「打上門來」〔註116〕的徐懋庸的來信相比，陳仲山信「打」的意味更濃，魯迅在一個月內收到了這兩封信，而處理方法截然相反：以一篇長文公開答覆了徐懋庸，卻沒有答覆陳仲山。其中的原因在於徐懋庸與魯迅是在同一個範圍內、同一個層面上進行爭論，探討的是文藝界聯合戰線應該如何建設：「所以在客觀上，普洛之為主體，是當然的。但在主觀上，普洛不應該掛起明顯的徽章，不以工作，只以特殊的資格去要求領導權，以至嚇跑別的階層的戰友。所以，在目前的時候，到聯合戰線中提出左翼的口號來，是錯誤的，是危害聯合戰線的。」〔註117〕這是魯迅在當時所關注的問

〔註114〕 胡風：《魯迅先生》，《新文學史料》1993 年第 1 期。

〔註115〕 陳仲山：《陳仲山致魯迅》，載《魯迅研究資料（4）》，天津人民出版社 1980 年版，第 169～175 頁。

〔註116〕 胡風：《魯迅先生》，《新文學史料》1993 年第 1 期。

〔註117〕 《答徐懋庸並關於抗日統一戰線的問題》，載《魯迅全集（第六卷）》，人民文學出版社 2005 年版，第 547 頁。

題，而陳仲山信始終未能觸及魯迅的興趣點，就顯得更像是空洞的喊叫。對於陳仲山第二次來信，魯迅在日記中有這樣的記錄：「得陳仲山信，托羅茨基派也。」〔註118〕這是第二個值得注意的細節。「托洛茨基派也」一語可以表達兩種意思，一是解釋說明陳仲山是誰，二是表達一種不屑的語氣。在自己的日記中，沒有必要向自己介紹陳仲山是誰，魯迅也從來沒有在日記中對某位來信人進行過介紹，所以，第一種意思可以排除，綜觀魯迅一生的日記，完全是對每一天所發生的重要事件的概述，關於來往信件方面，每次答信後都會有「寄某某某信」或「覆某某某信」之類的記錄，如果收信後立即回覆，就會有「即覆」之類的記錄，從這一角度來看，「托洛茨基派也」一語很有可能是在用一種不屑的語氣來說明「沒必要回信」這個意思，聯繫這兩次來信的內容，還可以從這句話中感受到魯迅對於這種言辭激烈卻非常無聊的信件的厭煩心情。

二、「身心俱疲」狀態下的無奈選擇

以上是將《答托洛斯基派的信》事件放在「兩個口號」論爭這一大環境下，考察魯迅觀點和「托派」觀點的異同來論證「魯迅認為沒必要回信」這一猜測，但是僅從這一方面入手，說服力有限，還要再進一步深入魯迅的內心世界，從他的生命感受出發展開論證。

1936 年，魯迅深深感受到精神上的灰心與疲倦，他覺得「近十年來，為文藝的事，實已用去不少精力，而結果是受傷。認真一點，略有信用，就大家來打擊」〔註119〕。他經常對朋友說：「說起我自己來，真是無聊之至，公事、私事、閒氣，層出不窮。」〔註120〕「英雄們卻不絕的來打擊。今日這裡在開作家協會，喊國防文學，我鑒於前車，沒有加入，而英雄們即認此為破壞國家大計，甚至在集會上宣佈我的罪狀。」〔註121〕「又有一大批英雄在宣佈我破壞統一戰線的罪狀，自問歷年頗不偷懶，而每逢一有大題目，就常有人要趁這

〔註118〕魯迅：《魯迅全集（第十六卷）》，人民文學出版社 2005 年版，第 611 頁。

〔註119〕魯迅：《360423 致曹靖華》，載《魯迅全集（第十四卷）》，人民文學出版社 2005 年版，第 81 頁。

〔註120〕魯迅：《360504 致曹白》，載《魯迅全集（第十四卷）》，人民文學出版社 2005 年版，第 88 頁。

〔註121〕魯迅：《360504 致王冶秋》，載《魯迅全集（第十四卷）》，人民文學出版社 2005 年版，第 90 頁。

機會把我扼死，真不知何故，……」〔註122〕「當病發時，新英雄們正要用偉大的旗子，殺我祭旗，然而沒有辦妥，愈令我看穿了許多人的本相。」〔註123〕在與馮雪峰的一次談話中，「談到上海當時文藝界情況，他神情就顯得有些憤激；他當晚說的許多話大半已經記得不大清楚，其中我留下印象最深的是兩句話，一句是『我成為破壞國家大計的人了』，另一句是『我真想休息休息』」〔註124〕，聯想到「我實日日譯作不息，幾乎無生人之樂」〔註125〕的自我生活狀態描述，魯迅「憤激」地說出「我成為破壞國家大計的人了」，其中包含的委屈、無奈之情充分展現了他的心灰意冷，在這種情況下，魯迅感到了疲乏和厭倦，感到自己所做的一切都不僅毫無意義，而且已經成為「公害」。魯迅的這種「我真想休息休息」的疲倦心態在1936年多次流露出來，他反覆的說：「想什麼也不做，因為不做事，責備也就沒有了。」〔註126〕「我其實也真的可以什麼也不做了，不做倒無罪。」〔註127〕「近來時常想歇歇。」〔註128〕

在這種精神狀態下，魯迅開始儘量減少不必要的瑣事和麻煩：「我瑣事仍多，正在想設法擺脫一點。」〔註129〕「我鑒於事故，本擬少管閒事，專事翻譯，藉以糊口，故本年作文殊不多……」〔註130〕面對越來越多的敵人的謠言與曾經「戰友」的非議、責難，魯迅卻僅在《〈出關〉的「關」》等幾篇文章

〔註122〕魯迅：《360514致曹靖華》，載《魯迅全集（第十四卷）》，人民文學出版社2005年版，第97頁。

〔註123〕魯迅：《360717致楊之華》，載《魯迅全集（第十四卷）》，人民文學出版社2005年版，第117頁。

〔註124〕馮雪峰：《有關一九三六年周揚等人的行動以及魯迅提出「民族革命戰爭的大眾文學」口號的經過》，載《雪峰文集（4）》，人民文學出版社1985年版，第513頁。

〔註125〕魯迅：《360405致王冶秋》，載《魯迅全集（第十四卷）》，人民文學出版社2005年版，第69頁。

〔註126〕魯迅：《360405致王冶秋》，載《魯迅全集（第十四卷）》，人民文學出版社2005年版，第69頁。

〔註127〕魯迅：《360504致王冶秋》，載《魯迅全集（第十四卷）》，人民文學出版社2005年版，第90頁。

〔註128〕魯迅：《360514致曹靖華》，載《魯迅全集（第十四卷）》，人民文學出版社2005年版，第97頁。

〔註129〕魯迅：《360515致王冶秋》，載《魯迅全集（第十四卷）》，人民文學出版社2005年版，第99頁。

〔註130〕魯迅：《361015致臺靜農》，載《魯迅全集（第十四卷）》，人民文學出版社2005年版，第170頁。

中略有提及和辯駁，「稍稍報以數鞭」〔註131〕，僅親自動手寫作的一篇論爭長文《答徐懋庸並關於抗日統一戰線的問題》，是因爲魯迅感到徐懋庸「罵上門來，大有抄家之意」，「箭在弦上，不得不發」〔註132〕。魯迅不願再糾纏一些小問題，「至於『是非』，『謠言』，『一般的傳說』，我不想來推究或解釋，『文禍』已夠麻煩，『語禍』或『謠禍』更是防不勝防，而且也洗不勝洗，即使到了『對嘴』，還是弄不清楚的」〔註133〕。但是，這並不意味著他從此置身文壇之外，對一切文藝問題都漠不關心，「在這位偉人最後的日子裏，他越來越放心不下以至反覆提及的就是『中國文藝的前途』」〔註134〕，這是一個指向未來的大問題，是魯迅在 1936 年想要獨自靜下來認眞思考的大問題。

　　然而，在魯迅要「靜」的時候，各種人和事卻不斷的襲來，陳仲山的來信就是其中之一。對於這樣一封信，只要魯迅答覆，對陳仲山及其所屬的「托派」的觀點無論是表示同意還是不同意，都會使自己陷入一個新的糾紛之中，如果回信表示不同意陳仲山信的內容，那麼，很可能引來一個新的群體——「托派」——批評自己「破壞國家大計」。原因有兩個。首先，陳仲山信中內容句句都是以「革命」、「救國」爲出發點，他宣稱「我們不斷地團結革命幹部，研究革命理論，接受失敗的教訓，教育革命工人，期望在這反革命的艱苦時期，爲下次革命打下堅固的基礎。幾年來的各種事變證明我們的政治路線與工作方法是正確的」〔註135〕，在這種情況下，一旦魯迅反對，就站在了這個政治群體的對立面。其次，雖然魯迅對托洛茨基贊賞有加，但始終僅限於文藝思想，並不包括政治思想，他很可能根本不清楚托洛茨基的政治主張，另外，結合中國「托派」在當時的具體情形來看，這是個毫無力量的政治群體，組織上，在國民黨和共產黨雙方共同打擊下，一直沒有形成完整的建制；經濟上，他們沒有任何穩定的經費來源，「托派分子主要靠賣稿爲生，托派組

〔註131〕魯迅：《361015 致臺靜農》，載《魯迅全集（第十四卷）》，人民文學出版社 2005年版，第 170 頁。

〔註132〕魯迅：《360825 致歐陽山》，載《魯迅全集（第十四卷）》，人民文學出版社 2005年版，第 133 頁。

〔註133〕魯迅：《360502 致徐懋庸》，載《魯迅全集（第十四卷）》，人民文學出版社 2005年版，第 85 頁。

〔註134〕李怡：《魯迅：面對人事糾纏的最後的意志——「兩個口號」之爭新論》，《四川大學學報》2008 年第 3 期。

〔註135〕《答托洛斯基派的信》，《魯迅全集（第六卷）》，人民文學出版社 2005 年版，第 608 頁。

織的活動經費，也靠此維持」〔註136〕；輿論上，他們的刊物印量少且無法公開發行，不能有效地發出自己的聲音，同時，國共兩黨不斷宣傳他們是「漢奸」，魯迅很可能對這樣一個弱小的群體根本不瞭解，與這個群體的骨幹領導人都不認識，並不清楚這些人的具體思想，很難說他們會不會接受自己的反對意見。事實證明，馮雪峰替魯迅答信後，確實引來了他們的不滿，陳獨秀就「大發脾氣，問我們爲什麼會對魯迅發生幻想」〔註137〕。鄭超麟看到這封答信後，也感到「特別反感」，「魯迅這封答信貶低了他在我心目中以前的地位」，除陳獨秀和鄭超麟兩位核心領導人外，其他同志也「對於魯迅特別反感」〔註138〕。如果魯迅回信表示同意陳仲山信的內容，那麼就相當於認可「托派」的主張，接受了陳仲山的「拉攏」，也就坐實了「國防文學」派曾放出的流言——「民族革命戰爭的大眾文學」口號是「托派」觀點。通過與瞿秋白、馮雪峰等人的接觸，魯迅在 1936 年已經很清楚一個事實：「托派」分子是共產國際的主要敵人之一。〔註139〕在「兩個口號」論爭雙方幾乎都是中國共產黨員的情況下，一旦與「托派」沾上關係，魯迅自身的處境將陷入何等的困難之中，「破壞國家大計」、「破壞統一戰線」等等一系列罪狀就都成了眞的，接下來將要出現的更大麻煩將是不敢想像的。更重要的是，如前文所述，這封信所談的內容根本不是魯迅所關心的，與他想要靜下來認眞思考的「中國文藝的前途」問題毫不沾邊，這樣看來，已經被各種瑣事和人事糾纏折磨的精神疲倦的魯迅，怎麼會爲了這樣一封無關緊要的信再去惹那麼多麻煩？

　　如果說事業上的不順導致魯迅精神疲倦，不願因爲陳仲山信招來新的困境，那麼，1936 年接連重病則更使他身心俱疲，無力顧及不重要的事了。這一年的前四個月中，魯迅在 1 月和 3 月分別生了一次病，1 月份的病況是「那一天，面色恐怕眞也特別青蒼，因爲單是神經痛還不妨，只要靜坐就好，而我外加了咳嗽，以致頗痛苦」〔註140〕，3 月份的病況是「中寒而大氣喘，幾

〔註136〕唐寶林：《中國托派史》，東大圖書公司 1994 年版，第 132 頁。

〔註137〕王凡西：《雙山回憶錄》，東方出版社 2004 年版，第 191 頁。

〔註138〕鄭超麟：《讀胡風〈魯迅先生〉長文有感》，《魯迅研究月刊》1993 年第 10 期。

〔註139〕長堀祐造：《試論魯迅托洛茨基觀的轉變——魯迅與瞿秋白》，《魯迅研究月刊》1996 年第 3 期。

〔註140〕魯迅：《360108 致沈雁冰》，載《魯迅全集（第十四卷）》，人民文學出版社 2005 年版，第 5 頁。

乎卒倒」〔註141〕，「至於氣喘之病，一向未有，此是第一次」〔註142〕，幾乎整個 3 月份都「不能多走路」〔註143〕，一直到 4 月份仍感到「終頗困頓」〔註144〕。從 5 月開始，到去世爲止，魯迅一直處於病痛之中，這一段時間的病況是「自五月十六日起，突然發熱，加以氣喘，從此日漸沉重，至月底，頗近危險，幸一二日後，即見轉機，而發熱終不退」〔註145〕，「從照片上看到，魯迅的兩肺基本上已經爛空了」〔註146〕，這次生病使魯迅經常「不能多寫」、「不能多說」，最嚴重時「連字也不會寫了」〔註147〕，到 8 月中旬時，還在「吐血數十口」〔註148〕，另外，他一直以來保持的記日記的習慣也中斷了 24 天。對於很多事，魯迅都因病而不得不延遲處理，他在這段時間經常說的話是「俟我病好後，當代接洽」〔註149〕、「現在還未能走動，你的稿子，只好等秋末再說了」〔註150〕、「我病倘稍愈，還要給以暴露的」〔註151〕之類的，爲了養病，他甚至經常想暫時離開上海，逃避各種煩心事的侵襲：「本月底或下月初起，我想離開上海兩三個月，作轉地療養，在這裡，眞要逼死人。」〔註152〕「大約這裡的環境，本非有利於病，而不能完全不聞不問，也是使病纏綿之道。

〔註141〕魯迅：《360307 致沈雁冰》，載《魯迅全集（第十四卷）》，人民文學出版社 2005 年版，第 42 頁。

〔註142〕魯迅：《360320 致母親》，載《魯迅全集（第十四卷）》，人民文學出版社 2005 年版，第 49 頁。

〔註143〕魯迅：《360324 致曹靖華》，載《魯迅全集（第十四卷）》，人民文學出版社 2005 年版，第 55 頁。

〔註144〕魯迅：《360405 致許壽裳》，載《魯迅全集（第十四卷）》，人民文學出版社 2005 年版，第 68 頁。

〔註145〕魯迅：《360706 致母親》，載《魯迅全集（第十四卷）》，人民文學出版社 2005 年版，第 110 頁。

〔註146〕茅盾：《我走過的道路（中）》，人民文學出版社 1984 年版，第 327 頁。

〔註147〕魯迅：《360603 致徐懋庸》，載《魯迅全集（第十四卷）》，人民文學出版社 2005 年版，第 106 頁。

〔註148〕魯迅：《360816 致沈雁冰》，載《魯迅全集（第十四卷）》，人民文學出版社 2005 年版，第 127 頁。

〔註149〕魯迅：《360707 致趙家璧》，載《魯迅全集（第十四卷）》，人民文學出版社 2005 年版，第 112 頁。

〔註150〕魯迅：《360711 致王冶秋》，載《魯迅全集（第十四卷）》，人民文學出版社 2005 年版，第 114 頁。

〔註151〕魯迅：《360915 致王冶秋》，載《魯迅全集（第十四卷）》，人民文學出版社 2005 年版，第 149 頁。

〔註152〕魯迅：《360717 致楊之華》，載《魯迅全集（第十四卷）》，人民文學出版社 2005 年版，第 117 頁。

我看住在上海，總是不好的。」〔註153〕「是的，文字工作，和這病最不相宜，我今年自知體弱，也寫得很少，想擺脫一切，休息若干時，專此翻譯糊口。」〔註154〕

　　在這樣的身體狀況下，魯迅於 1936 年 9 月 8 日致信葉紫時明確表示：「不過說來說去，還是爲了我的病依然時好時壞，就是好的時候，寫字也有限制，只得用以寫點關於生計或較爲緊要的東西；……所以無關緊要的回信，只好不寫了。」他甚至還再次鄭重重複了一遍這個意思：「我現在特地聲明：我的病確不是裝出來的，所以不但叫我出外，令我算賬，不能照辦，就是無關緊要的回信，也不寫了。」〔註155〕9 月份距離魯迅病情最重的 6 月份已經足有 3 個月了。而陳仲山第一次來信正值 6 月，正是魯迅「無力起坐，也無力說話，連和他商量一下都不可能」〔註156〕的時候，魯迅不可能有任何精力去思考這封信的內容以及「托派」的觀點，雖然馮雪峰將答信的「擬稿念給他聽了。魯迅閉著眼睛聽了，沒有說什麼，只簡單地點了點頭」，但這也極有可能並不意味著「表示了同意」，甚至「點了點頭」這一舉動根本不是一種意見的表達，而是病痛煩躁中的隨意處置，其中並不包含著「同意或不同意」的觀點，後來馮雪峰擬完《論現在我們的文學運動》一文，念給魯迅聽的時候，魯迅「只是點了點頭」，「略略現出了一點不耐煩的神色」也極有可能是人在病痛中對外界打擾產生的本能的厭倦和隨意處置，並非有學者所言「這實際表現出的是他對馮雪峰試圖利用和控制自己所表現出的不滿」〔註157〕，用魯迅自己的話說，就是「我的確什麼欲望也沒有，似乎一切都和我不相干，所有舉動都是多事，我沒有想到死，但也沒有覺得生；這就是所謂『無欲望狀態』」〔註158〕。這封來信和馮雪峰的答信，由於已經在兩個刊物上公開發表，且陳仲山爲此又來了一封火藥味極濃的信，魯迅是一定看到了，「魯迅是

〔註153〕魯迅：《360813 致沈雁冰》，載《魯迅全集（第十四卷）》，人民文學出版社 2005 年版，第 126 頁。

〔註154〕魯迅：《360828 致楊霽雲》，載《魯迅全集（第十四卷）》，人民文學出版社 2005 年版，第 138 頁。

〔註155〕魯迅：《360908 致葉紫》，載《魯迅全集（第十四卷）》，人民文學出版社 2005 年版，第 145～146 頁。

〔註156〕胡風：《魯迅先生》，《新文學史料》1993 年第 1 期。

〔註157〕田剛：《魯迅〈答托洛斯基派的信〉考辨》，《東嶽論叢》2011 年第 8 期。

〔註158〕魯迅：《「這也是生活……」》，載《魯迅全集（第六卷）》，人民文學出版社 2005 年版，第 622～623 頁。

把文字視爲自己生命的人，這種態度使他在原則上都不隨便使用自己的名字」〔註159〕，但是對於這兩封來信和一封越俎代庖的答信，他似乎全都視而不見，並沒有表現出胡風所擔心的「精神上的不安」〔註160〕，只在日記中留下了一句「得陳仲山信，托羅茨基派也」，只在胡風談起此事時淡淡的說了一句「我看一點也不像」，這種態度的背後，完全可能是重病中的魯迅認爲陳仲山的來信是「無關緊要的信」，馮雪峰的答信也是「無關緊要的回信」，他已經被病痛折磨得沒有體力去追究馮雪峰無關緊要的「槍替」，更沒有體力去辯駁陳仲山無關緊要的意見，此時的魯迅似乎已經知道自己時日無多，「而從此竟有時要想到『死』了」〔註161〕，這種心態下，在「從去年起」開始出現的「『要趕快做』的想頭」驅使之下，他自然是要選擇做最重要的事情，而無關緊要的陳仲山信，不回也罷。

三、形象反差與一種設想

回顧整個《答托洛斯基派的信》事件中魯迅的表現，會感到一種形象的反差。魯迅似乎不像以往所理解的隨時充滿戰鬥的力量，也並非每一言每一行都在傳達深刻思想，尤其是在生命的最後一年，他還是一位「獨戰者」，但面對尷尬的處境和越來越多的指責，「挫敗感」漸漸佔據了他的內心世界，他感到曾經所付出的努力都成爲別人非議自己的理由，「成爲破壞國家大計的人」使他心灰意冷，同時，他又成爲一位「重病者」，病痛已經奪走了他旺盛的精力，「體力不支」的健康狀況已經不允許他面面俱到的應對一切問題，此時此刻，「累」是他的主要感受，「休息」是他的最大願望。當然，魯迅並沒有停止對中國文學的思考，只是在這樣的處境與心態下，他試圖靜下心來，取消「橫站」的姿態，從繁蕪叢雜的現實糾纏中抽身出來，將思考指向未來。對於陳仲山的兩封來信，儘管對其觀點持反對意見、對其言辭感到憤怒，也清楚其「拉攏」背後可能帶來的政治危險，魯迅卻無心戀戰，選擇了沉默地繞行，這種選擇並沒有很深的寓意，僅僅是不願因這無關緊要的事給自己帶來新的麻煩；對於馮雪峰替自己寫的答信，儘管對這種「槍替」行爲不滿意，也知道這很可能會惹來「托派」成員們的憤怒，卻只是「淡淡地笑了一笑」，

〔註159〕田剛：《魯迅〈答托洛斯基派的信〉考辨》，《東嶽論叢》2011 年第 8 期。
〔註160〕胡風：《魯迅先生》，《新文學史料》1993 年第 1 期。
〔註161〕魯迅：《死》，載《魯迅全集（第六卷）》，人民文學出版社 2005 年版，第 634 頁。

並沒有加以責備，這種反應包含著對馮雪峰作為中共黨員應盡義務和職責的理解，但更多的是在無力反駁與補救情況下的聽之任之。在整個事件發展過程中，「沉默」與「聽之任之」成為魯迅的基本態度，並通過種種細節傳達出來，他已經不想在這些不重要的事情上浪費時間和精力了，只想在一個相對清靜的環境中對中國文學的未來發展獨自守望。

可見，這種形象的反差主要體現在：最後一年的魯迅有著不同以往的處事方式。面對不斷撲向他的種種外來挑戰，他不想再與人論爭；面對已經在制約他能力的體力，他只想做最重要的事；他還想「入世」，但這種「入世」是超脫「現時」的；他儘量避免一切麻煩，儘量擺脫一切瑣事。對於這樣一位魯迅，我們在考慮他一貫堅持的原則和主張的時候，會發現這些原則和主張已經無法完美闡釋這個人的言行，他在此時的現實遭遇則顯得更有說服力，因而更應該成為考察的側重點。魯迅，作為一個有血有肉的人，在心理和生理上同時承受巨大壓力時，會有一種特殊的生命體驗，感受到正常情況下所從未有過的痛苦，由於身體病弱，其心靈防線是極其脆弱的，大腦思維是極其簡單的，伴隨著對外界干擾的抵抗能力的下降，處事時的倦怠情緒會增強，尤其是在神志最不清醒的 6 月份，他已經不是曾經那位「偉大」的魯迅先生，而只是病榻上的一位重症病人，除了「自保」和「求生」之外，他不可能有任何其他想法，馮雪峰念給他聽的擬稿、胡風想與他商量的事情等等，對於他來說根本不關心，甚至根本聽不清楚，在這時，一些「反常」思維和言行的頻繁出現就成了正常現象，這可以說是人在面對「生命不能承受之重」時所做出的本能的自我保護，因此，研究最後一年的魯迅，應該設身處地的體會他的特殊處境，從最簡單卻又最不易被察覺的人的本能反應出發，充分把握其內心感受，感悟他的精神世界，不然就可能造成誤讀。

綜上所述，面對 1936 年「風不止」的處境，魯迅的身體和心靈都累了，他依然「獨戰」，但似乎不再「橫站」，他只想擺脫各種人事煩擾靜下心來思考最重要的問題，已經無力再分神應對各種無關緊要的事了，此時出現的陳仲山信，所談的話題無論從哪個方面來說，都根本不能引起魯迅的重視，無法進入他的思考範圍，更重要的是，無論魯迅怎樣答覆，都會給自己帶來新的、非常嚴重的麻煩，在這樣的處境和心態下，魯迅必然會選擇不回信，必然會認為馮雪峰答信的行為是多此一舉，正因如此，他沒有打算將此文收入自己的文集。

結　語

　　作爲國際共產主義運動的領袖、十月革命的主要指揮者、蘇聯共產黨的
重要領導人，托洛茨基的一生都獻給了世界無產階級革命鬥爭，他的文學主
張是他作爲政治家、革命家面對文學問題發言，是其政治主張「不斷革命論」
的外延，具體觀點集中在《文學與革命》一書中，總體來說，主要包含三個
方面內容，即「同路人」概念、無產階級文化和無產階級藝術不可能存在、
黨的文藝政策。在中國社會普遍追求「革命」的年代，《文學與革命》以日文
版、英文版和俄文原版的形式傳入中國文壇，立即引起魯迅、傅東華、蔣光
慈、李霽野、韋素園等人的注意，並分別以部分翻譯、全文翻譯和觀點引用
等多種方式將托洛茨基文論以中文的形式表達出來，產生了較大影響，並把
托洛茨基的「同路人」概念和對文學作品獨立審美價值的追求引進中國文學
界，時間不長，這種「追捧」態度即發生根本改變，「去過勢的馬克思主義的
文藝理論」、「文學領域內的社會法西斯蒂」、「小資產階級的理論」成爲中國
革命文學界對托洛茨基文論的一致觀點，造成這一變化的原因，一方面是蘇
聯的斯大林、托洛茨基的領導權之爭，以及隨後的肅清托派運動，波及到文
學領域內，另一方面還應注意托洛茨基的很多文學觀點與中國文壇對革命文
學的一貫認識存在矛盾。在中國革命文學界對托洛茨基文論的接受過程中，
「誤讀」現象貫穿始終。托洛茨基文論本身是「不斷革命論」在文學領域的
具體表現，兼具「文學」與「政治」的雙重屬性，但是，中國文論家在接受
過程中，首先偏重於「文學」一面，沒有看到「政治」一面，故而只吸取了
其中關於作家作品批評方面的觀點，即使是「同路人」這樣一個明顯具有「政
治評判」底色的文學批評術語，也被中國革命文學界片面接受，在這樣一種

接受狀態中，中國革命文學界無法理解托洛茨基提出的「無產階級文學與文化不可能存在」的觀點，因爲這一觀點完全根植於馬克思主義關於無產階級革命的理論，而不是一個純粹的文學判斷，於是，在托洛茨基文學觀點淪爲「反革命」的論調之後，其關於無產階級文學與文化的主張就成爲被批判的重心，中國革命文學界對托洛茨基文論的接受也隨之由「文學」一面轉向「政治」一面，所思所談的角度，完全集中於無產階級在文學領域內的領導地位問題，由此，托洛茨基文論是「普羅文學否定論」、「公開地向普羅文學運動進攻」等觀點成爲共識。探討托洛茨基文論在中國的接受過程，需要著重研究創造社、太陽社和魯迅三者的兩次論爭，因爲這牽扯到中國革命文學界對「同路人」概念的接受差異，蔣光慈作爲最早介紹這一概念的人，主要從文學創作、作品內容角度入手，創造社與太陽社的論爭，就是以此爲起點、沿著蔣光慈的角度逐漸展開討論，最終實現了觀點一致，確立了「爲革命而文學」的革命文學「實踐」意識，然而，作爲「同路人」概念的另一位重要介紹者，魯迅則從「人」與「革命」的角度入手，渴望「戰鬥者」出現，主張革命文學家應該如何參與具體的革命工作中，可見，對「同路人」概念不同角度的接受，導致創造社、太陽社、魯迅對「文學界應該如何參與革命」這個問題形成了兩種觀點，這兩種觀點又是分別屬於作品和作家兩個不同維度中，於是雙方互相無法理解對方的觀點，卻又無法以充足理由駁倒對方。

在「托洛茨基」與中國現代革命文學思潮研究中，反托派鬥爭是另一條重要線索。政治領域內的肅清托派運動波及到文學領域內，不僅使托洛茨基文論成爲人人喊打的反革命論調，而且殃及一些文人。作爲文學界的一個罪名，「托派」給胡秋原和王實味帶來了不白之冤，並險些給魯迅也帶來災禍，但他們三人根本沒有托派組織關係，即不是眞正的托派分子。在文學界，眞正的托派分子當屬王獨清，然而他只是遭受了一些非議，並未受到整肅。從這一對比中可以看到，文學界對「托派分子」所持的敵對態度，並不是因爲「是否托派分子」，而在於是否以近似托派主張的言論對中共及其領導下的文學組織的重大方針政策構成威脅。胡秋原批評民族主義文學理論的文章在一定程度上從兩個方面觸及到左聯的底線，首先是理論方面，左聯所奉行的是來自蘇聯拉普的主張，將倡導無產階級文學作爲自己的基本任務，這也是從理論上支撐左聯存在的保障，而胡秋原所表達的觀點以及曾經對托洛茨基文學主張所表示的敬意，無不使左聯在理論上感受到威脅，以致使左聯表示「現

在非要加緊暴露和鬥爭不可」；其次，左聯這個組織存在的意義就是在中共領導下參與革命鬥爭，以領導無產階級文學運動的方式公開與國民黨爭奪輿論宣傳陣地，它不僅是一個作家聯盟，而且是一個在革命高潮時期配合中共武裝反抗、進行階級鬥爭的組織，他們對胡秋原反對「將文藝與政治混爲一物」的主張非常敏感，並將之與「文學的階級的任務之取消」聯繫起來，在左聯成員眼中，胡秋原否認了文學作爲階級鬥爭的工具，也就抹殺了左聯在當時存在的意義。既顛覆了理論上的正當性，又抹殺了組織存在的合理性，胡秋原的文學主張已經對左聯存在的合法性構成了威脅，並且與當時共產國際和中共中央對中國革命情況的判斷相違背，因此，必然會受到左聯的口誅筆伐。王實味事件發生於毛澤東在延安文藝座談會上作出講話前後，此刻正是新的文學體制萌芽時期，這一體制的基本要求是文藝爲政治服務，成爲革命事業的「齒輪和螺絲釘」，如丁玲所言，「在前方打仗」的人容不得「後方卻有人在罵我們的總司令」〔註1〕，當時的中共領導軍隊對敵作戰，需要後方在思想上團結一致保證穩定，而王實味在一系列文章中對延安種種負面現象的批判，已經造成了較爲廣泛的不良影響，客觀上違背了當時中共的政治願望，且王實味的文章在一定程度上與托派攻擊中共的言論存在極大的相似性，他的經歷和人際交往情況都與托派存在密切關係，綜合這些方面，爲了推動新的文學體制順利實現，只能以「托派」的罪名將王實味整肅。從這些具體個案來看，文藝界的「反托派」鬥爭來源於政治方面的「警惕性」，這也可以通過王獨清的情況予以反證。王獨清是眞實加入了中國托派組織的，但是他始終以文學爲業，幾乎沒有涉及政治問題的觀點，更重要的是，他所持的文學主張與左聯完全一樣，這樣一個眞實的托派分子，並未受到大規模的公開批評，說明中共及其領導下的左聯並非因「托派」之名而盲目展開整肅活動。

　　在以上兩條線索中，魯迅都是一位無法繞開的重要文論家，可以說，在1925年後的魯迅思想中，托洛茨基文論的影響佔有重要地位。托洛茨基和魯迅的文學思想，是兩個完整獨立的體系，魯迅對托洛茨基文論的接受，絕非僅僅是「同路人」、「革命人」等幾個文學批評術語的簡單習得，而是對其核心觀念的領會。綜觀托洛茨基文論的全部內容，「只有革命的藝術家才能創作革命文學」是一條軸心，其他主張都是圍繞它而展開的具體觀點，魯迅正是在這一核心觀念的影響下形成了「革命人做出東西來，才是革命文學」的觀

〔註 1〕丁玲：《延安文藝座談會的前前後後》，《新文學史料》1982 年第 2 期。

點，並且以此爲中心，針對作家、作品、創作方法等許多方面分別提出了具體意見，從這一角度來看，「革命人做出東西來，才是革命文學」是魯迅對革命文學的主導觀念，並影響了他對當時文壇的看法。需要注意的是，魯迅對托洛茨基文論的接受，並非突兀之事，在 1925 年接觸到《文學與革命》之前，他的思想中就已經具備了一些與托洛茨基文學觀點基本一致的契合點，在很多文學問題上，他的看法與托洛茨基不謀而合，尤其是在「同路人」、「革命人」等問題上，魯迅早已形成了相關雛形，仔細比較後會發現，娜拉、呂緯甫、范愛農這三個形象所折射出的魯迅的思考，與他後來對托洛茨基「同路人」概念的理解是一致的，他基於對娜拉、呂緯甫、范愛農等一類人的思考而提出關於「猛士」的設想和期待，這一整體思維邏輯與托洛茨基通過批評「同路人」作家表達了對「革命人」的看法如出一轍，顯然，魯迅對托洛茨基文論的接受，是以堅持自我判斷力爲基礎的。另外，《答托洛茨基派的信》事件是值得關注的，這封信顯然不可能是魯迅口授、O.V.筆錄而成的，但魯迅對此事沒有明確表達自己的態度，結合魯迅當時身染重病和遭受群攻的處境，可以得出他認爲回信是多此一舉的推斷，這一推斷的意義不在於爲此懸案提供了另一個答案，而在於爲理解最後一年的魯迅提供了一條線索。

綜上所述，「托洛茨基」爲中國現代革命文學思潮帶來的是一種理論資源，其中既包含文學的階級分析論，又包含自由多元的文藝觀，這讓革命文學思潮初起之時的中國文壇獲得了一些有效的文學話語方式，「同路人」就是其中的突出代表，同時，在文學階級性盛行之時，胡秋原、魯迅等一批受托洛茨基文論影響的文論家時常提醒中國革命文學界勿忘文學自身的獨立審美價值，實現了匡正「重宣傳、輕文學」之偏。然而，「托洛茨基」爲中國現代革命文學思潮帶來的又不僅僅是一種理論資源，還在某些程度上影響了文壇的分化，使主張文學階級性、文藝爲政治服務的一批作家和理論家通過「反托派」鬥爭而趨於集中，這一過程在更深層次上導致了文學家精神世界的分化，在一定程度上影響了他們每個人將來的文學道路走向。

參考文獻

一、報刊類

1. 《北斗》
2. 《北新》
3. 《創造》
4. 《創造日》
5. 《創造月刊》
6. 《創造週報》
7. 《鬥爭》
8. 《火花》
9. 《洪水》
10. 《解放日報》
11. 《萌芽月刊》
12. 《莽原》
13. 《熱潮》
14. 《太陽月刊》
15. 《拓荒者》
16. 《文化評論》
17. 《文藝新聞》
18. 《文學週報》
19. 《文學月報》
20. 《文化批判》

21. 《未名》

22. 《新旗》

23. 《新華日報》

24. 《新潮》

25. 《新月》

26. 《小說月報》

27. 《現代》

28. 《展開》

29. 《中央副刊》

二、著作類

1. 艾曉明，中國左翼文學思潮探源〔M〕，北京：北京大學出版社，2007。

2. 白嗣宏，無產階級文化派資料選編〔M〕，北京：中國社會科學出版社，1983。

3. 曹清華，中國左翼文學史稿（1921～1936）〔M〕，北京：中國社會科學出版社，2008。

4. 陳獨秀，獨秀文存（原版影印本）〔M〕，北京：外文出版社，2013。

5. 陳子善，回憶臺靜農〔M〕，上海：上海教育出版社，1995。

6. 陳建華，「革命」的現代性——中國革命話語考論〔M〕，上海：上海古籍出版社，2000。

7. 陳紅旗，中國左翼文學的發生 1923～1933〔M〕，廣州：暨南大學出版社，2010。

8. 長堀祐造，魯迅與托洛茨基——《文學與革命》在中國〔M〕，臺北：人間出版社，2015。

9. 程凱，革命的張力——「大革命」前後新文學知識分子的歷史處境與思想探求（1924～1930）〔M〕，北京：北京大學出版社，2014。

10. 丁玲，丁玲全集〔M〕，石家莊：河北人民出版社，2001。

11. 馮雪峰，雪峰文集〔M〕，北京：人民文學出版社，1981。

12. 方銘，蔣光慈研究資料〔M〕，北京：知識產權出版社，2010。

13. 方維保，紅色意義的生成——20 世紀中國左翼文學研究〔M〕，合肥：安徽教育出版社，2004。

14. 費正清，劍橋中華民國史（1912～1949）〔M〕，北京：中國社會科學出版社，1994。

15. 高新民，張樹軍，延安整風實錄〔M〕，杭州：浙江人民出版社，2000。

16. 高華，紅太陽是怎樣升起的〔M〕，香港：中文大學出版社，2000。

17. 郭德宏，王明年譜〔M〕，北京：社會科學文獻出版社，2014。

18. 郭影秋，王俊義，往事漫憶——郭影秋回憶錄〔M〕，北京：中國人民大學出版社，2009。

19. 胡風，胡風全集〔M〕，武漢：湖北人民出版社，1999。

20. 胡風，胡風回憶錄〔M〕，北京：人民文學出版社，1993。

21. 胡勃 譯，十二個〔M〕，北新書局，1926。

22. 胡喬木，胡喬木回憶毛澤東〔M〕，北京：人民出版社，1994。

23. 胡山源，文壇管窺〔M〕，上海：上海古籍出版社，2000。

24. 黃子平，革命‧歷史‧小說〔M〕，香港：牛津大學出版社，1996。

25. 貫振勇，理性與革命：中國左翼文學的文化闡釋〔M〕，北京：人民出版社，2009。

26. 貫振勇，左翼十年——中國左翼文學文獻史料輯〔M〕，北京：人民出版社，2015。

27. 蔣光慈，蔣光慈文集〔M〕，上海：上海文藝出版社，1982。

28. 曠新年，一九二八：革命文學〔M〕，濟南：山東教育出版社，1998。

29. 魯迅，魯迅全集〔M〕，北京：人民文學出版社，2005。

30. 魯迅 譯，文藝政策〔M〕，水沫書店，1930。

31. 魯迅研究資料〔M〕，北京：文物出版社，1976。

32. 魯迅研究資料〔M〕，天津：天津人民出版社，1980。

33. 「拉普」資料彙編〔M〕，北京：中國社會科學出版社，1981。

34. 李初梨，怎樣建設革命文學〔M〕，江南書店，1930。

35. 李輝凡，二十世紀初俄蘇文學思潮〔M〕，北京：社會科學文獻出版社，1993。

36. 李軍，解放區文藝轉折的歷史見證——延安《解放日報‧文藝》研究〔M〕，濟南：齊魯書社，2008。

37. 李霽野，魯迅先生與未名社〔M〕，北京：人民文學出版社，1984。

38. 李霽野，回憶魯迅先生〔M〕，上海：新文藝出版社，1956。

39. 李家林，陳絲雨，泣血丹心王實味〔M〕，鄭州：河南大學出版社，2012。

40. 李怡，詞語的歷史與思想的嬗變〔M〕，成都：巴蜀書社，2013。

41. 李維漢，回憶與研究〔M〕，北京：中共黨史出版社，2013。

42. 列寧，列寧論文學藝術〔M〕，北京：人民文學出版社，1983。

43. 劉曄，知識分子與中國革命〔M〕，天津：天津人民出版社，2004。

44. 劉增傑，趙明，王文金，王介平，王欽韶，抗日戰爭時期延安及各抗日民主根據地文學運動資料〔M〕，北京：知識產權出版社，2010。

45. 劉震，左翼文學運動的興起與上海新書業〔M〕，北京：人民出版社，2008。

46. 林偉民，中國左翼文學思潮〔M〕，上海：華東師範大學出版社，2005。

47. 路莘，三十萬言 30 年：1955～1985「胡風案」側記〔M〕，銀川：寧夏人民出版社，2007。

48. 羅伊·梅德韋傑夫，讓歷史來審判：論斯大林和斯大林主義〔M〕，北京：東方出版社，2005。

49. 馬良春，張大明，三十年代左翼文藝資料選編〔M〕，成都：四川人民出版社，1980。

50. 茅盾，我走過的道路〔M〕，北京：人民文學出版社，1984。

51. 皮埃爾·弗朗克，第四國際〔M〕，北京：商務印書館，1981。

52. 瞿秋白，瞿秋白文集〔M〕，北京：人民文學出版社，1985。

53. 邱運華等，19～20 世紀之交俄國馬克思主義文學思想史論〔M〕，北京：北京大學出版社， 2006。

54. 任國楨譯，蘇俄的文藝論戰〔M〕，北新書局，1927。

55. 樹梁，法西斯蒂的新工具托洛斯基〔M〕，大眾出版社，1938。

56. 唐寶林，中國托派史〔M〕，臺北：臺灣東大出版社，1994。

57. 唐寶林，林茂生，陳獨秀年譜〔M〕，上海：上海人民出版社，1988。

58. 托洛茨基，文學與革命〔M〕，未名社出版部，1928。

59. 托洛茨基，文學與革命〔M〕，香港：信達出版社，1971。

60. 托洛茨基，文學與革命〔M〕，北京：外國文學出版社，1992。

61. 托洛茨基，托洛茨基自傳〔M〕，北京：人民文學出版社，2013。

62. 托洛茨基，托洛茨基文選〔M〕，北京：人民出版社，2010。

63. 托洛茨基，托洛茨基論中國革命（1925～1927）〔M〕，西安：陝西人民出版社，2011。

64. 托派第四國際資料〔M〕，北京：商務印書館，1963。

65. 托派在中國〔M〕，新中國出版社，1939。

66. 王獨清，獨清文藝論集〔M〕，光華書局，1932。

67. 王獨清，獨清自選集〔M〕，上海：樂華圖書公司，1933。

68. 王凡西，雙山回憶錄〔M〕，北京：東方出版社，2004。

69. 王燁，二十年代革命小說的敘事形式〔M〕，昆明：雲南人民出版社，2005。

70. 溫濟澤，第一個平凡的『右派』：溫濟澤自述〔M〕，北京：中國青年出版社，1999。

71. 溫濟澤，王實味冤案平反紀實〔M〕，北京：群眾出版社，1993。

72. 溫濟澤，李言，金紫光，翟定一，延安中央研究院回憶錄〔M〕，長沙：湖南人民出版社，1984。

73. 無產階級文化派資料選編〔M〕，北京：中國社會科學出版社，1983。

74. 蕭軍，延安日記1940～1945〔M〕，香港：牛津大學出版社，2013。

75. 向清，共產國際和中國革命關係的歷史概述〔M〕，廣州：廣東人民出版社，1983。

76. 向愚，法西斯的走狗托洛茨基匪徒〔M〕，戰時出版社，1938。

77. 許廣平，魯迅回憶錄〔M〕，武漢：長江文藝出版社，2010。

78. 姚辛，左聯史〔M〕，北京：光明日報出版社，2006。

79. 姚金果，解密檔案中的陳獨秀〔M〕，北京：東方出版社，2011。

80. 楊春時，中國現代文學思潮史〔M〕，南京：南京大學出版社，2011。

81. 楊鳳城，中國共產黨的知識分子理論與政策研究〔M〕，北京：中共黨史出版社，2005。

82. 伊薩克‧多伊徹，先知三部曲〔M〕，北京：中央編譯出版社，2013。

83. 袁良駿，丁玲研究資料〔M〕，北京：知識產權出版社，2011。

84. 曾淼，世界托派運動——組織、理論及國別研究〔M〕，北京：人民出版社，2011。

85. 《左聯回憶錄》編輯組，左聯回憶錄〔M〕，北京：知識產權出版社，2010。

86. 張大明，中國左翼文學編年史〔M〕，北京：社會科學文獻出版社，2013。

87. 張澤宇，留學與革命——20世紀20年代留學蘇聯熱潮研究〔M〕，北京：人民出版社，2009。

88. 張直心，比較視野中的魯迅文藝思想〔M〕，昆明：雲南大學出版社，1997。

89. 鄭超麟，鄭超麟回憶錄〔M〕，北京：東方出版社，2004。

90. 周揚，周揚文集〔M〕，北京：人民文學出版社，1984。

91. 朱曉進，政治文化與中國20世紀30年代文學〔M〕，北京：人民出版社，2006。

92. 中國社會科學院近代史研究所翻譯室，共產國際有關中國革命的文獻資料〔M〕，北京：中國社會科學出版社，1982。

93. 中國社會科學院文學研究所現代文學研究室，「革命文學」論爭資料選編〔M〕，北京：知識產權出版社，2010。

94. 中共黨史資料〔M〕，北京：中共黨史資料出版社，1989。

95. 中央統戰部，中央檔案館，中共中央抗日民族統一戰線文件選編〔M〕，北京：檔案出版社，1985。

三、文章類

1. 艾曉明，三十年代蘇聯「拉普」的演變與中國「左聯」〔J〕，中國現代文學研究叢刊，1991（1）。

2. 畢豔，三十年代右翼文藝期刊研究〔D〕，湖南師範大學，2007。

3. 畢緒龍，無法完成的自我：魯迅自我形象研究〔D〕，山東師範大學，2007。

4. 長堀祐造，試論魯迅托洛茨基觀的轉變〔J〕，魯迅研究月刊，1996（3）。

5. 長堀祐造，魯迅「革命人」的提出〔J〕，魯迅研究月刊，2002（10）。

6. 長堀祐造，魯迅革命文學論中的托洛茨基文藝理論〔J〕，現代中文學刊，2011（3）。

7. 陳秋霞，李尚德，托洛茨基的重大理論貢獻——紀念托洛茨基誕辰 130 週年〔J〕，學術論壇，2009（10）。

8. 陳奇佳，托洛茨基文藝思想簡論〔J〕，杭州師範學院學報，2004（5）。

9. 鄧瑗，人性話語的轉型與變異——以 20 世紀 20 年代革命文學爲中心的考察〔J〕，文藝爭鳴，2015（10）。

10. 丁玲，延安文藝座談會的前前後後〔J〕，新文學史料，1982（2）。

11. 方維保，托洛茨基與中國現代左翼文藝〔J〕，安徽師範大學學報，2005（5）。

12. 馮憲光，托洛茨基的政治學文藝思想〔J〕，馬克思主義美學研究，2007（10）。

13. 格雷果爾・班頓，魯迅，托洛茨基與中國托派〔J〕，東亞歷史，1994（7）。

14. 古遠清，胡秋原回應《紅旗》雜誌的誹謗〔J〕，鍾山風雨，2010（5）。

15. 賀立華、程春梅，中國「左翼」運動與延安紅色文藝〔J〕，文史哲，2004（6）。

16. 胡梅仙，文學的方向與傾向——左聯時期魯迅與「自由人」、「第三種人」的論爭〔J〕，文史哲，2010（1）。

17. 胡秋原，關於一九三二年文藝自由論辯〔J〕，魯迅研究動態，1988（12）。

18. 胡風，魯迅先生〔J〕，新文學史料，1993（1）。

19. 黃擎，「大批判」文藝批評模式與對王實味的兩次批判〔J〕，中國現代文學研究叢刊，2011（7）。

20. 黃修己，魯迅的『並存』論最正確——再評一九三六年文藝界爲建立抗日統一戰線的論爭〔J〕，文學評論，1978（5）。

21. 靳明全，1928 年中國革命文學興起的日本觀照〔J〕，文學評論，2003（3）。

22. 賴小剛，托洛茨基與蘇聯紅軍的建立〔J〕，世界歷史，1988（5）。

23. 李今，中國左翼文學運動中的高爾基〔J〕，中國現代文學研究叢刊，2000（4）。

24. 李今，蘇共的文藝政策、理論的譯介及其對中國左翼文學運動的影響〔J〕，中國現代文學研究叢刊，2002（1）。

25. 李怡，魯迅：面對人事糾纏的最後的意志——「兩個口號」之爭新論〔J〕，四川大學學報，2008（3）。

26. 李怡，開拓中國「革命文學」研究的新空間——建構現代大文學史觀〔J〕，探索與爭鳴，2015（2）。

27. 李音，「群眾」的發現與「革命文學」的發生〔J〕，中國現代文學研究叢刊，2008（2）。

28. 李躍力，論 1930 年代革命文學的「資本化」〔J〕，陝西師範大學學報，2010（1）。

29. 李建中，王獨清後期史實新證〔J〕，新文學史料，2007（4）。

30. 劉婉明，告別「我」的故事——三十年代初左翼文學形式的現代性探索〔J〕，現代中國文化與文學，（16）。

31. 劉海波，二十世紀中國左翼文論研究〔D〕，復旦大學，2003。

32. 劉驥鵬，革命中的啟蒙困境〔D〕，河南大學，2009。

33. 明飛龍，當代文學「群眾批判」模式的生成——以批判王實味為中心的考察〔J〕，文藝爭鳴，2012（1）。

34. 馬俊江，二十世紀三十年代北平小報與故都革命文藝青年〔D〕，北京大學，2009。

35. 逄增玉，對左聯和左翼文學研究的幾點思考〔J〕，中國現代文學研究叢刊，2000（4）。

36. 邱運華，論托洛茨基的社會學詩學理論〔J〕，俄羅斯文化評論，2006（1）。

37. 宋劍華，論「左翼」文學現象〔J〕，文藝理論研究，2000（6）。

38. 單繼剛，托洛茨基的「不斷革命論」與中國革命 〔J〕，馬克思主義哲學論叢，2015（1）。

39. 師哲，我所知道的康生〔J〕，炎黃春秋，1992（2）。

40. 田剛，魯迅《答托洛斯基派的信》考辨〔J〕，東嶽論叢，2011（8）。

41. 田剛，關於「兩個口號」論爭的重新檢討〔J〕，中國現代文學研究叢刊，2010（1）。

42. 王彬彬，魯迅與中國托派的恩怨〔J〕，南方文壇，2008（5）。

43. 王富仁，關於左翼文學的幾個問題〔J〕，中國現代文學研究叢刊，2002（1）。

44. 王富仁，今天研究左翼文學的意義〔J〕，中國現代文學研究叢刊，2006（2）。

45. 王富仁，河流·湖泊·海灣——革命文學、京派文學、海派文學略説〔J〕，

中國現代文學研究叢刊，2009（5）。

46. 王培元，左翼文學是如何被消解的〔J〕，中國現代文學研究叢刊，2002（1）。

47. 王學謙，以自由意志質疑政治革命——關於魯迅與太陽社、創造社的論爭〔J〕，齊魯學刊，2005（2）。

48. 王中忱，托洛茨基的《文學與革命》〔J〕，魯迅研究月刊，2013（3）。

49. 楊姿，現代中國革命文學思想譜系中的「勃洛克現象」〔J〕，中山大學學報，2015（3）。

50. 張大偉，左聯的文學組織與傳播（1930～1936）〔D〕，復旦大學，2005。

51. 張大明，既是同步發展又走自己的——中國左翼文學及其組織與國際左翼文學思潮及「拉普」的關係〔J〕，魯迅研究月刊，2000（3）。

52. 張廣海，「革命文學」論爭與階級文學理論的興起〔D〕，北京大學，2011。

53. 張武軍，「紅與黑」交織中的「摩登」——1928 年上海〈中央日報〉文藝副刊之考察〔J〕，文學評論，2015（1）。

54. 張武軍，半殖民性與解殖民書寫——革命文學、抗戰文學的歷史重構〔J〕，天津社會科學，2015（3）。

55. 趙濟，三十年代初托派組織在上海的活動〔J〕，黨史資料，1981（2）。

56. 趙歌東，從馮雪峰的秘密使命看「兩個口號」論爭〔J〕，東嶽論叢，2009（9）。

57. 趙順宏，知識者境況與左翼文學——兼論魯迅與「左聯」的關係〔J〕，文學評論，2005（2）。

58. 趙學法，泰山肅托案〔J〕，炎黃春秋，2014（7）。

59. 鄭超麟，讀胡風《魯迅先生》長文有感〔J〕，魯迅研究月刊，1993（10）。

後　記

「成都，是一座來了就不想走的城市。」

凡是認可這句話的人，一定在成都有美好而深刻的回憶，而對於這句話，每個人的理解都不同，或者想到美食，或者想到美景，或者想到發達的交通，或者想到安逸的生活……我所想的，是那三年不懈努力的青春歲月。

在寫這篇後記之前，我剛好有機會去了一次成都，走在熟悉的校園裏和街道上，已難分辨此時是何時，一切都已過去，一切還都繼續著，是當下？是過往？太陽光還是那樣亮，銀杏葉還是那樣黃。我發現我可以把川大四周兩個十字路口以內所有店鋪的價格都詳細評點一番，也可以將附近所有流浪狗、流浪貓的性格脾氣向同伴一一講述，甚至可以精準的定位最好吃的辣條在哪條街哪個小店哪個貨架的第幾層，但是，當走到曾經租住的房子門口時，我一句話都說不出來了，或許因爲房子裏保存的回憶有太多太多，或許因爲我在這裡面居住的時間還太少太少。

在這間窄小的房子裏，曾經堆滿了我購買的各種書籍資料，在它們的環繞中，一張書桌和一把椅子靜靜的立在窗臺下，我喜歡坐在這裡看窗外的天空，在晨昏晝夜、陰晴雨雪伴隨的思考中，「反思」是一項重要內容。在這三年裏，恩師李怡先生對我的批評遠遠多於表揚，每次批評都是毫不客氣，且一針見血的指明具體問題，我喜歡認眞體會這些批評意見，細緻的剖析自己，進而非常清楚的認識到自己的不足之處，對此，我感到幸福，老師的批評言辭或許聽起來嚴厲，但是其中包含著對我無盡的關愛。在李老師的嚴格要求和隨時提點之下，我開始慢慢的思考、慢慢的寫文章，逐漸擺脫了以往一有想法就落筆成文的習慣，「速度」下降的同時，「深度」、「高度」和「廣度」

開始出現了，因此，我由衷地感謝恩師，讓我在學術方面發生了如此脫胎換骨的變化。

在「反思」的基礎上，我努力「進取」，這本書就是那三年的最大成果。每天起床後，我和一杯茶同時坐下，茶是蒙頂甘露，他讓我清心靜氣，對著天空籌劃一天所要寫作的內容，日復一日，窗外的大梧桐樹由黃變綠、由綠變黃，如此重複了兩輪，我終於完成了博士學位論文，也就是本書的前身。還記得清晨飛鳥的啼叫，還記得午後夕曬的陽光，還記得半夜淅瀝的小雨，還有開春的嫩芽，還有入秋的桂花，這些似乎都浸透在本書的字裏行間，被汗水模糊了影像，或許只有我自己能看得到吧，時間會慢慢流逝，但是這些景象將與本書的內容一起，永遠凝固在我心裏。

在這段進取的日子裏，顏同林先生和魏建先生給與我莫大的幫助。顏同林先生是我在碩士研究生階段的導師，在我讀博期間，他對我的關懷一如既往，不僅關注我的學業、問候我的生活，而且每當有好的機會，總能第一時間想到我，讓我在每次通電話或讀郵件之後，心中感到溫暖。魏建先生是我素來景仰的前輩學者，他總能在關鍵時刻給我指明方向，並給與大力支持，使我少走許多彎路，每當發現我的不足之處時，其嚴厲的批評總讓我有醍醐灌頂之感，而當我受到他人批評時，他總是站出來護著我，像是用他的魁梧身軀為我遮擋風雨，他對我，是長輩對晚輩無私的愛護。

我對成都的感情，如同一個老兵對陣地的懷念，而紀念的最好方式，是繼續努力，不斷取得更多成果。子曰：「吾十有五而志於學，三十而立，四十而不惑，五十而知天命，六十而耳順，七十而從心所欲，不逾矩。」這是聖人的一生，我輩難以做到。不惑之年及以後的歲月離我現在還很遙遠，眼前的我只是一個剛剛告別學生時代的文學小青年，已屆而立，卻初志於學，能否「至千里」、「成江海」，我不敢妄言，但只要「積跬步」、「匯小流」，必能如太白所言：「長風破浪會有時，直掛雲帆濟滄海。」

彭冠龍

2016 年 12 月 31 日於東華園